Weitere Titel der Autorin:

Von Schwalben und Mauerseglern
Inseltochter
Küstenträume

Über die Autorin:

Marlies Folkens wurde 1961 in Stollhamm-Ahndeich geboren, einem kleinen Dorf direkt an der Nordseeküste. Als jüngstes von vier Geschwistern wuchs sie auf einem Bauernhof auf. Nach dem Abitur zog sie zum Studium der Geschichte und Politik nach Oldenburg, wo sie bis heute mit ihrer Familie lebt. Schon früh entdeckte sie das Schreiben für sich.

Marlies Folkens

STERN-SCHNUPPEN-TAGE

Sylt-Roman

BASTEI LÜBBE TASCHENBUCH
Band 17745

Dieser Titel ist auch als E-Book erschienen

Copyright © 2019 by Bastei Lübbe AG, Köln
Lektorat: Lena Schäfer
Umschlaggestaltung: Kirstin Osenau
Unter Verwendung von Motiven von © shutterstock:
Annareichel | Jag_cz | Nicole Kwiatkowski | Hulinska
Yevheniia und © Heinz Wohner / LOOK-foto /gettyimages
Satz: Urban SatzKonzept, Düsseldorf
Gesetzt aus der Minion Pro
Druck und Verarbeitung: CPI books GmbH, Leck – Germany

ISBN 978-3-404-17745-5

2 4 5 3 1

Sie finden uns im Internet unter www.luebbe.de
Bitte beachten Sie auch: www.lesejury.de

Ein verlagsneues Buch kostet in Deutschland und Österreich jeweils überall dasselbe.
Damit die kulturelle Vielfalt erhalten und für die Leser bezahlbar bleibt,
gibt es die gesetzliche Buchpreisbindung. Ob im Internet, in der Großbuchhandlung,
beim lokalen Buchhändler, im Dorf oder in der Großstadt – überall bekommen Sie Ihre
verlagsneuen Bücher zum selben Preis.

Für Claire
und alle anderen, die ein ebenso großes Herz
für Tiere haben wie sie

Jannas
Sternschnuppenwünsche

1. Ein eigenes Surfbrett

2. Ein Pferd

3. Eine Katze oder ein Hund

4. Berühmt sein

5. Hübsch sein

6. Größer als einen Meter siebzig sein

7. Viggo Mortensen kennenlernen

8. Eine Ausstellung in einer Galerie

9. Mein erstes Bild verkaufen

10. Eine Spiegelreflexkamera

11. Mit Delfinen schwimmen

12. Auf einem Drachen fliegen

13. Von Achim geküsst werden

14. Für immer auf Sylt bleiben

15. Malen, malen, malen ...

Eins

Badumm, badumm, badumm ...

Das Geräusch der Reifen auf den Metallplatten des Autozugs erinnerte an einen schnellen Herzschlag. Früher hatte es Janna immer mit Euphorie erfüllt. Es war das Zeichen gewesen, dass jetzt der Urlaub wirklich begann. Dann hatte sie zu ihrer Mutter hinübergesehen und auf ihr Zwinkern gewartet.

»Na, Janna?«, hatte Mama jedes Mal gefragt. »Bereit für die Insel?«

Und Janna hatte gelacht und genickt. Mama hatte die Tasche mit dem Proviant aus dem Fußraum des Rücksitzes geangelt, Tee aus der Thermoskanne in die Becher gegossen und die letzten Brote verteilt. Und während der Zug über den Hindenburg-damm rumpelte, hatten die beiden gefrühstückt, aus dem Fenster gesehen und versucht zu erkennen, welche Vögel durch das Watt neben dem Damm tippelten. Wer zuerst einen Austern-fischer entdeckte, hatte gewonnen.

Früher ...

Janna fühlte, wie sich vor Trauer ihre Brust zusammenzog. Wie lange war es her, dass sie zuletzt mit Mama auf die Insel gefahren war? Sie rechnete nach und kam auf neun Jahre.

Es war in den Osterferien gewesen, direkt vor ihren Abitur-prüfungen. Mama hatte gemeint, bevor der Stress mit den Klau-suren und mündlichen Prüfungen beginne, könnten sie doch eine Woche nach Sylt fahren, um Kraft zu tanken. Papa hatte nur gebrummt und den Kopf geschüttelt. Er würde auf keinen Fall eine ganze Woche wegfahren, hatte er gesagt. So lange könne er die Apotheke nicht allein lassen. Man wisse ja nie, was die Angestellten in der Zeit alles für einen Mist anstellen würden. Dann hatte er sich wieder hinter seiner Sonntagszeitung vergraben.

Mama hatte nur gelächelt und Janna zugezwinkert. Sie hatte es schon lange aufgegeben, ihm vorzuhalten, dass er mehr mit seiner Apotheke verheiratet wäre als mit ihr. Schließlich war Papa noch für zwei Tage nachgekommen – wie immer mit dem Laptop und einer Menge Listen im Gepäck, die er durchgehen wollte, während Frau und Tochter am Strand spazieren gingen. Und wie in jedem Urlaub hatte er sich beschwert, dass es in der vermaledeiten Pension seiner Schwiegereltern zu laut sei, um sich auf die Arbeit zu konzentrieren.

Es war sein letzter Besuch auf Sylt gewesen. Janna hatte gerade ihre Ausbildung begonnen, als er ganz plötzlich an einem Herzinfarkt starb. Die Arbeit habe ihn aufgefressen, hatte Mama damals gesagt und hinzugefügt, dass es ihr selbst ganz gewiss nicht so gehen werde.

Badumm, badumm, badumm machten die Räder auf den Metallplatten, als Janna den Passat ihrer Mutter vorwärtsrollen ließ. Ein Mann in orangefarbener Warnweste winkte sie ans Ende der Fahrzeugschlange heran und bedeutete ihr mit einem Handzeichen, wo sie stehen bleiben sollte. Er nickte ihr zu und ging dann weiter, um den nächsten Wagen einzuweisen.

Janna schaltete den Motor aus und zog die Handbremse an. »Was für ein Glück, dass wir einen Platz oben bekommen haben«, sagte sie leise und sah zu der alten Frau hinüber, die auf dem Beifahrersitz saß.

Ihre Großmutter drehte kurz den Kopf in ihre Richtung und zwang sich ein Lächeln ab. »Ja, das ist schön, Deern!«

Das war alles, was sie sagte, ehe sie wieder aus dem Fenster starrte. Janna seufzte. Wie schlimm musste das Ganze erst für ihre Großmutter Johanne sein?

Wenn man seinen Ehepartner verlor, wurde man zur Witwe, wenn die Eltern starben, war man Waise. Aber für Eltern, die ihre Kinder zu Grabe tragen mussten, gab es kein Wort. »Man hört nie auf, Mutter zu sein, egal, wie alt die Kinder auch sind«, hatte Mama einmal gesagt. Janna hatte ihre Stimme noch genau im Ohr. Es war so unwirklich, dass sie sie nie wieder hören sollte.

Acht Tage war es jetzt her. Martin war zu ihr ins Besprechungszimmer gekommen, wo sie gerade mit der Bilanzbuchhalterin zusammengesessen hatte, um die Zahlen des Vorjahres durchzugehen. Sie sah seinen Blick noch vor sich, als er sie aus dem Raum gewinkt und ihr zugeflüstert hatte, dass ein Anruf aus Flörsheim für sie gekommen sei und sie dringend zurückrufen solle. Er war zusammen mit ihr in sein Büro gegangen und hatte neben ihr gestanden, als der Nachbar ihrer Mutter ihr am Telefon mitgeteilt hatte, dass Mama am Morgen ganz überraschend an einem Hirnschlag verstorben sei. An alles, was er sonst noch gesagt hatte, konnte Janna sich nur vage erinnern. Während er von »Formalitäten«, »Totenschein« und »Beerdigung« gesprochen hatte, war ihr immer nur ein Gedanke durch den Kopf geschossen: *Das kann unmöglich sein. Nicht Mama. Ich habe doch erst vor ein paar Tagen mit ihr telefoniert. Sie kann nicht tot sein! Das ist völlig ausgeschlossen!*

Sie hatte den Hörer auf die Gabel gelegt und Martin wie betäubt angesehen. »Ich muss sofort nach Hause. Meine Mutter ist tot« war alles, was sie hervorgebracht hatte. Dann hatten ihre Knie nachgegeben, und sie hatte an seiner Schulter hemmungslos geweint.

Martin hatte sich um alles gekümmert, wie das nun einmal seine Art war. Er hatte Jannas Koffer gepackt, ein Flugticket von

Dubai nach Frankfurt besorgt und ihr ein Hotelzimmer gebucht. Die ganze Nacht über hatte er sie in seinen Armen gehalten und sie am nächsten Morgen selbst mit dem Wagen zum Flughafen gebracht. Wie gern hätte sie ihn auf dieser Reise an ihrer Seite gehabt, aber das war vollkommen unmöglich. Sie hatte erst gar nicht gefragt, ob er mitkommen wolle. Er konnte die Firma nicht so einfach im Stich lassen, schon gar nicht, wenn seine Stellvertreterin für mehrere Tage ausfallen würde. Auch wenn sie jetzt schon seit drei Jahren ein Paar waren, die Pflicht ging nun mal vor.

»Nimm dir Zeit, solange du brauchst. Selbst wenn es ein paar Wochen sind, kein Problem!«, hatte Martin ihr ins Ohr geflüstert, als er sie am Terminal in den Arm genommen hatte. »Ich regle das schon alles mit der Zentrale.«

Dann hatte er sie lange geküsst und ihr mit dem Daumen die Tränen von der Wange gewischt. »Ruf mich an, sobald du da bist. Hörst du, Kleines?« Nur widerwillig hatte er sich von ihr losgemacht und ihre kalten Hände noch einen Moment in seinen gehalten, während sein Blick den ihren suchte.

Janna hatte genickt und zu lächeln versucht. »Ich komm schon klar«, hatte sie gesagt und so viel Zuversicht in ihre Stimme gelegt, wie sie nur aufbringen konnte.

»Das ist mein tapferes Mädchen!«, hatte er lächelnd geantwortet, und seine Augen hatten so viel Wärme und Liebe ausgestrahlt, dass ihr für einen Moment ganz leicht ums Herz geworden war.

Martin hatte ihr zum Abschied einen Kuss auf die Wange gegeben, dann hatte sie sich umgedreht und war eilig durch das Terminal verschwunden, ohne sich noch einmal umzuschauen. Er sollte nicht sehen, dass sie die Tränen nicht mehr zurückhalten konnte.

Mit einem Ruckeln setzte sich der Zug in Bewegung. Über den Salzwiesen hinter Niebüll türmten sich hohe Wolken auf, dazwischen blinzelte die Märzsonne hindurch. Dort, wo die Sonnenstrahlen die Erde trafen, brachten sie das junge Gras zum Leuchten. Am Deich drehten sich die Windkrafträder im frischen Wind, der von der See her blies und das glitzernde Wasser kräuselte, das in großen Pfützen auf dem trockengefallenen Watt stand.

Durch den Schlick neben dem Damm tippelten Seevögel auf der Suche nach Essbarem. Janna erkannte Möwen, Strandläufer und Säbelschnäbler und schließlich auch ein paar Austernfischer mit leuchtend roten Schnäbeln. »Gewonnen«, murmelte sie traurig.

»Gewonnen?« Die Stimme ihrer Großmutter war kaum mehr als ein Flüstern. Sie hatte den Blick vom Fenster abgewandt und sah Janna an.

Die letzten Tage hatten Spuren im Gesicht der alten Frau hinterlassen, und jetzt sah sie tatsächlich nach den vierundsiebzig Jahren aus, die in ihrem Pass standen. Tiefe Schatten lagen unter ihren strahlend blauen Augen, die vom Weinen rot gerändert waren. Doch ihr Blick war so scharf und aufmerksam wie eh und je.

»Das war ein Spiel, das Mama und ich immer auf dem Autozug gespielt haben«, erklärte Janna. »Wer zuerst einen Austernfischer sieht, hat gewonnen.«

Ein wehmütiges Lächeln umspielte Johannes Mund. »Das kenne ich gut. Dieses Spiel hat dein Opa auch immer mit deiner Mutter gespielt, wenn wir vom Festland zurückgefahren sind, damals, als sie noch ein Kind war. Die beiden klebten mit der Nase an den Scheiben und hielten Ausschau nach Austernfischern. Und meistens hat dein Opa Anneke gewinnen lassen.«

Janna lachte. »Ja, Mama hat mich auch immer gewinnen lassen.«

Johanne ließ die Seitenscheibe ein kleines Stückchen herunter und atmete tief die salzige Luft ein. »Ahhh, tut das gut! Das riecht schon ganz anders als in ...«

Sie vollendete den Satz nicht, schloss die Augen und hielt das Gesicht einen Moment in die Sonne. Als sie sich wieder Janna zuwandte, lächelte sie. »Ich habe mir in den letzten eineinhalb Jahren so oft gewünscht, wieder nach Hause zu fahren. In jeder Einzelheit habe ich mir ausgemalt, wie es wohl sein würde, die Insel und das Haus wiederzusehen.« Das Lächeln verschwand. »Aber ich habe immer gedacht, dass ich zusammen mit Anneke fahren würde, so wie früher.«

Janna griff nach der Hand ihrer Großmutter und drückte sie. Sie sah Johannes Augen schimmern und spürte selbst einen dicken Kloß im Hals.

Johanne schüttelte langsam den Kopf. »Das will mir alles immer noch nicht in den Kopf. Es ist einfach nicht richtig! Eltern sollten ihre Kinder nicht beerdigen müssen.« Sie seufzte und blickte eine Weile schweigend aus dem Fenster. »Vielleicht hätten wir sie doch auf Sylt beerdigen sollen. Im Herzen ist deine Mama immer Sylterin geblieben, und ich weiß, wie sehr sie die Insel vermisst hat. Sicher wäre es besser gewesen, sie in Morsum zu begraben, neben deinem Opa.« Sie holte ein Taschentuch aus der Handtasche, die sie auf dem Schoß hielt, und putzte sich die Nase.

Janna starrte blind auf das Watt, das vor ihr im Sonnenlicht glitzerte, und sah doch nichts als die kleine Trauergemeinde, die sich gestern auf dem Friedhof am Stadtrand von Flörsheim versammelt hatte, um von ihrer Mutter Abschied zu nehmen. Nur ein paar entfernte Verwandte, der Apotheker, der das Geschäft ihres Vaters übernommen hatte, und zwei Freundinnen ihrer Mutter waren gekommen. Im schneidend kalten Wind, der die kahlen Äste der Bäume schüttelte, hatte Janna so gefroren, dass ihre Zähne aufeinanderschlugen und es ihr trotz aller Mühe schwergefallen war, den Worten des Pfarrers zu folgen. Vom »Himmelreich« hatte er gesprochen und von »Gottes Hand, in der Anneke jetzt ruht«, so viel hatte sie verstanden. Nichts als leere Worthülsen. Nichts, was in der Lage gewesen wäre, die schmerzhafte Leere zu füllen. Sie hatte nach der Hand ihrer Großmutter gegriffen, und die beiden hatten sich aneinander festgehalten, bis die Beisetzung vorüber war.

Während der ganzen Fahrt vom Bahnhof Westerland nach Morsum wechselten die beiden Frauen kaum ein Wort miteinander. Janna sah, dass ihre Großmutter aufmerksam aus dem Fenster schaute und alle Eindrücke in sich aufzusaugen schien.

Der Wind hatte die letzten Wolken davongeblasen, und die Abendsonne spiegelte sich in den Pfützen auf der Dorfstraße zwischen Keitum und Morsum. Auch wenn es schon Mitte März war und in Flörsheim bereits die Forsythien in voller Blüte standen, lag hier erst ein zartgrüner Schleier auf den Wiesen. Noch hatten nur wenige Bauern ihr Vieh hinausgetrieben. Auf den Weiden grasten vor allem Galloways und ein paar Schafe mit jungen Lämmern. Janna musste an die vielen Stunden denken, die sie als Kind beim Lammen im Stall der Nachbarn verbracht hatte, wenn sie in den Osterferien auf Sylt gewesen war. In Omas Pension hatte sie sich oft gelangweilt, und so war sie beinahe jeden Morgen zu ihrem Freund Achim auf den Nachbarhof hinübergegangen, um mit ihm im Stall zu spielen. Janna schüttelte bei dem Gedanken lächelnd den Kopf.

Achim. Meine Güte. Seit Jahren habe ich nicht mehr an ihn gedacht. Was wohl aus dem geworden ist?

Als Janna den grauen Kombi auf die Einfahrt lenkte, lugte die tief stehende Sonne durch die untersten Äste der windgebeugten Bäume, die das Haus umstanden. Nicht mehr lange, und es würde dunkel werden. Janna stellte den Motor ab, machte die Fahrertür auf und stieg aus. Sie reckte das müde Kreuz, ehe sie um den Wagen herumging und ihrer Großmutter die Tür öffnete.

»Da wären wir, Oma«, sagte sie und streckte die Hand aus, um ihr herauszuhelfen.

Johanne bedachte sie mit einem bösen Blick unter zusammengezogenen Augenbrauen. »Untersteh dich, mich wie eine alte Frau zu behandeln!«, brummte sie, während sie steifgliedrig aus dem Wagen kletterte. »Das habe ich wahrhaftig lange genug ertragen müssen.«

»Ich dachte nur wegen deiner Hüfte . . .«, sagte Janna vorsichtig.

»Papperlapapp! Es ist bald zwei Jahre her, dass ich sie mir gebrochen habe. Und den Rollator habe ich seit sechs Monaten nicht mehr angefasst. Mir geht es gut. Siehst du?« Johanne zog sich an der Autotür hoch und lächelte. »Alles in schönster Ordnung. Nur wenn das Wetter umschlägt, tut es manchmal noch weh.« Sie deutete zur Haustür hinüber. »Geh schon mal vor, und schließ auf. Ich komme sofort.«

Janna nickte, wandte sich ab und ging langsam den gepflasterten Weg entlang zur Haustür. Sie kannte ihre Großmutter gut genug, um zu wissen, dass diese auf keinen Fall wollte, dass Janna sie nach der langen Fahrt humpeln sah.

Janna zog ihren Schlüsselbund aus der Tasche und griff nach dem silbernen Zylinderschlüssel mit dem roten Plastikring, den sie seit dem Abitur immer dabeihatte. Das war Omas Geschenk für sie gewesen. »Egal, was ist, egal, wie dick es kommt: Bei mir kannst du immer unterkriechen, Deern. Bei mir hast du immer ein Zuhause. Glaub mir, zu wissen, dass man irgendwo einen Platz hat, an dem man immer willkommen ist, das ist Gold wert!«

Janna strich lächelnd mit dem Daumen über den ausgeblichenen Plastikring, ehe sie den Schlüssel ins Schloss steckte und aufschloss. Die grün gestrichene Holztür mit dem Metallklopfer und dem eingelassenen quadratischen Fenster gab ein protestierendes Quietschen von sich, als sie sie aufdrückte.

Alles war so wie immer, so als wäre sie nie fort gewesen, und doch hatte sich alles verändert. Der Flur wirkte enger, die Fliesen waren matt und staubig, es roch wie in einem Kellerraum, den man lange nicht gelüftet hatte. Immerhin war es warm, wenn auch ein bisschen stickig.

»Puh!«, hörte Janna hinter sich ihre Großmutter sagen. »Enno hätte aber wirklich mal lüften können.« Sie ging an Janna vorbei in die Küche. »Aber er hat ein paar Lebensmittel besorgt. Fürs Frühstück ist alles da«, rief sie und kam mit einer gelben Schachtel in der Hand in den Flur zurück. »Und Tee! Lebenswichtig für uns Friesen.« Johanne lachte und zwinkerte Janna zu. »Wie sieht's aus? Erst mal eine schöne Tasse Tee, ehe wir die Koffer aus dem Auto holen?«

Janna nickte lächelnd und zog ihre Jacke aus.

Als sie eine Stunde später dabei waren, ihre Teebecher abzuwaschen, klopfte es an der Haustür.

»Ich geh schon«, sagte Janna und legte das Geschirrtuch zur Seite.

Enno Büsing, der Bauer vom Nachbarhof, der während Johannes Abwesenheit im Haus nach dem Rechten gesehen hatte, stand draußen, seine unvermeidliche graue Tweedmütze auf dem Kopf, und strahlte Janna an.

»Hab ich mich doch nicht getäuscht!«, sagte er. »Ich meinte doch, dass ich das Auto auf dem Hof gesehen habe.« Er trat ein und streckte seine prankenhafte Rechte aus, in der Jannas Hand beinahe verschwand. »Mensch, Deern, was hast du dich herausgemacht in den letzten Jahren!«, sagte er und lächelte anerkennend. »Ich hätte dich bald nicht wiedererkannt. Ist ja nun auch schon lange her, dass wir uns gesehen haben, was?«

»Vor drei Jahren war ich zuletzt hier, aber nur übers Wochenende«, erwiderte Janna. »Dass ich bei euch drüben war, muss schon zehn Jahre her sein. Da lebte Tante Hannelore noch.«

Schlagartig wurde Ennos Gesicht ernst und seine Augen tieftraurig. Er seufzte schwer. »Ja, erst meine Hannelore und jetzt auch noch deine Mutter. Nicht zu begreifen! Ich sehe die beiden noch bei uns im Garten sitzen und Klönschnack halten, während sie Äpfel schälten.«

Der Gartentisch auf Büsings Terrasse, die große Schüssel mit den geschälten Apfelstücken, die Waschwanne mit den grünen Boskoop auf dem Boden, die beiden Frauen, die zusammensaßen, die Schalen in langen Spiralen in die Schüsseln vor sich fallen ließen und über Gott und die Welt tratschten. Janna hatte das Bild deutlich vor Augen. Sie schluckte ein paar Mal, bis sie den Kloß in ihrem Hals wieder los war.

»Ich sag nicht herzliches Beileid, Deern«, fuhr Enno mit rauer Stimme fort. »Das kann ich nicht. Seit Hannelore nicht mehr ist, krieg ich das einfach nicht über die Lippen.« Er griff nach Jannas Händen und zog sie in seine Arme. »Aber du weißt auch so, dass ich mit dir trauere.«

Einen Moment lang ließ Janna sich festhalten und genoss das Gefühl der Wärme und Geborgenheit. »Danke, Onkel Enno!«, flüsterte sie, sah zu ihm auf und lächelte traurig. Dann machte sie sich ein wenig verlegen von ihm los.

Enno räusperte sich. »Und deine Oma?«, fragte er. »Wie hält sie sich?«

Ehe Janna antworten konnte, steckte Johanne wie aufs Stichwort den Kopf aus der Küchentür. »Ach, du bist das, Enno! Das ist aber schön, dass du vorbeiguckst!« Sie trat in den Flur und reichte ihrem Nachbarn die Hand. »Dann will ich gleich noch mal Tee aufsetzen, was?«

»Für mich nicht, danke!« Er hob abwehrend die Hände. »Ich wollte nur eben Guten Tag sagen und fragen, ob ich euch noch was mitbringen soll, wenn ich einkaufen fahre.«

»Für eine Tasse Tee ist immer Zeit!«, widersprach Johanne entschieden. »Außerdem haben die Geschäfte in Westerland doch bis acht Uhr auf.«

Widerstrebend gab Enno nach, folgte den beiden Frauen in die Küche und setzte sich auf das alte rote Friesensofa, das hinter dem Küchentisch an der Wand stand. Johanne stellte noch einmal den Kessel auf den Herd, während Janna das Teeservice mit den Rosen aus dem Wohnzimmer holte.

Enno erzählte vom Hof mit den Galloway-Rindern und Schafen und seinen »Logiergästen«, wie er die Touristen nannte, die in den drei kleinen Ferienwohnungen in seinem umgebauten Kuhstall wohnten.

»Immer was zu tun!«, sagte er. »Da wird es jedenfalls nicht langweilig. Ist ja sonst ziemlich einsam hier.«

Johanne griff nach der Teekanne und schenkte ein. »Und Achim? Kommt der dich nicht öfter mal besuchen?«, fragte sie.

Enno zuckte mit den Schultern, ehe er sich an Zucker und Sahne bediente. »Der ist mit seinem Surfzirkus immer in der

Weltgeschichte unterwegs. Heute hier, morgen da, wie man so sagt. Immer dort, wo gerade Surf-Regatten stattfinden. Er war den ganzen Winter über nicht auf Sylt, aber immerhin hat er mir Karten geschickt. Zuletzt von Hawaii.«

Es sollte wohl leichthin klingen, doch Janna entging der bittere Unterton in der Stimme des alten Bauern nicht. Er runzelte die Stirn, während er nachdenklich in seiner Teetasse rührte. Janna fragte sich, wie alt er wohl war. Bestimmt schon um die sechzig, doch er hatte sich kaum verändert, seit sie ihn zuletzt gesehen hatte. Vielleicht hatte er ein paar Falten mehr um die Augen und grauere Schläfen bekommen, aber sonst? Das war noch immer der Onkel Enno aus ihren Kindertagen, der sie mühelos hochgehoben und auf den Friesenwallach Tarzan gesetzt hatte, wenn sie zusammen mit Achim zum Strand reiten wollte.

»Aber ihr habt Glück. Übermorgen kommt er für ein paar Tage her, mein Achim«, fuhr Enno fort. »Hat über Ostern tatsächlich mal frei, man kann es kaum glauben!« Er stürzte seinen Tee hinunter und griff nach einem der *Helgoländer Taler*. »Vielleicht können wir dann ja mal zu viert was essen gehen, um der alten Zeiten willen, was meint ihr? Oder seid ihr dann schon wieder weg?«, fragte er und schob sich genüsslich das Gebäck in den Mund.

»Ich weiß noch nicht genau, wann wir zurückfahren. Ungefähr eine Woche werden wir bleiben, denke ich«, antwortete Janna. »Mein Chef hat gemeint, es sei kein Problem, wenn ich mir so lange Urlaub nehme.«

»Scheint ja ein sehr verständnisvoller Chef zu sein«, sagte Enno anerkennend und griff erneut nach einem Keks. »Arbeitest du immer noch bei dieser Werkzeugfabrik? Wie hieß sie noch gleich?«

»*Sander & Sohn*, ja. Aber nicht mehr in der Buchhaltung. Inzwischen arbeite ich für die Geschäftsführung«, sagte Janna ein wenig widerstrebend.

»Und sie gondelt ebenso in der Weltgeschichte herum wie Achim«, ergänzte Johanne. »Sie besucht zusammen mit dem Juniorchef die Tochterfirmen im Ausland und sieht nach dem Rechten. Zuletzt in Dubai, nicht wahr?«

Janna nickte nur.

»Klingt interessant. Der muss wohl eine Menge von dir halten, dein Juniorchef«, meinte Enno.

Johanne schnaubte durch die Nase. »So könnte man es auch ausdrücken!«, murmelte sie.

Janna fühlte, wie sie bis zu den Haarspitzen rot wurde.

Daraus, dass sie nicht gerade begeistert von Jannas Beziehung zu Martin war, hatte Johanne nie einen Hehl gemacht. Janna hatte das insgeheim befürchtet und fast zwei Jahre gezögert, bis sie ihrer Mutter und Großmutter von Martin erzählt hatte. Erst vor einem Jahr hatte sie die beiden zum ersten Mal mit ihm zusammen in Flörsheim besucht.

Johanne hatte Martin skeptisch beäugt und Janna nach dem gemeinsamen Kaffeetrinken in der Küche beiseitegenommen. »Glaubst du wirklich, dass das eine gute Idee ist, Deern? Du und dein Chef?«, hatte sie gefragt.

»Was meinst du damit?«

»Was werde ich schon meinen? Sowas geht doch in den seltensten Fällen gut aus. Chef und Sekretärin, Arzt und Krankenschwester ...«

»Apotheker und PTA«, hatte Janna säuerlich ergänzt.

»Deine Eltern sind vielleicht die Ausnahme, die die Regel bestätigt.«

»Und warum soll das bei Martin und mir nicht auch gut gehen?«

Johanne hatte geseufzt. »Deine Eltern haben zusammengearbeitet. Du arbeitest *für* ihn. Das ist ein gewaltiger Unterschied. Außerdem, wie viel älter als du ist er? Vierzehn, fünfzehn Jahre?«

»Sechzehn, wenn du es genau wissen willst. Aber im Kopf ist er ...«

»Also Mitte vierzig«, unterbrach Johanne sie und verzog das Gesicht. »Gefährliches Alter! Glaub mir, ich weiß, wovon ich spreche. Da kriegen die meisten Männer Flausen im Kopf und meinen, sie müssten auf einmal alles nachholen, was sie in ihrer Jugend verpasst haben.«

»Glaubst du etwa, dass er mich für eine Jüngere sitzen lässt?« Janna hatte trotz ihres aufsteigenden Ärgers grinsen müssen.

»Blödsinn! Aber ich frage mich, wie ernst ihm das mit dir ist. Habt ihr schon mal übers Heiraten gesprochen?«

»Also wirklich, Oma!«

»Wieso? Ist doch naheliegend! Falls er noch Kinder mit dir möchte, wird es Zeit für ihn.«

In diesem Moment war ihre Mutter in die Küche gekommen, und Janna hatte die Antwort, die ihr schon auf der Zunge lag, wieder hinuntergeschluckt.

Nein, Martin und sie hatten nie über eine Heirat gesprochen. Wozu auch, solange seine Scheidung noch nicht durch war? Die war kompliziert und langwierig, da seine Noch-Ehefrau jede Menge Geld mit in die Firma eingebracht hatte. Und Kinder? Martin hatte schon einen Sohn, den sechzehnjährigen Lukas. Manchmal besuchte er seinen Vater, wenn dieser in Köln war, was selten genug vorkam. Das Verhältnis zwischen Vater und Sohn war nicht das beste, also dürfte sich Martins Sehnsucht nach weiteren Kindern wohl eher in Grenzen halten. Gefragt hatte Janna ihn nicht danach.

Zu heiraten und eine Familie zu gründen würde auch heißen, die gemeinsame Arbeit und das unstete Leben aus dem Koffer aufzugeben. Nein, korrigierte sich Janna. *Sie* würde es aufgeben müssen, nicht Martin. Sie würde mit einem Kind in der schicken Wohnung in der Kölner Innenstadt sitzen, während ihr Mann im Ausland herumreiste. Daran war schon seine erste Ehe zu Bruch gegangen.

Nach seinem Besuch in Flörsheim war es Janna gelungen, das Thema Martin bei den Telefonaten mit ihrer Großmutter zu umschiffen. Mit ihrer Mutter hatte sie gar nicht über ihn gesprochen, und Anneke hatte auch nicht nachgefragt. Seit Janna erwachsen war, hatte sie deren Liebesleben als ihre Privatangelegenheit betrachtet, in die sie sich – ganz im Gegensatz zu Johanne – nie eingemischt hatte.

Janna griff nach ihrer Tasse und stürzte den inzwischen kalt gewordenen Tee hinunter. »Ich will die Gutmütigkeit meines Chefs nicht ausnutzen. Es ist bestimmt jetzt schon jede Menge Arbeit liegen geblieben. In spätestens einer Woche bringe ich Oma wieder nach Flörsheim, und dann muss ich zurück nach Dubai.«

Johanne verschränkte die Arme vor der Brust und runzelte die Stirn. »Ohne mich!«, sagte sie finster.

Janna warf ihr einen entgeisterten Blick zu. »Was soll das heißen? Ohne dich?«

»Das heißt, dass keine zehn Pferde mich nach Flörsheim zurückbringen. Ich werde schön hierbleiben, wo ich hingehöre!«

»Aber du kannst doch nicht . . .«

»Was kann ich nicht?«, unterbrach Johanne sie. »Hier in meinem eigenen Haus bleiben? Mich um meinen eigenen Kram kümmern? Und warum nicht? Hier sind alle meine Freunde und

Bekannten, in Flörsheim kenne ich bis auf die Bewohner im Altersheim keine Menschenseele. Und mir von denen den ganzen Tag lang vorjammern zu lassen, wie schlecht es ihnen geht, dazu habe ich keine Lust. Davon wird man ja trübsinnig. Ich bin damals nur dort eingezogen, weil deine Mutter es für das Beste hielt und nicht feststand, ob und wann ich nach dem Sturz wieder laufen können würde. Jetzt bin ich gesund, bis auf das bisschen Rheuma in den Knien und den hohen Blutdruck, und gegen beides habe ich Tabletten. Es geht mir prima, also gibt es keinen Grund, noch länger in dem Heim zu bleiben. Versuch bloß nicht, mich umzustimmen! Außerdem wäre das sowieso zwecklos, ich habe das Zimmer nämlich schon gekündigt. Meine Möbel kommen nächste Woche mit der Spedition.«

»Und wie willst du hier ganz allein zurechtkommen?«, fragte Janna. »Radfahren kannst du nicht, und Autofahren tust du nicht! Wie willst du denn einkaufen? Und was ist, wenn du zum Arzt musst?«

»Das ist ja nun das kleinste Problem«, sagte Enno mit einem augenzwinkernden Lächeln. »Ich bin doch auch noch da! Wenn du einen Chauffeur brauchst, musst du nur bei mir durchklingeln, Johanne. Das fällt unter Nachbarschaftshilfe.«

Johanne warf ihm einen dankbaren Blick zu, legte ihre Hand auf seine Rechte und drückte sie.

»Fall du mir noch in den Rücken, Onkel Enno!«, sagte Janna. »Im Ernst, Oma, ich halte das für keine gute Idee!« Sie holte tief Luft. »Und ich glaube nicht, dass es Mama recht gewesen wäre«, fügte sie leise hinzu.

Janna sah den Schmerz in den Augen ihrer Großmutter, als sie die Lippen zusammenpresste und schluckte. »Das mag sein, Deern«, sagte Johanne leise. »Vermutlich wäre es ihr nicht recht gewesen.« Für einen Moment schien sie durch Janna hindurchzusehen, dann wurde ihr Blick wieder fest. »Aber Anneke lebt nicht mehr. Alles, was mich mit Flörsheim verbindet, ist ihr Grab auf dem Friedhof. Die Toten müssen für sich selber sorgen, wie man so sagt. So hart es klingt, das Leben geht weiter. Und meines wird hier auf Sylt weitergehen.«

Zwei

»Und dann hat Oma die Bombe platzen lassen. Stell dir vor, Martin: Sie will hier auf Sylt bleiben und auf gar keinen Fall zurück nach Flörsheim!«

Janna ließ sich rücklings auf ihr Kissen fallen und nahm das Handy in die andere Hand. Ihr Ohr war vom langen Telefonieren schon ganz heiß. Erst als Johanne schlafen gegangen war, hatte Janna Martin angerufen, um ihm zu erzählen, was seit ihrem letzten Telefonat vor zwei Tagen alles passiert war.

»Warum auch nicht? Mal ehrlich, was soll sie noch in Flörsheim?«, fragte Martin. »Es wäre doch Blödsinn, das teure Pflegeheim zu bezahlen, wo ihr Haus leer steht!« Wie immer sah er die Sache in erster Linie von der praktischen Seite.

»Kein Pflegeheim, nur eine Altenwohnung«, sagte Janna. »Aber dort ist immer jemand vor Ort, wenn mal was sein sollte. Hier ist sie ganz allein. Was ist, wenn sie wieder stürzt, oder ...«

»Janna, nun mal doch nicht gleich den Teufel an die Wand! Viele alte Leute leben allein, und bei den meisten geht es gut. Wenn deine Großmutter den Entschluss gefasst hat, auf Sylt zu bleiben, warum denn nicht? Sie ist erwachsen und kann selbst über sich bestimmen.«

»Aber ...«

»Nichts aber! So wie ich sie kennengelernt habe, ist sie eine sehr vernünftige und patente Frau, die genau weiß, was sie will. Und sie braucht niemanden, der sich ihren Kopf zerbricht – auch nicht ihre Enkeltochter. Warte doch einfach ab, wie sie allein zurechtkommt. Und wenn es gar nicht geht, gibt es auf Sylt bestimmt auch gute Seniorenheime.«

»Stimmt natürlich, trotzdem habe ich ein mulmiges Gefühl bei der Sache. Bald bin ich wieder weit weg, und wenn ich sie dann anrufe, wird sie mir sowieso nur sagen, dass alles bestens läuft.«

»Janna, jetzt lass gut sein!« Martin klang langsam ungehalten. »Deine Großmutter ist erwachsen und kann selbst entscheiden, was sie will.«

Das Aber, das Janna schon auf der Zunge lag, schluckte sie hinunter. Sie hasste es, sich zu streiten. Das war schon immer so gewesen. Schon in der Schule hatte sie lieber nachgegeben, als ihre Meinung durchzusetzen, selbst wenn sie sich ganz sicher war, im Recht zu sein. Die schlagfertigen Argumente fielen ihr immer erst Stunden später ein, und dann ärgerte sie sich über sich selbst, weil sie wieder einmal nachgegeben hatte.

Janna schwieg einen Moment und zupfte an den Fransen der karierten Tagesdecke. »Ich will für nächste Woche einen Termin mit dem Makler in Flörsheim machen, wegen Mamas Haus«, sagte sie schließlich.

»Habt ihr euch jetzt entschieden, es zu verkaufen?«, fragte Martin interessiert. Der Anflug von Ungeduld in seiner Stimme war wie fortgeblasen.

»Noch nicht endgültig. Es wird nicht so einfach werden, einen angemessenen Preis zu bekommen. Vielleicht ist es besser, es zu vermieten. Mal sehen, was der Makler sagt.«

»Es leer stehen zu lassen wäre jedenfalls unvernünftig. Es senkt den Wert jeder Immobilie, wenn sie ein paar Monate nicht bewohnt ist. Du wirst dir auch noch überlegen müssen, was mit den Möbeln deiner Mutter passieren soll. Viel Wertvolles ist ja nicht dabei. Am besten bestellst du den Sperrmüll oder rufst bei der Diakonie an, ob die noch was gebrauchen können.«

Da war er wieder, dieser kalte, geschäftsmäßige Ton. Sonst störte es Janna nicht, wenn Martin so redete, aber hier ging es um Mamas Möbel, die er so einfach zu Sperrmüll deklarierte. Mühsam kämpfte sie den aufwallenden Ärger hinunter und wechselte das Thema.

»Und nach dem Maklertermin komme ich zurück nach Dubai.«

Martin räusperte sich, ehe er antwortete. »Lass dir ruhig Zeit, Janna! Noch ein paar Tage, und wir sind hier durch mit der Revision. Eigentlich lohnt es sich gar nicht, dass du noch herfliegst. Das wäre nun wirklich viel zu viel Aufwand, von den Kosten mal ganz abgesehen. Gönn dir lieber noch ein bisschen Zeit mit deiner Großmutter. Und wenn du in Flörsheim mit allem durch bist, sehen wir uns in Köln.«

»Meinst du wirklich?«, fragte Janna zweifelnd. »Soll ich nicht doch lieber kommen? Es macht mir wirklich nichts aus. Wenn du möchtest, kann ich auch morgen schon zurück nach Frankfurt fahren. Dann wäre ich übermorgen Abend bei dir.«

»Nein, nein, bleib ruhig noch ein bisschen auf Sylt und erhol dich. Es muss dich doch alles ziemlich mitgenommen haben.«

»Aber wenn du mich brauchst . . .«

»Dann würde ich es dir sagen!«, unterbrach Martin sie. »Wirklich, Kleines, hier läuft alles wie am Schnürchen. Gar kein Problem! Noch eine Woche, maximal zehn Tage, dann bin ich zurück in Köln. Und du machst dir so lange eine schöne Zeit, versprochen?«

Janna seufzte resigniert. »Ja, gut, versprochen!«

»Das ist mein Mädchen!«, sagte Martin und lachte leise. »Sag mal, wärst du mir sehr böse, wenn ich jetzt gleich auflege? Heute war ein langer Tag, und ich muss morgen in aller Herrgottsfrühe wieder aus den Federn. Mir fallen schon die Augen zu.«

»Du Armer, natürlich nicht«, beeilte sich Janna zu sagen. »Schlaf gut, Martin!«

»Ja, du auch, Kleines. Bis morgen Abend!«, sagte er und gähnte vernehmlich. Dann war die Leitung tot. Offenbar hatte er aufgelegt.

»Und vergiss nicht, dass ich dich liebe«, flüsterte Janna, während sie das Handy ausschaltete.

Klack, klack, klack, klack ...

Das Geräusch, das Janna aus dem Tiefschlaf holte, erinnerte an Kastagnetten. Sofort baute ihr Unterbewusstsein eine spanische Flamencotänzerin mit rotem Rüschenkleid in ihren Traum ein.

»Guten Morgen, du Schlafmütze!«, rief Johanne. »Aufstehen, das Frühstück steht schon auf dem Tisch. Wir haben viel vor. Heute ist Großreinemachen angesagt. Einmal durch alle Zimmer wischen und Fensterputzen. Ist ja kein Zustand so!«

Mühsam schlug Janna die Augen auf und blinzelte in die Sonne, die auf ihr Bett schien, weil Johanne gerade geräuschvoll die Vorhänge aufgezogen hatte. Sie schlug die Hände vor die Augen und vergrub das Gesicht im Kissen.

»Oh Oma, noch eine halbe Stunde, bitte!«, stöhnte sie. »Ich habe gerade so schön geträumt.«

Johanne lachte. »Nichts da, dann ist der Kaffee wieder kalt. Also raus aus dem Bett! Wenn du dich beeilst, kriegst du noch was vom Rührei ab.« Sie stupste Janna aufmunternd gegen die Schulter und verließ das Zimmer.

Als Janna zehn Minuten später im Schlafanzug in die Küche

schlurfte, saß Johanne bereits angezogen am Frühstückstisch und verspeiste mit Genuss einen Teller Rührei. Sie schob ihrer Enkelin den Stuhl zurück, holte die Pfanne vom Herd und häufte eine großzügige Portion Ei auf ihren Teller.

»Ich dachte ja, es wäre ungewohnt, in mein altes Bett zu kriechen«, sagte sie gut gelaunt. »Aber ich habe geschlafen wie ein Murmeltier. Und vor allem ohne die vermaledeiten Flugzeuge morgens um sechs. Noch ein Grund, nicht wieder nach Flörsheim zurückzugehen.«

Janna musste grinsen, auch wenn ihr eigentlich nicht danach zumute war. »Da hast du allerdings recht. Die Flugzeuge sind eine Landplage!«

Seit in Frankfurt die neue Startbahn eröffnet worden war, donnerten die Flugzeuge im Minutentakt direkt über Flörsheim hinweg. Daran, wie früher im Garten zu sitzen und die Sonne zu genießen, war wegen des allgegenwärtigen Lärms kaum noch zu denken. Janna überlegte, ob sie das Thema Rückkehr nach Flörsheim noch einmal aufgreifen sollte, entschied sich aber dagegen.

Nein, nicht am frühen Morgen. Ich rede lieber später beim Putzen noch einmal mit Oma darüber. Vielleicht ist sie ja dann vernünftigen Argumenten gegenüber eher aufgeschlossen.

So recht daran glauben mochte Janna jedoch selbst nicht. Oma war, wie Opa immer gesagt hatte, ein richtiger friesischer Querschädel. Was sie sich einmal in den Kopf gesetzt hatte, das setzte sie gegen jeden Widerstand durch. Darum hatte Opa auch immer sie mit den Lieferanten der Pension verhandeln lassen. Johanne könne einer Kuh das Kalb abschwatzen, hatte er stets gesagt und dabei in sich hineingekichert.

Opa war das genaue Gegenteil von ihr gewesen: ruhig, besonnen und schweigsam. »Wie zwei Seiten einer Medaille«, pflegte

Johanne zu sagen. »Aber so ist das nun mal: Gegensätze ziehen sich an.«

Opa hatte all ihre Eigenheiten und Marotten geliebt und sie klaglos mit dem Auto überallhin kutschiert, weil sie sich seit einem selbst verschuldeten Unfall vor über vierzig Jahren kategorisch weigerte, sich wieder ans Steuer zu setzen. Immer hatten die beiden alles zusammen gemacht: Sie hatten den alten Bauernhof zu einer gut gehenden Pension umgebaut, fleißig gearbeitet und sich wenig gegönnt und waren glücklich zusammen alt geworden.

Und dann, vor drei Jahren, war Opa zum ersten Mal in seinem Leben krank geworden. Lange Zeit hatte er vor Johanne verheimlicht, dass es ihm immer schlechter ging, und als er dann zum Arzt gegangen war, hatte man nichts mehr für ihn tun können. Der Krebs hatte sich bereits in seinem ganzen Körper ausgebreitet, und nur ein paar Wochen später war er gestorben.

Johanne war am Boden zerstört gewesen. Nein, korrigierte Janna sich selbst und warf ihrer Großmutter, die ihr am Tisch gegenübersaß, einen verstohlenen Blick zu. Sie war ohnmächtig vor Wut gewesen. Sie hatte sich ganz in sich zurückgezogen, nichts gegessen und tagelang mit niemandem gesprochen. Wie hatte ihr Mann sie nur einfach so allein zurücklassen können?

Er war im Januar gestorben, und wie in jedem Winter waren nur wenige Gäste im *Haus Friesenrose* gewesen. Nur Stammgäste, die schon seit Jahren immer wiederkamen und Verständnis dafür aufbrachten, dass sie auf Johannes Hausmannskost verzichten und sich ihr Frühstück selbst machen mussten. Janna hatte ihren Jahresurlaub genommen und war nach Sylt gefahren, aber da stand Omas Entschluss schon fest: Ohne ihren Mann wollte sie die Pension nicht weiterführen. Das mache alles keinen Spaß mehr, so ganz allein, hatte sie gesagt.

Janna hatte Johanne nie gefragt, wie schwer es ihr gefallen war, die Pension zu schließen. Nach den drei Wochen Urlaub, die sie nach Opas Beerdigung auf Sylt verbracht hatte, war sie mit einem unguten Gefühl wieder abgereist und hatte sich jeden Tag telefonisch bei ihrer Mutter erkundigt, wie es Oma gehe. Anneke machte sich große Sorgen um sie. Johanne lasse sich hängen und könne sich zu nichts aufraffen.

Als Janna ihre Großmutter im darauf folgenden Sommer für ein Wochenende besucht hatte, ging es ihr aber schon sehr viel besser. Sie verbrachte den lieben langen Tag im Garten, wo sie sich um die Rosen, Dahlien und Hortensien kümmerte, die Opa angepflanzt und wie seinen Augapfel gehegt und gepflegt hatte. Jeden Tag radelte sie nach Morsum, trank zusammen mit einer ihrer Freundinnen ihren Nachmittagskaffee in der *Kleinen Teestube* und hielt Klönschnack. Lauter Sachen, zu denen sie früher bei der vielen Arbeit in der Pension keine Zeit und vor allem keine Muße gehabt hatte. Es gehe ihr gut, betonte sie immer wieder. Kein Grund, sich Sorgen zu machen, sie käme gut allein zurecht.

Erst als Johanne ein Jahr später mit dem Fahrrad schwer gestürzt war und sich Hüfte und Oberschenkelhals gebrochen hatte, hatte Jannas Mutter ein Machtwort gesprochen und sie in einer Altenwohnung in Flörsheim untergebracht. Widerwillig hatte Johanne sich gefügt, aber keinen Hehl daraus gemacht, dass sie sich dort gar nicht wohlfühlte.

Janna schob den halb vollen Teller mit Rührei von sich. »Ich kann nicht mehr!«, sagte sie seufzend. »Morgens krieg ich einfach nichts runter.«

Johanne zog überrascht die Augenbrauen hoch. »Seit wann das denn? Als Kind konntest du futtern wie ein Scheunendrescher. Und mein Rührei mochtest du immer besonders gern.«

»Das muss aber ewig her sein! Nein, ich frühstücke nie. Ist besser für die Figur.«

»Du bist doch so dünn! Opa hätte gesagt, du siehst aus wie eine Hundehütte, überall gucken die Knochen raus.«

Janna lachte. »Aber auch nur, *weil* ich mich beim Essen zurückhalte.«

Johanne verdrehte die Augen. »Den Floh hat dir bestimmt dein Martin ins Ohr gesetzt, was? Dass du zu dick wirst, wenn du nicht aufpasst! Na, der sollte mir mal unterkommen, dem würde ich ein paar warme Takte erzählen.« Sie nahm einen großen Schluck aus ihrem Kaffeebecher. »Dann wollen wir uns mal gleich frisch gestärkt an die Arbeit machen, was meinst du? Wenn wir mit allen Zimmern durch sind, gönnen wir uns zur Belohnung einen schönen Spaziergang durch Morsum und ein Stück Friesentorte in der *Teestube*. Die haben wir uns dann redlich verdient.«

Während sie zusammen in den Pensionszimmern »klar Schiff machten«, wie Oma es nannte, beobachtete Janna ihre Großmutter. Sie bewegte sich genau wie früher, lief ohne die Spur eines Humpelns den Flur entlang, bückte sich behände nach einem Papierschnipsel, der unter einem der Betten lag, und war noch immer fit, als Janna von der ungewohnten Arbeit bereits jeder Knochen im Leib wehtat.

»Wollen wir nicht für heute Schluss machen?«, fragte sie nach dem achten Fenster, von dem sie die dicke Salzkruste geputzt hatte, die während des letzten Jahres entstanden war. »Ich kann die Arme kaum noch heben, und außerdem ist es schon nach drei.« Sie ließ den Lappen und den Fensterwischer in den Eimer plumpsen und streckte das Kreuz durch. »Wenn wir nach dem Kaffee noch ein bisschen am Strand spazieren gehen wollen, sollten wir langsam los, gegen sieben wird es dunkel.«

Johanne nahm den Feudel vom Schrubber und spülte ihn gründlich aus, ehe sie ihn auswrang. Sie nickte. »Stimmt. Ein Stück Friesentorte haben wir uns wirklich verdient, Deern!«, sagte sie. »Den Rest machen wir morgen.«

Janna seufzte. »Das Saubermachen hat doch keine Eile. Du tust ja gerade so, als stünden übermorgen zehn Pensionsgäste vor der Tür!«

»Das nicht, aber ...«

Janna legte den Kopf schief und warf ihrer Großmutter einen fragenden Blick zu.

Johanne räusperte sich, bevor sie antwortete. »Ich dachte, ich rufe Claire Scheller mal an und frage sie, ob sie nicht nach Ostern für ein paar Tage herkommen will. Erinnerst du dich noch an sie? Früher hat sie jeden Sommer hier gewohnt, wenn sie für das *Wegener-Institut* Vögel gezählt hat. Wir haben uns so lange nicht gesehen!«

Hältst du das für eine gute Idee? Du wirst dich noch übernehmen, Oma!, wollte Janna sagen. Aber sie schluckte die Worte hinunter, als sie das Leuchten in Johannes blauen Augen sah. Claire war immer mehr eine Freundin als ein Gast gewesen. Außerdem wäre Oma dann nicht allein in dem großen Haus, wenn Janna wieder weg war.

»Ja, prima Idee, sie einzuladen! Ich mochte sie schon immer gern. Claire ist zwar ein bisschen verrückt, aber sie bringt in jedem Fall Leben in die Bude«, sagte sie mit einem Lächeln. »Und jetzt lass uns nach Morsum fahren. Ich habe Riesenhunger und freu mich schon auf die Friesentorte.«

Nachdem sie in der wie immer gut besuchten *Kleinen Teestube* ausgiebig Kaffee getrunken und ein großes Stück Torte genossen hatten, schlenderten sie in der Nachmittagssonne durch das malerische Örtchen, ehe sie am Museum abbogen und noch ein Stück am Wattufer entlanggingen. Beide Frauen schwiegen.

Es war beinahe Ebbe. Das Wasser hatte sich weit zurückgezogen, die Wellen schlugen einen gemächlichen Takt auf das Watt. Ein paar Austernfischer tippelten durch die Pfützen, beugten sich immer wieder hinunter und suchten mit ihren leuchtend roten Schnäbeln im Schlick nach Nahrung.

Johanne blieb stehen, vergrub die Hände in den Jackentaschen und atmete tief die salzige Luft ein. »Gott, ist das schön, wieder hier zu sein!«, rief sie lächelnd. »Du glaubst ja gar nicht, wie sehr ich das vermisst habe, Deern!«

Ein sanfter Wind, der schon ein wenig nach Frühling roch, blies von Westen her, kräuselte das Wasser in den Pfützen und spielte mit Johannes Haaren. Sie hob die Hand und strich sich eine Strähne aus dem Gesicht. Wie sie so dastand und über das Meer und die Insel blickte, die sich in weitem Bogen über den Horizont erstreckte, wirkte sie wie eine junge Frau. Da machte es auch nichts, dass ihr Haar inzwischen bis auf ein paar dunkelgraue Strähnen fast weiß war und sich beim Lachen in ihren Augenwinkeln zahlreiche Falten bildeten.

Martin hatte recht. Johanne brauchte niemanden, der sich ihren Kopf zerbrach, und ganz gewiss brauchte sie kein Altersheim, in dem sich jemand um sie kümmerte.

Sie drehte den Kopf und strahlte Janna an. »Das hier, das ist der beste Platz der Welt. Das ist Zuhause!«

35

Drei

Sie brauchten zwei weitere Tage, um die zwölf Zimmer der Pension wieder »auf Vordermann zu bringen«, wie Johanne es nannte. Alle Fenster mussten geputzt, alle Böden gesaugt und gewischt und die Teppiche ausgeklopft werden. Als Janna im letzten Zimmer die Möbel gewienert und die Bilderrahmen abgestaubt hatte, nickte ihre Großmutter zufrieden.

»So können wir es erst mal lassen, Deern! Nun brauchen wir uns nicht mehr zu schämen, wenn unverhofft Besuch kommt.« Sie warf einen Blick durch das Fenster auf die Beete hinter dem Haus, wo die Rosensträucher anklagend die Blütenstände vom letzten Jahr hochreckten. »Jetzt müssen wir nur noch in den Garten, aber das hat noch ein paar Tage Zeit. Du sollst ja auch noch was von deinem Urlaub hier haben.«

Janna grinste schief. »Von Urlaub habe ich bislang noch nicht viel gemerkt. So viel habe ich bestimmt seit fünf Jahren nicht geputzt.« Sie hob die Hände und streckte Johanne ihre Fingerspitzen entgegen, an denen sich die Haut wellte. »Guck, ich löse mich schon langsam auf.«

»Ach Blödsinn, so leicht löst man sich nicht auf! Alles Gewohnheit«, sagte Johanne lachend. »Aber wenn man so wie du im Hotel wohnt, kriegt man ja immer alles gemacht. Warte mal ab, bis wir die Beete umgraben, dann bekommst du zu den Hausfrauenhänden auch noch Schwielen.«

»Prima!«, stöhnte Janna. »Ich kann es kaum erwarten.«

Johanne zwinkerte ihr zu. »Du musst dich leider noch ein

bisschen gedulden. Wir warten erst mal den Regen ab. Heute früh haben sie im Radio gesagt, dass sich das Wetter verschlechtern soll. Wenn ich meine alten Knochen frage, dann hat das Radio vermutlich recht: Meine Knie tun weh, und die OP-Narbe juckt wie verrückt. Es könnte Gewitter geben. Falls meine Rente mal nicht mehr reicht, kann ich immer noch für den Deutschen Wetterdienst arbeiten.«

Janna lachte. »Guter Plan!«, sagte sie und griff nach dem Staubsauger, um ihn in die Abstellkammer zu bringen. »Und was machen wir jetzt mit dem angebrochenen Tag?«

»Wir könnten nach Hörnum fahren und Krabben kaufen,« schlug Johanne vor. »Und unterwegs halten wir bei der *Sansibar* an und essen eine Currywurst. Mal sehen, ob die immer noch so gut ist wie früher! Weißt du noch?«

»Wie könnte ich das vergessen? Das haben Opa und ich immer gemacht, wenn ich euch besucht habe. Einmal nach Hörnum, Krabben holen, auf den Leuchtturm steigen und hinterher zur Belohnung eine Currywurst essen.« Janna nickte. »Ja, gute Idee.«

Als sie eine halbe Stunde später auf Hörnum zufuhren, warf Johanne einen skeptischen Blick zum Himmel. »Eigentlich hatte ich gedacht, wir gehen noch ein Stück in Richtung Odde spazieren, aber das sollten wir lieber verschieben, sonst werden wir klatschnass. Da braut sich was zusammen, siehst du?« Sie deutete auf den Horizont, wo die tief hängenden Wolken mit dem Meer zu verschmelzen schienen. »Außerdem habe ich jetzt Lust auf Currywurst. Ich würde vorschlagen, wir halten an der *Sansibar*. Die Odde läuft uns nicht weg.«

»Ganz wie du willst, Oma.«

Janna setzte den Blinker und bog auf den Parkplatz ab. Die ersten schweren Tropfen platzten auf den Weg vor ihnen, als sie durch die Dünen zum Restaurant hinaufliefen. Der Wind hatte merklich aufgefrischt und schlug ihnen kalt ins Gesicht.

»Vielleicht hätten wir lieber den Shuttlewagen hinaufnehmen sollen«, meinte Janna und hakte ihre Großmutter unter.

»Ach was! Wir sind doch nicht aus Zucker! Die paar Schritte schaffen wir schon.«

Wir sind doch nicht aus Zucker! Das hatte Mama auch immer gesagt. Wieder zog sich Jannas Herz vor Trauer zusammen. Nur nichts anmerken lassen, dachte sie, zwang sich ein Lächeln auf die Lippen und nickte.

Das Restaurant war wie immer gut besucht, und sie brauchten eine Weile, bis sie einen Platz fanden. Offenbar hatten etliche Spaziergänger vor dem Regen und dem immer heftiger werdenden Sturm hier Zuflucht gesucht.

»Zweimal Currywurst mit Bratkartoffeln bitte!«, sagte Johanne zu der jungen Kellnerin, die an ihren Tisch trat. »Wollen mal sehen, ob die immer noch so gut ist wie früher. Ist immerhin schon zwei Jahre her, dass ich zuletzt hier gegessen habe.«

Die Kellnerin lachte. »Da nehme ich jede Wette an!«

Ein paar Minuten später kam sie mit zwei gut gefüllten Tellern zurück, stellte sie vor ihnen ab und wünschte guten Appetit. Nach den ersten Bissen stellte Janna fest, wie hungrig sie war. Erst als sie die riesige Wurst mit der pikanten Sauce und auch die letzte der knusprigen Bratkartoffeln verdrückt hatte, blickte sie auf und sah ihre Großmutter lächeln.

»Das ist schon eher meine Janna!«, sagte Johanne. »Die isst, wenn's ihr schmeckt, und nicht drüber nachdenkt, ob sie ihre Modelfigur ruiniert.«

»Oma, wirklich . . .«

»Stimmt doch! Als ob du das nötig hättest! Außerdem finde ich, dass du in Jeans und Pullover viel besser aussiehst als im eleganten Businesskostüm. Das bist irgendwie gar nicht du.«

»Das Kostüm gehört für eine Assistentin der Geschäftsführung nun mal dazu.« Janna drehte verlegen ihr Glas am Stiel hin und her. »Ob man es möchte oder nicht.«

Johanne zog die Augenbrauen hoch und musterte Janna scharf. »Wer bestimmt denn, was du möchtest? Du oder dein Martin?«

»Ach, Oma, bitte lass uns nicht streiten! Das könnte ich einfach nicht ertragen.« Janna drehte den Kopf und sah aus dem Fenster auf die Dünen und den Strandhafer, an dem der Sturm zerrte. Regentropfen prasselten an die Scheiben wie kleine Kieselsteine. »Hier auf Sylt ist alles so weit weg, so friedlich und in Ordnung«, fügte sie leiser und wie zu sich selbst hinzu. »Da kann man einfach man selbst sein.«

Johannes Blick lag immer noch durchdringend auf ihr. »Dachte ich's mir doch!«, murmelte sie und seufzte. Dann richtete sie sich kerzengerade auf und deutete aus dem Fenster auf die dunkelgraue Wolkenmasse, die sich von der See her auf die Insel zuwälzte. »Meine Herren, sieh dir mal das Unwetter an, das da heranzieht!«, rief sie. »Wir sollten besser zusehen, dass wir nach Hause kommen. Ich weiß nicht, ob ich in den Gästezimmern oben alle Fenster zugemacht habe.«

Die Rückfahrt nach Morsum war kein Vergnügen für Janna. Wegen des starken Regens hatte sie Mühe, die Straße zu erkennen. Dann prasselte Hagel auf das Autodach, sodass man drinnen sein eigenes Wort nicht mehr verstehen konnte. Im Nu war die Fahrbahn weiß und so rutschig, als hätte jemand Schmierseife ausgeschüttet. Janna blieb nichts anderes übrig, als Schritttempo zu fahren. Der Sturm heulte und pfiff, während er an den Chausseebäumen rüttelte und lose Äste abriss. Ein Blitz zuckte über die graugelben Ränder der Gewitterwolke über ihnen, gefolgt von krachendem und rollendem Donner.

»Das war ziemlich nah!«, sagte Johanne. »Ich habe mitgezählt: vier Sekunden.«

»Dass es so früh im Jahr schon gewittert!«, wunderte sich Janna. Obwohl der Scheibenwischer auf höchster Stufe lief, sah sie so gut wie gar nichts mehr. »Vielleicht sollten wir doch einfach an den Straßenrand fahren und abwarten, bis das Schlimmste vorbei ist.«

»Es ist ja nicht mehr weit. Ich habe Sorge, dass mir der Sturm die Scheiben kaputt schlägt, weil die Fenster offen sind.«

Die Bemerkung, dass es jetzt vermutlich schon zu spät war, um das zu verhindern, schluckte Janna hinunter. Sie lenkte das Auto weiter vorsichtig über die spiegelglatte Landstraße. Endlich konnte sie vor sich undeutlich die Einfahrt zur Pension erkennen und setzte den Blinker.

»Puh, da wären wir!«, sagte sie zu Johanne, zog sich die Kapuze ihres Pullis über den Kopf und öffnete die Autotür einen Spaltbreit. In diesem Moment zerriss ein grellweißer Blitz das Dämmerlicht, dem augenblicklich ein ohrenbetäubender Donner folgte. Janna schrak zusammen.

»Der ist eingeschlagen, und zwar ganz in der Nähe!«, sagte Johanne. »Los, Janna, rein ins Haus, aber fix! Das ist mir zu gefährlich hier draußen.«

Sie stiegen aus und liefen, so schnell sie konnten, die paar Meter zur Haustür hinüber. Bis Johanne den Schlüssel aus ihrer Tasche gezogen und die Tür geöffnet hatte, war Janna nass bis auf die Haut.

»Igitt! Hätte ich bloß heute Morgen meine Regenjacke angezogen«, sagte sie und zog sich den triefenden Pulli über den Kopf.

»Auf Sylt musst du immer mit Regen rechnen!« Johanne hängte ihre dunkelblaue Wachsjacke auf einen Bügel. »Zieh dir besser schnell was Trockenes an, nicht dass du noch krank wirst. Ich setz schon mal Teewasser auf.«

Janna nickte, streifte die durchgeweichten Schuhe und Strümpfe von den Füßen und lief barfuß zur Treppe.

»Und schau nach den Fenstern!«, rief ihre Großmutter ihr aus der Küche hinterher.

Oben kontrollierte Janna die Fenster in den Gästezimmern, aber nur eines hatte auf Kipp gestanden, und das befand sich auf der vom Sturm abgewandten Hausseite, sodass es zum Glück nicht hereingeregnet hatte.

Janna zog sich rasch um und ging dann in die Küche zurück, wo Johanne gerade den Tee in die Tassen goss. Sie ließ sich auf einen Stuhl fallen und rubbelte mit einem Handtuch ihr kurzes blondes Haar trocken. Dann griff sie nach ihrer Tasse und blies über die dampfende Oberfläche, um den Tee ein wenig abzukühlen. Johanne schob ihr den Teller mit den Keksen hin, aber Janna schüttelte den Kopf.

»Ich bin von der Currywurst noch so satt, dass . . .«

Das lang gezogene Schrillen der Türklingel schnitt ihr das Wort ab. Jemand klingelte Sturm, und als ob das nicht reichen würde, schlug er auch noch mit dem Türklopfer gegen die Haustür, was das Zeug hielt.

»Was zum . . .«, stieß Johanne erschrocken aus.

»Ich geh schon!«, rief Janna und sprang auf. Sie lief zur Tür, durch deren kleines viereckiges Fenster sie ein Stück gelbe Regenjacke sehen konnte. Ihr Besitzer klingelte noch immer Sturm und hämmerte wie wild gegen die Tür.

41

»Ist ja gut, ich bin ja schon da!« Janna riss die Tür auf.

Vor ihr stand ein hochgewachsener junger Mann, bekleidet mit einem alten Friesennerz, dessen Kapuze ihm in die Stirn hing, und starrte sie entgeistert an. Seine linke Hand, mit der er geklopft hatte, hing in der Luft, die Rechte lag noch immer auf dem Klingelknopf.

»Janna?«, fragte er ungläubig.

»Achim!«

»Gott, was für ein Glück, dass du auch hier bist! Papa sagte nur, dass ich Tante Johanne holen soll. Könnt ihr beide bitte sofort mitkommen und helfen? Uns sind die Galloways ausgebrochen, und Papa hat Angst, dass sie in Richtung Bahngleise laufen. Ich habe zwar schon ein paar Freunde angerufen, aber bis die hier sind, kann Gott weiß was passiert sein!« Er blickte über ihre Schulter. »Hallo, Tante Johanne!«, rief er.

Als Janna sich umdrehte, sah sie, dass ihre Großmutter schon die Wachsjacke überzog.

»Natürlich kommen wir!«, sagte sie, nahm Jannas Regenjacke vom Haken und warf sie ihr zu. »Hier! Nicht dass du noch mal klatschnass wirst. Und zieh dir Gummistiefel an, die stehen vorm Keller. Hopp, Deern, mach zu!«

Als sie ein paar Minuten später auf dem Büsing-Hof eintrafen, hatte der Regen etwas nachgelassen, aber der Sturm zerrte noch immer an ihren Jacken. Gleich darauf bog Ennos alter Golf auf die Einfahrt. Er sprang aus dem Wagen und lief auf die drei zu.

»Diese gottverdammten Mistviecher!«, fluchte er. »Erst sind sie die Straße langgelaufen, die zum Kliff führt, aber als sie mein Auto gesehen haben, sind sie rechts durch einen Zaun und dann querfeldein auf den Bahndamm zu. Wir müssen ihnen den Weg abschneiden!« Enno nahm die Tweedmütze vom Kopf und raufte sich die Haare. »Am besten wir teilen uns auf, sonst kriegen wir sie nicht, bevor sie an der Bahn sind.« Er nickte seinem Sohn zu. »Du fährst mit Janna die Straße an der Bahn entlang. Wenn ihr die Rinder seht, lauft ihr ihnen entgegen und scheucht sie zurück. Ich fahre zum Kliff und komm euch von da entgegen. Wir müssen sie in die Zange nehmen. Wäre natürlich leichter, wenn wir mehr Leute wären! Wann kommen denn deine Freunde?«

»Müssten gleich da sein. Ich habe Neele angerufen, die wollte die Telefonkette starten. Sie war gerade eben noch bei der Arbeit in List, aber sie wollte sofort losfahren«, sagte Achim.

»Gut!« Enno nickte befriedigt. »Johanne, du bleibst am besten hier auf dem Hof und schickst Achims Freunde hinter uns her. Und dann koch bitte Tee und schmier ein paar Brote für alle, ja? Es wird sicherlich eine Weile dauern, bis wir mit den Rindern wieder da sind. Dann sind die jungen Leute bestimmt hungrig.«

Janna warf Enno einen dankbaren Blick zu. Stundenlang auf durchgeweichtem Boden querfeldein zu laufen wäre sicher Gift für Omas Hüfte.

Johanne nickte nur.

»Nun aber los!« Enno klatschte in die Hände. »Wir dürfen keine Zeit verlieren. Sobald ihr die Rinder seht, rufst du mich auf dem Handy an!«

»Ja, ist gut!«, rief Achim und lief hinter Janna her zum Nachbarhof.

Sie sprangen in den Wagen, und Janna startete den Motor und gab Gas. Da weit und breit niemand auf der Straße war, bemühte sie sich nicht, den riesigen Pfützen auszuweichen. Das Wasser spritzte bis zu den Seitenscheiben hoch und landete in hohem Bogen in den Vorgärten der Häuser, während Janna versuchte, den Wagen trotz der hohen Geschwindigkeit unter Kontrolle zu halten. Sie bog ab und lenkte den Kombi auf die schmale Straße, die direkt neben der Bahnlinie verlief. Achim saß vorgebeugt neben ihr und versuchte, durch die dichten Regenschleier etwas zu erkennen.

»Gar nicht auszudenken, was passieren könnte, wenn eines der Rinder vor den Zug läuft!«, knurrte er.

»Kannst du sie sehen?«, fragte Janna.

»Nein.« Achim deutete auf eine geteerte Einfahrt vor einem Weidegatter. »Halt mal da an!«

Als Janna den Wagen zum Stehen gebracht hatte, sprang Achim hinaus, kletterte auf die unterste Sprosse des Gatters und sah sich angestrengt um. »Da hinten! Ich glaube, da sind sie.«

Janna, die ihm nachgelaufen war, folgte mit dem Blick seinem ausgestreckten Arm. Am anderen Ende der Wiese konnte sie undeutlich ein paar dunkle Flecken ausmachen.

»Sie scheinen stehen geblieben zu sein. Das ist schon mal ein gutes Zeichen! Die schlimmste Panik ist wohl vorbei«, sagte Achim und schwang ein Bein über das Gatter, sodass er rittlings darauf zu sitzen kam. Dann streckte er Janna die rechte Hand entgegen.

Sie schüttelte den Kopf und kletterte behände über das hölzerne Gatter. »Das verlernt man nicht!«

Die beiden hatten sich erst wenige Schritte vom Gatter entfernt, als hinter ihnen ein Auto mit hoher Geschwindigkeit die schmale Straße entlangschoss und mit quietschenden Bremsen hinter Jannas Kombi zum Stehen kam. Eine junge Frau in neongelber Regenjacke stieg aus und winkte.

»Hallo, Achim!«, rief sie. »Jonas und Mo sind auch gerade gekommen. Die beiden fahren zum Kliff rüber. Nicht dass eure blöden Viecher noch ins Meer plumpsen!« Trotz ihrer üppigen Figur war sie im Nu bei ihnen und umarmte Achim kurz und stürmisch. »Schön, dich zu sehen! Lässt dich viel zu selten hier blicken!« Dann streckte sie Janna die Hand hin und drückte sie so fest, dass es schmerzte. Graublaue Augen blitzten unter dem Rand der Kapuze hervor, als sie grinste. »Hi, ich bin Neele! Und wo sind nun die Ausreißer?«

»Stehen am anderen Ende der Weide«, sagte Achim knapp, ehe Janna Zeit fand, sich vorzustellen. »Wir sollten uns ein bisschen verteilen, damit sie uns nicht wieder ausbüxen.«

Er zog sein Handy aus der Tasche und gab seinem Vater wie versprochen Bescheid, dass sie die Rinder gefunden hatten. Was Onkel Enno sagte, konnte Janna nicht verstehen.

»Ja, mach ich. Bis gleich!« war Achims Antwort, dann steckte er sein Handy wieder ein. »Auf dem gleichen Weg zurück, auf dem sie gekommen sind, sagt Papa. Alles andere dauert zu lang. Also los!«

Die drei entfernten sich ein paar Meter voneinander und gingen langsam und ohne ein weiteres Wort auf die Galloways zu, die so eng aneinandergedrängt standen, dass Janna nicht zählen konnte, um wie viele Tiere es sich handelte. Eine der Kühe reckte den Kopf und starrte ihnen aus schreckgeweiteten Augen entgegen.

»Hoh! Ist ja gut, Püppi!«, sagte Achim beruhigend, während er mit ausgebreiteten Armen weiter auf die Rinder zuging. »Keiner tut dir was!«

Wie zur Antwort stieß die Kuh ein lang gezogenes, schrilles Muhen aus. Es klang wie eine Warnung, bloß nicht näher zu kommen.

»Na, du hast dir aber ganz hübsch was eingefangen«, murmelte Achim.

Jetzt erst fiel Janna auf, dass die Brust der Kuh voller dunkler Flecken war und aus einigen Schnittwunden Blut sickerte.

»Da vorne müssen sie durch den Zaun gebrochen sein«, sagte Neele und deutete auf eine Stelle ungefähr zwanzig Meter zu ihrer Linken. Dort war das Gras zertrampelt, ein paar Weidezaunpfähle lagen auf dem Boden, und abgerissener Stacheldraht ragte in einer Spirale nach oben.

»Passt auf, dass sie nicht abhauen!«, sagte Achim zu Janna und Neele. Dann lief er zu dem kaputten Zaun hinüber. Er zerrte am Draht und fluchte. »Mist! Ich hätte Werkzeug mitnehmen sollen!«

Neele kramte in ihrer Jackentasche, zog etwas Längliches aus Metall heraus und ging zu Achim hinüber. »Hier!«, sagte sie und reichte ihm den Gegenstand. »Der kluge Feuerwehrmann geht nie ohne Werkzeug aus dem Haus. Ich dachte, das wüsstest du!«

»'ne Kombizange! Neele, du bist klasse!«

Neele lachte. »Wenigstens einer, der das einsieht!«

Ein paar Schnitte mit der Zange, und im Zaun entstand eine breite Lücke. Achim wies Neele an, dort stehen zu bleiben, und kam zu Janna zurück. Er klatschte ein paar Mal in die Hände, pfiff auf den Fingern, und tatsächlich, die verängstigten Galloways setzten sich langsam in Bewegung.

Erst beim zweiten Anlauf gelang es ihnen, die Kühe durch die Lücke im Zaun zu treiben, aber dann trotteten sie über die angrenzende Weide auf die Straße zum Kliff zu. Selbst als es kurz darauf wieder heftig zu regnen begann, kamen sie gut voran. Es war, als wüssten die Tiere, dass es jetzt ins Trockene ging, und beeilten sich deshalb.

Kurz darauf konnte Janna auf der Straße vor ihnen zwei geparkte Autos erkennen, neben denen ein paar Männer standen. Achim steckte Daumen und Zeigefinger der rechten Hand in den Mund und stieß einen ohrenbetäubenden Pfiff aus, der sofort beantwortet wurde.

»Das ist Mo!« Neele lachte. »Um was wollen wir wetten: Jonas steht neben ihm und versucht es auch.«

»Ja. Aber er kriegt wie üblich keinen Ton raus«, sagte Achim grinsend. »Das lernt er einfach nicht mehr. Hoh! Weiter geht's, Mädels!« Er klatschte in die Hände, um die Kühe, die bei seinem Pfiff stehen geblieben waren, wieder auf Trab zu bringen. Dann griff er in seine Tasche und zog sein Handy heraus.

»Nein, es sind alle da«, antwortete er offenbar auf eine Frage seines Vaters. »Aber wir sollten den Tierarzt anrufen. Eine von ihnen hat sich die Brust am Stacheldraht aufgerissen ... Nein ... Nein, nicht schlimm. Ich glaub nicht, dass es genäht werden muss, aber Viktor sollte besser mal einen Blick drauf werfen ... Ja, ist gut. Dann fahr langsam vor, und wir treiben die Kühe hinter dem Auto her ... Doch, wir sind genug Leute.« Janna sah, dass Achim mit den Augen rollte. »Ja, sicher, Papa ... Das klappt schon! Bis gleich!« Er legte auf und steckte das Handy ein. »Der macht sich immer viel zu viele Gedanken!«, sagte er kopfschüttelnd.

Ein paar Minuten später hatten sie die anderen fast erreicht. Onkel Enno wartete mit laufendem Motor und setzte seinen Golf langsam in Bewegung, als die Galloways kurz vor der Straße waren. Zwei junge Männer standen am Straßenrand und scheuchten die Tiere in die gewünschte Richtung. Erst als sie brav hinter dem Auto hertrotteten, das im Schritttempo mitten auf der Straße fuhr, kamen die jungen Männer zu Janna und ihren Begleitern und begrüßten sie.

Der größere der beiden, ein wahrer Bär von einem Mann, zog Achim in die Arme und schlug ihm kräftig auf die Schulter. »Na, mein Alter? Du hast ja ein feines Wetterchen für deinen Besuch mitgebracht!« Er lachte dröhnend. »Im Radio haben sie Unwetterwarnung bis heute Nacht gegeben. Hoffentlich müssen wir nicht noch mal ausrücken. Aber zuerst bringen wir mal die Steaks nach Hause, was, Jonas?«

Sein Begleiter nickte. Obwohl auch er ein gutes Stück größer war als Janna, wirkte er neben dem Riesen beinahe zierlich. Ein Lächeln überflog sein schmales, von dunklen Locken umrahmtes Gesicht. »Sicher«, sagte er und streckte Achim die Hand entgegen. »Schön, dich zu sehen, Achim!«

Der Riese ging zu Neele hinüber, zog auch sie an sich und drückte ihr einen herzhaften Kuss auf die Wange. »Na, min Sööten?«

Er lachte schallend, als Neele zurückwich. »Igitt, du kratzt!«, rief sie, befreite sich aus seiner Umarmung und boxte ihn spielerisch in die Seite. »Alles, bloß kein Mann mit Bart!«

»Da liegt der Hase im Pfeffer, Süße! Ohne Bart ist es gar kein Mann.« Selbstzufrieden strich er sich über das Kinn, das von einem dichten, rotblonden Vollbart geziert wurde. Dann wandte er sich an Janna. »Und wen haben wir hier?«, fragte er mit einem augenzwinkernden Lächeln. »Achim, möchtest du mir deine Freundin nicht vorstellen? Oder hast du etwa Angst, dass ich sie dir ausspannen könnte?«

Janna entging nicht, dass Achim kurz die Augen verdrehte, ehe er antwortete. »Du Spinner! Das ist Janna, die Enkelin der alten Janssens, die die Pension neben uns hatten. Du müsstest sie eigentlich noch kennen, früher war sie jeden Sommer hier. Janna, das ist Mo. Eigentlich heißt er Rüdiger Moosbach, aber das hört er nicht gern.« Achim lachte sein unbekümmertes Kleine-Jungs-Lachen, das Janna nur allzu vertraut war.

»Wer heißt schon gern Rüdiger? Keine Ahnung, was meine

Eltern da geritten hat!« Mo ergriff Jannas Hand und hielt sie fest, während seine strahlend blauen Augen sie forschend ansahen. »Janna ... Doch, ich erinnere mich an eine Janna. Klein, mager, sommersprossig, mit Zahnspange und Pferdeschwanz. Das warst du? Nicht zu glauben!« Sein Grinsen entblößte eine Reihe strahlend weißer, ebenmäßiger Zähne. »Du hast dich aber mächtig herausgemacht. Achim ist ein Glückspilz, so eine bildhübsche Freundin zu haben!«

Janna spürte, wie ihr das Blut ins Gesicht schoss. »Oh, ich bin nicht seine Freundin!«, beeilte sie sich zu versichern. »Wir sind nur ...« Sie brach ab, ohne selbst genau zu wissen, warum.

»Freunde«, sagte Achim fest. »Janna und ich sind nur alte Freunde.«

Mos Lächeln wurde breiter. »Umso besser!«

Achim seufzte und schüttelte resigniert den Kopf. »Alter Süßholzraspler!« Er deutete nach vorn zu Neele und Jonas, die die Herde bereits ein ganzes Stück weitergetrieben hatten. »Und nun lasst uns weitergehen, sonst haben die beiden die Kühe gleich ganz allein in den Stall gebracht.«

Den Rest der Strecke ließen sich die Kühe problemlos weitertreiben, ohne Anstalten zu machen, noch einmal auszubüxen. Als sie von Weitem den offenen Stall erkannten, in dem sie den Winter über untergebracht gewesen und gefüttert worden waren, liefen sie eilig darauf zu und ließen sich bereitwillig einsperren. Während Achim, Mo und Jonas ein paar Ballen Heu vor den Tieren verteilten, nahm Onkel Enno die Wunde der Leitkuh genauer in Augenschein. Dann bedankte er sich bei den jungen Leuten für ihre Hilfe und bat sie auf eine Tasse Tee in die Küche.

Verstohlen blickte Janna sich um, als sie durch die Stallgebäude ins Wohnhaus gingen. Alles sah irgendwie schmuddelig und vernachlässigt aus. Auf dem Boden lag eine dicke Schicht aus Stroh und altem Laub, das im Herbst durch das Tor hereingeweht worden sein musste. Überall standen Kartons mit Krimskrams herum, und in einem Erntekorb in der Ecke schimmelten ein paar Äpfel.

Ein großer schwarzer Labrador erhob sich steifbeinig aus einem Heuhaufen neben einer der beiden Pferdeboxen und trottete schwanzwedelnd auf sie zu. Mo bückte sich und tätschelte den Hund, der sich sofort an seine Beine lehnte und treuherzig zu ihm aufsah.

»Waltraut, meine Süße!«, rief Mo und klopfte der Hündin die Seite. »Du bist mir ja ein schöner Wachhund! Du musst doch bellen, wenn Leute auf den Hof kommen.«

»Ist das immer noch die Waltraut von früher?«, fragte Janna verblüfft. »Die muss doch inzwischen . . .«

»Vierzehn Jahre! Ja, Waltraut ist inzwischen eine sehr alte Dame.« Achim lachte und streichelte den Kopf der Hündin, die ihm leise winselnd die Hand leckte. »Sie sieht und hört nicht mehr viel, aber solange das Futter noch schmeckt, ist alles gut.«

Janna ging vor Waltraut in die Hocke und ließ sie an ihrer Hand schnuppern, ehe sie sie zu streicheln begann. »Weißt du noch, damals?«, fragte sie und sah zu Achim hoch. »Ich war gerade hier, als ihr sie bekommen habt.«

»Natürlich erinnere ich mich. Du hast doch den Namen für sie vorgeschlagen! Papa wollte, dass wir sie Senta nennen, aber das fanden weder Mama noch ich gut. Und du hast gesagt, dass der Hund die Stirn genauso in Falten legen kann wie deine Großtante Waltraut.« Achim lachte. »Dabei ist es dann geblieben. In dem Sommer bist du jeden Tag schon in aller Herrgottsfrühe zu uns rübergekommen, um mit Waltraut zu spielen. Wie könnte ich das vergessen? Deine Mutter hat meine irgendwann gefragt, ob du uns nicht schon gehörig auf den Wecker fällst. Aber Mama hat nur gelacht und gesagt, dass du viel zu lieb bist, um irgendwem auf den Wecker zu fallen. Es gibt übrigens noch jemanden, den du von früher kennst.« Achim griff nach Jannas Hand, zog sie hoch und führte sie zu der hinteren der Pferdeboxen. »Na, komm mal her, mein Alter. Besuch für dich!«, sagte er und öffnete die Tür.

Im Halbdunkel der Box erkannte Janna die Silhouette eines riesigen schwarzen Pferdes. Schnaubend kam es auf die beiden zu.

»Tarzan!«, rief sie. »Der muss doch inzwischen wirklich steinalt sein.« Vorsichtig strich sie mit der Hand über die Stirn des Friesenwallachs. »Na du, erkennst du mich noch?«

Wie zur Antwort senkte der Wallach den Kopf und schnaubte erneut.

»Tarzan hat ein Gedächtnis wie ein Elefant! Der vergisst niemanden, der ihm mal Äpfel mitgebracht hat«, sagte Achim grinsend.

»Stimmt! Jeden Tag ein paar Äpfel und geklaute Möhren aus Opas Garten.« Janna lachte wehmütig. »Das war ein schöner Sommer.«

Achim sah sie lange an und lächelte schließlich. »Ja, ein sehr schöner Sommer«, sagte er leise.

»Wo bleibt ihr denn?« Neele steckte den Kopf durch die Tür zum Wohnhaus. »Die anderen sitzen längst am Tisch. Wollt ihr keinen Tee?«

Achim tätschelte dem Wallach noch einmal den Hals und schloss die Boxentür. »Doch, wir kommen jetzt!«, rief er.

Das Teetrinken in der großen Runde war wieder etwas, das Janna an frühere Zeiten erinnerte. Im Frühstücksraum von Omas Pension hatte es einen riesigen Tisch gegeben, an dem nachmittags für alle Gäste zum Tee eingedeckt wurde. Dann hatte Oma einen oder zwei ihrer selbst gebackenen Kuchen auf das Buffet gestellt, und jeder, der Lust hatte, setzte sich an den langen Tisch. Dort wurden Geschichten erzählt, Neuigkeiten ausgetauscht oder bei schlechtem Wetter Brettspiele gespielt. Und jeden Nachmittag hatte Omas Freundin Claire Janna gefragt, ob sie schon wieder ein Bild gemalt habe, das sie sich ansehen könne.

Hier war die Runde nicht so groß, es gab keinen Kuchen, sondern Wurst- und Käsestullen, und auf dem Tisch lag kein weißes Tischlaken, sondern ein altes, abgewetztes Wachstuch, aber die Stimmung war mindestens ebenso gut.

Achims Freunde waren alle seit ihrer Jugend bei der Freiwilligen Feuerwehr von Morsum aktiv. Auch Achim hatte früher zu ihnen gehört, ehe er mit dem »Surfzirkus« angefangen hatte, wie Onkel Enno seinen Beruf ein wenig abfällig nannte. So lag es nahe, dass Mo Achim erst einmal auf den neusten Stand brachte. Ausführlich erzählte er, was sich so alles in und um Morsum ereignet hatte, seit Achim zuletzt auf Sylt gewesen war. Neele korrigierte ihn gelegentlich, während Jonas sich darauf beschränkte, von Zeit zu Zeit mit vollem Mund zu nicken.

»In jedem Fall ist es merkwürdig, dass sich das mit den Bränden in letzter Zeit so häuft. Immer sind es große Reetdach-Villen, die ein bisschen außerhalb der Ortschaften stehen und schlecht einzusehen sind. Zweimal in Wenningstedt, danach einmal in Kampen, dann in Keitum und vor vier Wochen in der Nähe von List. Zum Glück ist bislang noch niemand zu Schaden gekommen!« Mo beugte sich vor und nahm sich das letzte Schwarzbrot mit Schinken. »Man könnte glauben, dass ein Feuerteufel unterwegs ist«, fügte er kauend hinzu. »Wäre ja nicht das erste Mal. Zuletzt gab es sowas in den Achtzigern, das hat jedenfalls der alte Schröder erzählt. Du weißt schon, der, der vor mir Brandmeister in Morsum war.«

Achim nickte. »Ja, klar, den kenn ich noch. So lange bin ich nun auch nicht weg.«

»Apropos weg«, sagte Neele. »Wie lange bist du denn diesmal zu Hause? Nächsten Donnerstag haben wir Dienstabend. Es würden sich bestimmt viele freuen, wenn du vorbeikommst!«

»Da bin ich schon wieder weg. Leider! Dienstag in aller Herrgottsfrühe geht mein Flieger in die USA.«

Janna entging nicht, dass Onkel Enno, der ihr gegenübersaß, die Stirn runzelte. Sie hätte wetten können, dass er nicht gewusst hatte, dass Achim nur für wenige Tage zu Besuch war.

Auch Johanne verzog missbilligend das Gesicht. Sie erhob sich, holte die Teekanne vom Herd und schenkte nach. »Wird es nicht allmählich Zeit, dass du wieder ganz nach Hause zurückkommst?«, sagte sie, als sie Achims Tasse füllte. »Die Windsurferei ist doch nichts für ewig, und dein Papa könnte gut etwas Hilfe auf dem Hof gebrauchen. Immerhin bist du gelernter Pferdewirt.«

Achim öffnete den Mund, um etwas zu erwidern, aber Onkel Enno kam ihm mit der Antwort zuvor. »Das soll Achim mal besser ganz allein entscheiden. Er ist erwachsen und muss selbst wissen, was er tut. Das Surfen ist immer sein Traum gewesen, und wer bin ich denn, ihm im Weg zu stehen? Ich halte nichts davon, wenn man den jungen Leuten Vorschriften macht oder ihnen gar verbietet, das zu tun, woran ihr Herz hängt.«

Verblüfft sah Janna auf. Ob Onkel Enno etwas von dem Krach zwischen ihr und ihrem Vater wusste? Er sah nicht in ihre Richtung, und aus seinem verschlossenen Gesicht wurde sie nicht

53

schlau. Nein, eigentlich konnte er davon nichts wissen. Wie auch? Das war Wochen nach ihrem letzten gemeinsamen Urlaub auf Sylt gewesen, im Sommer nach ihrem Abitur. Sie hatte sich zum Kunststudium einschreiben wollen, aber Papa hatte es ihr verboten. Zwei Wochen hatte er kein Wort mit ihr geredet, bis sie schließlich nachgegeben und die Lehrstelle in der Buchhaltung der Firma *Sander & Sohn* akzeptiert hatte, die er für sie besorgt hatte.

Achim warf seinem Vater einen dankbaren Blick zu und rührte nachdenklich in seinem Tee.

Das Schweigen am Tisch zog sich unangenehm in die Länge, bis Mo sich schließlich räusperte. »Ja, mit den Traumberufen ist das so eine Sache. Die meisten von uns müssen sich ja nach der Decke strecken und das machen, was sich gerade anbietet. Mir hat jedenfalls keiner in die Wiege gelegt, dass ich mal sowas Aufregendes machen würde, wie eine Bankfiliale zu leiten. Neele hat sich ein Jahr lang mit Aushilfsjobs über Wasser gehalten, bis sie endlich wieder eine Stelle als Konditorin bekommen hat. Und Jonas klettert bei jedem Wind und Wetter auf den Reetdächern herum. Ob Dachdecker nun so ein Traumjob ist? Na, ich weiß nicht.« Er lehnte sich zurück und verschränkte die Arme vor der Brust. »Und du? Was machst du so, Janna?«, fragte er höflich interessiert. »Hast du wenigstens deinen Traumjob gefunden, so wie Achim?«

»Ich? Nein, eigentlich nicht. Ich bin sowas Ähnliches wie eine Sekretärin«, sagte Janna ausweichend. »Ich halte meinem Chef den Rücken frei.« Den Blick, den ihre Großmutter ihr unter hochgezogenen Augenbrauen zuwarf, ignorierte sie. »Auch nicht wirklich spannend, würde ich mal sagen. Ich . . .«

Ein lautes Piepen unterbrach sie.

»Oh, das ist meiner! Ich habe Bereitschaft.« Mo nestelte einen altmodischen Alarmpager aus der Hosentasche und warf einen Blick auf das Display. »Ich muss mal kurz telefonieren«, sagte er entschuldigend und verschwand durch die Flurtür.

Kaum hatte er die Küche verlassen, ging das nächste Piepen los, Sekunden später gefolgt von einem weiteren. Auch Neele und Jonas zogen Pager aus den Taschen, aber ehe sie zu ihren Telefonen greifen konnten, kam Mo wieder herein.

»Schwerer Unfall auf dem Hindenburgdamm! Offenbar ist der Autozug nach Niebüll entgleist. Die alarmieren gerade alle Feuerwehren der Insel. Wir müssen sofort los!«, sagte er knapp. »Wie ist es mit dir, Achim, kommst du auch mit? Wir können jede Hand gebrauchen!«

Achim war schon aufgestanden. »Sicher, keine Frage!«, sagte er. »Wenn ihr noch Platz im Mannschaftswagen für mich habt?«

Mo grinste. »Wir rücken ein Stück zusammen. Passt schon!«

»Vielleicht könnte ich auch irgendwie helfen«, hörte Janna sich selbst sagen. Der Satz war ihr einfach so herausgerutscht, ohne dass sie groß nachgedacht hätte.

Mo und Achim, die schon an der Küchentür waren, drehten sich um und sahen sie erstaunt an.

»Ich ... ich meine, vielleicht gibt es ja was, das ich tun könnte«, stammelte Janna. »Ich bin zwar nicht bei der Feuerwehr oder sowas, aber ...« Sie brach ab.

Was für eine blödsinnige Idee!, schoss es ihr durch den Kopf. *Du würdest höchstens allen im Weg stehen. Du gehörst einfach nicht zu ihnen!*

Da war es wieder, dieses Gefühl, außen vor zu sein, nicht dazuzugehören, das ihr von früher so vertraut war und das sie schon damals gehasst hatte. Janna spürte, wie ihr das Blut ins Gesicht schoss.

In Mos Gesicht stand deutlich ein Nein geschrieben, aber Achim nickte.

»Lass uns erst mal schauen, wie die Lage vor Ort ist. Wenn es was gibt, was du tun kannst, gebe ich dir Bescheid.« Er lächelte sie an, und seine Augen strahlten. »Vielen Dank für das Angebot jedenfalls!«

Vier

In den nächsten eineinhalb Stunden waren Janna und ihre Großmutter damit beschäftigt, Büsings Küche zu putzen. Enno war mit der Entschuldigung, der Tierarzt müsse jeden Moment kommen, in den Stall hinausgegangen.

»Lass uns die Gelegenheit nutzen und mal ordentlich sauber machen!«, hatte Johanne kopfschüttelnd gesagt. »Meine Güte, hier klebt ja alles! Das ist mir vorhin schon aufgefallen, als ich die Brote geschmiert habe. Ich glaube, ich muss mal ein paar Takte mit Achim unter vier Augen reden, egal, was Enno davon hält.«

Sie spülten das benutzte Geschirr und dann das aus den Schränken, schrubbten sämtliche Oberflächen und putzten den Herd. Gerade als Janna heißes Wasser in einen Eimer laufen ließ, um den Boden zu wischen, klingelte im Flur das Telefon.

»Soll ich rangehen?«, fragte sie Johanne.

»Sicher! Könnte doch sein, dass es Achim ist.«

Janna wischte die nassen Hände mit einem Handtuch ab und lief in den Flur.

»Bei Büsing?«, meldete sie sich, nachdem sie den Hörer abgenommen hatte.

»Janna, bist du das?«, fragte Achim. »Ein Glück, dass du noch da bist!«

»Wir haben noch abgewaschen und die Küche aufgeräumt, das hat ein bisschen gedauert«, sagte sie entschuldigend. »Wie schlimm ist es denn? Kann ich euch irgendwie helfen? Soll ich kommen?«

»Zum Glück ist der Unfall einigermaßen glimpflich ausgegangen. Hauptsächlich Leichtverletzte, nur zwei Leute mussten nach Flensburg geflogen werden. Aber hier sieht es vielleicht aus, du machst dir keine Vorstellung! Der Autozug ist entgleist und der letzte Waggon umgekippt. Zum Glück war er bis auf einen dicken Geländewagen mit Pferdeanhänger leer. Aber den hat es wirklich heftig erwischt, wir mussten die beiden Schwerverletzten rausschneiden. Und das Pferd ... Das arme Vieh ist noch immer im Anhänger eingeklemmt! Sag mal, ist der Tierarzt schon bei uns zu Hause gewesen? Der müsste so schnell wie möglich hierherkommen.«

»Keine Ahnung! Ich lauf schnell raus und frage deinen Vater, dann ruf ich dich zurück.«

Nachdem Janna sich seine Handynummer notiert hatte, legte sie auf und lief in den Stall hinaus. Sie fand Onkel Enno auf dem Hof, wo er mit einem hochgewachsenen Mann in dunkler Wetterjacke sprach, der neben einem braunen Jeep stand. Er gab Onkel Enno die Hand und nickte ihm zu, ehe er seine Tasche im Kofferraum verstaute und die Heckklappe zuschlug.

»Zur Sicherheit schau ich übermorgen noch mal nach den Klammern, aber eigentlich sollte das problemlos verheilen«, sagte er, öffnete die Fahrertür und stieg ein.

»Halt! Moment!«, rief Janna, rannte über den Hof und blieb mit ausgebreiteten Armen vor dem Jeep stehen. »Warten Sie bitte!«

Onkel Enno warf ihr einen verblüfften Blick zu. »Was ist denn los, Janna?«

»Achim hat gerade angerufen, er braucht den Tierarzt beim Hindenburgdamm. Da ist wohl ein verletztes Pferd.«

Der Tierarzt ließ die Seitenscheibe herunter und steckte den Kopf aus dem Fenster. »Was ist?«

Janna schilderte in wenigen Worten, was Achim ihr erzählt hatte. »Vielleicht sollten Sie besser selbst mit ihm sprechen. Mir hat er nur gesagt, dass er einen Tierarzt braucht«, schloss sie. Sie tippte seine Nummer in ihr Handy und reichte es an den Tierarzt weiter.

»Hallo, Achim, Viktor Mertens hier!«, sagte er. »Du brauchst meine Hilfe?«

Janna konnte Achims Stimme hören, aber nicht verstehen, was er sagte. Eine Weile hörte Dr. Mertens schweigend zu. Er runzelte die Stirn.

»Nein, das klingt nicht gut!«, sagte er schließlich. »Nein ... Am besten erst mal die Augen abdecken, vielleicht beruhigt es sich dann ein bisschen ... Ja, sicher, das wäre gut ... Jetzt gleich. Ich muss noch in der Praxis Bescheid geben, dann fahr ich los ... Zehn Minuten, Viertelstunde, denke ich ... Klar, die kann ich mitnehmen. Kann mir gleich helfen, mein Zeug zum Damm zu schleppen ... Ja, okay, Achim. Bis gleich!«

Er beendete das Gespräch und gab Janna das Handy zurück. »Ich soll Sie mitnehmen, wenn Sie mögen«, sagte er. »Es sind wohl eine ganze Menge Leute zu betreuen. Achim meinte, dabei könnten Sie behilflich sein.« Er musterte Janna von oben bis unten. »Aber vielleicht sollten Sie sich besser eine Jacke überziehen. Der Wind ist lausig, und wenn es dunkel wird, dürfte es noch deutlich kälter werden!«

Janna nickte nur, lief ins Haus, holte ihre Jacke von der Garderobe und warf sie sich über. Dann steckte sie den Kopf durch die Küchentür. »Ich bin jetzt weg, Oma!«, sagte sie. »Ich fahre mit dem Tierarzt zum Hindenburgdamm.«

Johanne, die gerade dabei war, den Feudel auszuwringen, richtete sich auf. »Mit dem Tierarzt? Wozu brauchen die denn einen Tierarzt?«

»Erzähl ich später, jetzt muss ich los! Keine Ahnung, wann ich wieder zurück bin.«

Johanne nickte. »Ist gut, Deern!«

»Gut, bis später!« Janna drückte ihr einen flüchtigen Kuss auf die Wange und lief hinaus.

Dr. Mertens wartete mit laufendem Motor und fuhr mit quietschenden Reifen los, sobald Janna auf dem Beifahrersitz saß. Sie griff nach dem Gurt, schnallte sich schnell an und hielt sich fest, als er den Wagen beschleunigte und sie ins Polster gedrückt wurde.

»Meine Herren!«, stieß sie hervor. »Fahren alle Sylter so?«

Dr. Mertens lachte. »Die meisten schon. Jedenfalls, wenn sie es eilig haben. Sie sollten mal mit Achim mitfahren. Gegen den bin ich noch harmlos!«

Er setzte den Blinker und bog in voller Fahrt in eine der kleinen Seitenstraßen ab. Janna klammerte sich am Türgriff fest und hielt den Atem an.

»Kennen Sie Achim schon lange?«, fragte sie, als das Schlingern des Wagens aufgehört hatte.

»Seit sieben Jahren. Ich hatte gerade die Praxis von meinem Vater übernommen, und Achim war im letzten Lehrjahr zum Pferdewirt. In dem Gestüt, wo er arbeitete, gab es eine junge Stute, an die er sein ganzes Herz gehängt hatte. Und ausgerechnet die muss sich wohl vergiftet haben. Die schlimmste Kolik, die ich je gesehen habe. Der Besitzer wollte, dass ich sie einschläfere, aber Achim war strikt dagegen. Er glaubte, dass sie es schaffen würde, und hat uns überredet, ihr noch eine Chance zu geben. Zwei Tage lang ist er rund um die Uhr bei der Stute geblieben, hat sie getröstet und ihr gut zugeredet, sie stundenlang im Kreis herumgeführt, bis die Kolik ganz langsam nachließ. Ich gebe zu, ich hätte nicht gedacht, dass das Pferd überlebt, aber Achim hat es geschafft. Seither sind wir befreundet.« Er warf ihr einen kurzen Blick zu. »Und Sie?«

»Wir haben schon als Kinder miteinander gespielt. Meine Großeltern hatten eine Pension direkt neben Büsings, und ich war mit meinen Eltern jeden Sommer hier auf Sylt«, erzählte Janna. »In den letzten Jahren haben wir beide uns aber ziemlich aus den Augen verloren, Achim und ich. Wie das nun mal passiert.«

»Wie das nun mal passiert«, wiederholte Dr. Mertens leise und nickte. Dann deutete er nach vorn. »Sehen Sie, da muss die Unglücksstelle sein.«

Janna sah ein Stück weiter vorne Blaulicht flackern. Mehrere Einsatzfahrzeuge standen unterhalb des Dammes am Straßenrand. Dr. Mertens fuhr bis zu den beiden Polizeiwagen vor, die die Straße abriegelten, und ließ die Seitenscheibe herunter.

»Ich bin Viktor Mertens«, stellte er sich vor. »Man hat mich angerufen, weil ein Tierarzt benötigt wird.«

Eine junge Polizistin nickte. »Ja, ich weiß Bescheid. Lassen Sie den Wagen am besten hier, und laufen Sie das letzte Stück an den Gleisen entlang. Gleich kommen die Busse, mit denen die unverletzten Fahrgäste abgeholt werden, und dafür brauchen wir Platz.«

Dr. Mertens tat wie geheißen. Nachdem er den Jeep abgestellt hatte, öffnete er den Kofferraum, griff nach seiner Arzttasche und packte diverse Infusionsbeutel und eine große Taschenlampe in zwei weitere Taschen, von denen er eine an Janna weiterreichte.

»Auf geht's! Mal sehen, was uns erwartet.«

Er kletterte vor Janna den Schotterdamm zu den Schienen hoch und lief voraus. Janna hatte Mühe, mit seinen weit ausgreifenden Schritten mitzuhalten. Die Tasche, die er ihr gegeben hatte, war so schwer, dass der Gurt unangenehm in ihre Schulter schnitt. Der Wind hatte sich inzwischen etwas gelegt, aber er war bitterkalt und brachte so viel Sand und Salz mit sich, dass Jannas Augen nach ein paar Minuten brannten und tränten. Zum Glück regnete es nicht mehr. Bleigraue Wolken trieben über ihnen in Richtung Festland, das am Horizont nur zu erahnen war. Dann plötzlich brach die tief stehende Sonne durch die Wolken und tauchte alles in ein unwirklich goldenes Licht, das sich in den Wasserflächen auf dem trockengefallenen Watt spiegelte.

Janna beschirmte die Augen mit der Hand. Ein gutes Stück entfernt, dort, wo das Marschland endete und der Damm ins Watt hinausführte, sah sie den Zug. Der letzte Waggon war vom Damm gekippt und lag auf der Seite, mit dem hinteren Ende auf der Salzwiese. Mehrere Feuerwehrfahrzeuge und Krankenwagen standen daneben, umringt von einer Menschentraube aus Einsatzkräften und Fahrgästen.

Janna und Dr. Mertens waren nicht mehr weit von dem umgekippten Waggon entfernt, als der Wind ein unheimliches Geräusch zu ihnen trug. Zunächst klang es wie das Wiehern eines Pferdes, dann wurde es immer höher und schriller, voller Angst, Schmerz und Verzweiflung. In Jannas Nacken stellten sich alle Haare auf. Sie sah, dass Dr. Mertens die Lippen zusammenpresste, ehe er zu rennen begann. In Windeseile hatte er die Unfallstelle erreicht.

»Achim?«, hörte Janna ihn rufen. »Achim! Herrgott, nun lassen Sie mich doch durch! Ich bin der Tierarzt!«, schnauzte er, während er die Umstehenden auseinanderschob, um an den umgekippten Autowaggon heranzukommen.

Wieder übertönte das panische Schreien des Pferdes das Heulen des Windes. Janna hatte den Tierarzt inzwischen eingeholt und drängelte sich hinter ihm durch die Menschentraube. Der weiße Helm eines Feuerwehrmannes tauchte über der Brüstung des umgekippten Waggons auf. Es dauerte einen Augenblick, bis Janna Achim erkannte.

»Hier bin ich!«, rief er und streckte eine Hand aus, um Dr. Mertens auf den Waggon zu helfen. »Gut, dass du da bist!«, fügte er hinzu. »Wir haben gerade den Pferdeanhänger mit der Rettungsschere zerlegt, damit wir überhaupt an das Tier herankommen.«

Dr. Mertens drehte sich um und beugte sich zu Janna herunter. Ehe sie es sich versah, hatte er sie ebenfalls auf den Waggon hochgezogen. Auf Achims verwunderten Blick antwortete der Tierarzt mit einem Achselzucken.

»Ich brauche bestimmt jemanden, der die Infusionsflasche hält«, sagte er. »Und deine Freundin macht einen patenten Eindruck.«

Wieder gellte das schrille Wiehern des Pferdes in Jannas Ohren. Vor sich sah sie die Trümmer des Pferdetransporters, den die Feuerwehrleute wie eine Konservendose aufgeschnitten hatten. Sie erzitterten, als das Tier versuchte, sich mit Tritten aus seiner Lage zu befreien.

Vorsichtig stieg Janna hinter Dr. Mertens her über die Metallstreben und Kunststoffteile, die verstreut herumlagen. Während er und Achim in den auf der Seite liegenden Anhänger hineinkletterten, um zu dem verletzten Pferd zu gelangen, blieb Janna daneben stehen und spähte hinein.

Es dauerte einen Moment, bis sich ihre Augen an das Halbdunkel im Inneren gewöhnt hatten und sie etwas erkennen konnte. Das Pferd, ein sehr großes, pechschwarzes Tier mit langer Mähne, lag auf der Seite. Es hob den Kopf an, soweit es das Tau zuließ, mit dem der Halfter am Anhänger befestigt war, und starrte die Männer aus panisch aufgerissenen Augen an, ehe es wieder ohrenbetäubend zu wiehern begann. Wie zur Antwort kläffte irgendwo in der Ferne ein Hund.

»Ist ja schon gut, Kleine«, sagte Dr. Mertens leise, streckte ganz langsam die Hand aus und strich dem Pferd vorsichtig über Hals und Schulter, darauf bedacht, den Hufen nicht nahe zu kommen. »Alles wird wieder gut, sollst sehen!« Er warf Achim einen kurzen Blick zu und hob die Hand. Sie war voller Blut.

»Sch...«, murmelte Achim.

»Versuch mal, ob du den Halfter losbekommst!«, sagte Dr. Mertens zu ihm. »Und nimm den Helm ab. Das arme Vieh hat sowieso schon Angst ohne Ende.«

Achim tat wie geheißen und reichte Janna den weißen Feuerwehrhelm über den Rand des Anhängers. Dann schob er sich an dem Tierarzt vorbei und ging neben dem Kopf des Pferdes in die Hocke. Während er beruhigend auf das Tier einredete, versuchte er, den Knoten im Tau zu öffnen. Schließlich zog er ein Klappmesser aus der Tasche und schnitt das Seil durch. Sofort riss das Pferd den Kopf hoch und versuchte sich aufzurichten. Dr. Mertens wich zurück, um den schlagenden Hufen auszuweichen.

»Versuch, es unten zu halten, bis ich mit der Untersuchung fertig bin!«, sagte Dr. Mertens gepresst und kramte aus seiner Tasche ein Stethoskop hervor. »Etwas mehr Licht wäre gut«, fügte er hinzu.

Janna holte die Stabtaschenlampe aus der Tasche, die sie noch immer über der Schulter trug, und richtete sie auf das verletzte Pferd. Jetzt konnte sie sehen, dass von der Schulter über die Brust bis zum Bein hinunter eine tiefe Wunde klaffte, aus der hellrotes Blut auf das Stroh tropfte, das im Anhänger als Einstreu gedient hatte. Aus der Brust des Pferdes ragte ein Stück gezacktes Metall heraus, das irgendwo abgebrochen sein musste, als der Anhänger umgestürzt war.

Achim und der Tierarzt warfen sich einen kurzen Blick zu. Dr. Mertens presste die Lippen aufeinander, aber bevor er etwas sagen konnte, schüttelte Achim entschieden den Kopf.

»Nein. Denk nicht einmal dran, Viktor!«, sagte er mit gedämpfter Stimme, während er dem Pferd mit langsamen, ruhigen Bewegungen über den Kopf strich. »Das kriegen wir hin, ganz sicher! Sie wird sich wieder erholen, ich weiß es einfach. Sie ist noch jung, drei, vielleicht vier Jahre alt. Und so, wie es aussieht, ist sie tragend. Du kannst sie nicht einschläfern. Nicht wenn es irgendeine Chance gibt, dass sie das übersteht!«

»Achim ...«

»Nein, Viktor! Das nehme ich auf meine Kappe! Die Besitzer sind auf dem Weg ins Krankenhaus. Keiner ist da, der entscheiden könnte. Und ich sage dir, wir kriegen die Kleine durch. Sie soll am Leben bleiben!«

Als habe die Stute verstanden, dass Achim sich für sie einsetzte, entspannte sie sich sichtlich und drückte den Kopf gegen seine streichelnde Hand. Janna wusste nicht, wieso, aber der Anblick rührte sie so sehr, dass sie mit den Tränen kämpfen musste. Achim, der den Kopf des Pferdes auf seinen Schoß gezogen hatte, warf Dr. Mertens einen flehenden Blick zu, während seine Hand unablässig über die Stirn und die lange schwarze Mähne strich.

»Sie ist doch gar nicht transportfähig. Zuerst müsste das Blech rausgezogen werden, das in ihrer Brust steckt. Und hier kann man sie nicht operieren«, sagte Dr. Mertens.

»Warum denn nicht? Du machst das schon!«, beharrte Achim.

»Wie soll ich sie denn hier unter Vollnarkose setzen? Das ist bei Pferden sowieso schon eine kitzlige Sache und hier völlig unmöglich.«

»Dann betäube die Wunde eben lokal! Das geht schon. Das Blech sitzt nicht so tief.«

»Ohne sie zu röntgen, kann ich nicht sagen, ob es nicht bis in den Brustraum gedrungen ist.«

»Glaub mir, Viktor! Ich weiß es einfach!«

»Aber . . .«

»Viktor, vertrau mir! Gib ihr ein Beruhigungsmittel, und betäube die Stelle. Ich werde sie so still halten, als hätte sie eine Vollnarkose.«

»Aber selbst wenn das klappt, wie willst du sie hier vom Zug herunterbringen?«

»Ich werde ihr gut zureden und sie am Halfter führen. Du weißt, ich kriege das hin. Und wenn es die ganze Nacht dauert, ich bringe sie zu uns nach Hause. Da kann sie sich in der zweiten Box ausruhen. Tarzan wird sich freuen, wenn ihm so eine junge hübsche Friesenstute Gesellschaft leistet.« Achims Stimme brach beinahe, als er hinzufügte: »Viktor, bitte! Sie hat sich nicht aufgegeben. Gib ihr wenigstens eine Chance! Die hat sie verdient.«

Der Tierarzt betrachtete Achim einen Augenblick zweifelnd und seufzte schließlich. »Also gut«, sagte er. »Versuchen wir es. Aber ich garantiere für nichts!«

»Eine Garantie verlangt niemand.« Das vertraute Kleine-Jungs-Lächeln überflog Achims schmales Gesicht, während er der Stute weiter über die Stirn strich. »Aber ich weiß, was du kannst«, fügte er hinzu.

Dr. Mertens lächelte schief. »Dein Wort in Gottes Gehörgang!« Er sah zu Janna hoch. »Meine Tasche bräuchte ich«, sagte er und erhob sich.

Janna nahm die Tasche von der Schulter und reichte sie ihm.

Der Tierarzt sah sie einen Moment lang prüfend an. »Trauen

Sie sich zu, bei der Operation das Licht und die Infusion zu halten?«, fragte er. »Das wird kein schöner Anblick, fürchte ich. Wenn Sie kein Blut sehen können, dann sagen Sie es lieber vorher. Niemand wird es Ihnen übel nehmen. Aber wenn Sie mittendrin umkippen, haben wir ein Problem.«

Janna schluckte hart und schüttelte dann den Kopf. »Nein, das wird schon gehen«, sagte sie mutig. »Ich habe noch nie ein Problem damit gehabt, Blut zu sehen.« Das Gefühl, helfen zu können und gebraucht zu werden, breitete sich warm in ihrem Inneren aus.

»Also gut, dann mal rein in die gute Stube.« Dr. Mertens streckte ihr eine Hand entgegen und half ihr, in den Pferdeanhänger zu klettern. »Könnten Sie dafür sorgen, dass wir hier Ruhe haben?«, fragte er anschließend den Feuerwehrmann, der sich als Letzter noch im Waggon aufhielt. »Die Stute darf sich nicht erschrecken, also wäre es gut, wenn keine Leute in der Nähe des Waggons sind, die Krach machen. Danke!«

Der junge Mann nickte und verschwand nach draußen. Dr. Mertens wandte sich wieder der Stute zu.

In der nächsten halben Stunde saß Janna auf den Knien zwischen den beiden Männern, in der Hand die Taschenlampe, die sie auf die Brust der Stute richtete, und sah zu, wie Dr. Mertens vorsichtig das Metallstück entfernte.

Achim hatte recht, das gezackte Metall hatte sich nur mit der Spitze in den Brustbeinknorpel gebohrt, und der Tierarzt konnte es beim zweiten Anlauf herausziehen. Allerdings hinterließ es eine klaffende Wunde, und Dr. Mertens hatte alle Mühe, sie zu verschließen. Jannas Arm wurde allmählich lahm und begann von der ungewohnten Haltung zu schmerzen. Als Dr. Mertens die letzte Klammer gesetzt hatte, richtete er sich auf und streckte das Kreuz durch.

»So, das dürfte halten«, sagte er. »Jetzt machen wir noch einen Verband darüber, dann können wir versuchen, die Stute wieder auf die Füße zu bringen.« Er sah Janna und Achim zufrieden an und lächelte. »Hast mal wieder recht behalten, Achim. Die Stute hat gute Chancen durchzukommen, auch wenn ich nicht die Hand dafür ins Feuer legen würde, dass sie sich wieder ganz erholt. Kann sein, dass sie auf der Vorderhand lahmen wird.«

»Und wenn schon. Hauptsache, sie kommt durch.« Achim strich behutsam über den Hals der Stute. »So eine Hübsche!« Er sah auf und strahlte Janna an. »Danke fürs Helfen!«

»Ich hab doch nur das Licht gehalten«, erwiderte sie verlegen. »Da ist doch nichts dabei.«

»Mit der schweren Taschenlampe? Dir muss doch langsam der Arm abfallen. Ich glaube, den Verband bekommen wir auch so hin, oder was meinst du, Viktor? Dann kann sich Janna einen Moment draußen die Füße vertreten.«

»Ja, gute Idee«, sagte Dr. Mertens. »Wenn die Stute aufstehen soll, wird es hier drin sowieso zu eng.« Er nickte Janna lächelnd zu. »Wenn wir noch Hilfe brauchen, geben wir Bescheid.«

Janna sah noch, dass er in seiner Tasche wühlte, ehe sie vorsichtig aus den Trümmern des Pferdeanhängers kletterte und schließlich wieder auf dem Hindenburgdamm stand. Inzwischen hatte die Dämmerung eingesetzt. Noch immer wehte ein böiger, kalter Wind, aber die Wolkendecke war aufgerissen und gab den Blick auf einen tiefblauen Abendhimmel frei.

Die Reisenden aus dem Zug, es mochten um die hundert sein, standen ein Stück entfernt auf der Salzwiese in einem großen Pulk zusammen und hörten einem Feuerwehrmann zu, der ihnen erklärte, wie es jetzt weitergehen würde. Neugierig trat Janna ein paar Schritte näher und erkannte Achims Freund Mo.

Es seien Busse angefordert worden, um die unverletzten Fahrgäste nach Westerland zu bringen, sagte er. Von dort aus würden sie auf freie Hotelzimmer und Pensionen verteilt, wo sie bleiben könnten, bis die Bahnstrecke in zwei oder drei Tagen wieder freigegeben würde. Allerdings könne das alles eine Weile dauern, da über Ostern so gut wie alle Gästezimmer auf der Insel belegt seien.

Sofort erhob sich Protest. Ein Mann in der hinteren Reihe, ein glatzköpfiger Mittfünfziger in teurer Outdoorjacke, schimpfte lautstark, dass er nicht bleiben könne, schließlich müsse er am Dienstag wieder arbeiten.

Die Frau neben ihm rollte genervt mit den Augen und griff nach seinem Arm. »Komm schon, Stefan, lass gut sein!«

»Wenn Sie so dringend wegmüssen, können Sie ja ein Flugzeug oder die Fähre nach Dänemark nehmen«, sagte Mo betont höflich, auch wenn ihm der Ärger deutlich ins Gesicht geschrieben stand. »Allerdings wird auch das heute nichts mehr werden. Wegen des Sturms gibt es einen ziemlichen Rückstau. Sie müssen sich darauf einstellen, auf Sylt zu bleiben, bis der Zug wieder fährt. Außerdem werden wir Sie über die ganze Insel verteilen müssen.«

Der Mann war im Begriff, seinem Ärger erneut Luft zu machen, aber seine Frau warf ihm einen warnenden Blick zu, woraufhin er verstummte und sich darauf beschränkte, Mo böse anzufunkeln.

Eine Frau um die sechzig, die mitten in einer Gruppe von Jugendlichen stand, hob den Arm wie in der Schule und wartete geduldig, bis Mo auf sie deutete.

»Also das mit dem Aufteilen auf verschiedene Hotels, das

geht bei uns auf gar keinen Fall!«, sagte sie energisch. »Wir müssen auf alle Fälle als Gruppe zusammenbleiben. Wir sind auf Klassenfahrt, und jetzt, wo mein Kollege im Krankenhaus ist, habe ich ganz allein die Aufsichtspflicht. Wie soll ich die gewährleisten, wenn die Kinder über die ganze Insel verteilt werden? Da könnte ja Gott weiß was passieren!«

Es war unübersehbar, dass Mo seinen Ärger hinunterkämpfen musste. »Das müssen wir später in Westerland klären. Kann sein, dass Sie und Ihre Klasse dann wohl oder übel mit einer Turnhalle vorliebnehmen müssen«, sagte er bemüht höflich. »Jetzt sollte sich die erste Gruppe auf den Weg zur Straße machen. Der Bus ist in ein paar Minuten da.«

»Und was ist mit dem Gepäck? Sollen wir das etwa über die Wiese schleppen?«, rief der Mann, der sich vorhin schon beschwert hatte.

»Das können Sie ruhig in Ihrem Auto lassen. Der Zug wird nach Westerland gebracht, dort können Sie es dann abholen.«

»Und wenn meine Sachen wegkommen, wer ersetzt mir die dann?«

»Wenn Sie so viel Angst um Ihre Kronjuwelen haben, dann werden Sie sie eben bis zur Straße schleppen müssen, Herrgott noch mal! Seien Sie lieber froh, dass Sie unverletzt davongekommen sind!«, rief Mo aufgebracht. »Und jetzt sollten Sie zusehen, dass Sie Ihre Wertsachen zusammenpacken, sonst müssen Sie bis nach Westerland laufen.« Mo wandte sich ab und winkte in Richtung der anderen Feuerwehrleute, die am Einsatzwagen zusammenstanden. »Neele?«

Aus der Gruppe löste sich eine kompakte Gestalt und kam zu Mo hinübergelaufen.

Der Mann schien noch etwas erwidern zu wollen, überlegte es sich aber anders. »Komm, Sigrid!«, schnauzte er, drehte auf dem Absatz um und lief, gefolgt von seiner Frau, eilig zum Zug zurück.

Kopfschüttelnd sah Mo ihm einen Augenblick lang nach, ehe er Neele anwies, die ersten Fahrgäste zur Straße zu bringen. Kaum war die Gruppe aufgebrochen, kamen auch der Glatzköpfige und seine Frau aus dem Zug zurück, zerrten jeder einen großen Rollkoffer hinter sich her und beeilten sich, zu den anderen aufzuschließen. Mo sprach noch einen Augenblick mit der Lehrerin, die samt ihrer Klasse zurückgeblieben war, ehe er den Rest der Fahrgäste allein ließ und zu Janna herüberkam.

»Leute gibt's vielleicht!«, sagte er kopfschüttelnd. »Deren Sorgen möchte ich haben. Offenbar hat diese Lehrerin Angst, dass eines ihrer Schäfchen sich aus dem Staub macht, wenn sie nicht mit Argusaugen über sie wacht. Also besteht sie darauf, dass sie alle zusammen in einem Bus nach Westerland fahren. Lieber will sie bis ganz zum Schluss warten, als dass einer ihrer Schüler vielleicht allein im Bus sitzt. Wie alt mögen die sein? Vierzehn? Fünfzehn? Mal ehrlich, das sind doch keine Kleinkinder mehr! Und dann auch noch dieser Vollhorst, der Angst hat, dass ihm was geklaut wird. Statt froh zu sein, dass er mit heilen Knochen davongekommen ist. Unglaublich sowas!«

»Hat es viele Verletzte gegeben?«, fragte Janna.

»Zwei Schwerverletzte im letzten Waggon, die ausgeflogen werden mussten, sonst nur Prellungen und ein paar Platzwunden. Die Verletzten sind alle schon im Krankenhaus in Westerland, aber die meisten können nach der Erstversorgung wieder entlassen werden, schätze ich. Wir haben mehr Glück als Verstand gehabt. Nicht auszudenken, wenn noch mehr Waggons umgekippt wären!« Er zog ein Päckchen Zigaretten aus der Jackentasche und bot Janna eine an.

Sie schüttelte den Kopf. »Überzeugte Nichtraucherin!«

»Sei froh«, erwiderte Mo mit einem schiefen Grinsen. »Ist eine saudumme Angewohnheit!« Er zündete sich eine Zigarette an und nahm einen tiefen Zug. »Das wird eine lange Nacht«, sagte er. »Wenn die Leute von der Bahn und das THW mit dem schweren Gerät kommen, fahre ich mit Neele und Achim nach Westerland, um bei der Unterbringung der Fahrgäste zu helfen. Ich kenne eine Menge Hoteliers auf der Insel.« Er zwinkerte Janna zu. »Und ich kann sehr überzeugend sein, wenn ich will!«

Janna lachte. Dieser Bär von einem Mann wurde ihr immer sympathischer. Wieder nahm er einen tiefen Zug und ließ den Rauch langsam aus der Lunge entweichen, während er über das Watt in die Abenddämmerung starrte.

»Verrückter Tag!«, murmelte er. »Erst so ein Sturm und jetzt so ein prachtvoller Sonnenuntergang. Sowas gibt es echt nur hier.«

Irgendwo auf den Salzwiesen bellte ein Hund.

»Hörst du das?«, fragte Mo. »Der ist bestimmt bei dem Unfall ausgerissen. Ich habe schon die Fahrgäste gefragt, aber niemand vermisst seinen Hund.« Er steckte zwei Finger seiner Linken in den Mund und stieß einen gellenden Pfiff aus. Ein paar Sekunden war es still, dann bellte der Hund erneut.

»Als das Pferd vorhin so furchtbar gewiehert hat, hat der Hund wie zur Antwort jedes Mal gebellt. Vielleicht gehört er ja auch zu den Leuten mit dem Pferdeanhänger. Armer kleiner Kerl! Wird sicher nicht einfach werden, den einzufangen.« Mo schwieg einen Moment und zog noch einmal an seiner Zigarette, ehe er sie auf den Schotter warf und sorgfältig austrat. »Wenigstens das Pferd hat es hinter sich. War eine gute Entscheidung, den Tierarzt zu holen, um es einzuschläfern. Das arme Vieh muss sich furchtbar gequält haben, so wie es geschrien hat.«

»Dr. Mertens hat es nicht eingeschläfert«, widersprach Janna. »Achim hat ihn überredet, es zu operieren.«

Mo warf ihr einen erstaunten Blick zu und schüttelte grinsend den Kopf. »Sieht Achim ähnlich! Der verrückte Kerl gibt keinen noch so hoffnungslosen Fall verloren. War schon immer so bei ihm: Mit der Vernunft hat er es nicht so. Irgendwie hat er, glaube ich, den Zeitpunkt verpasst, erwachsen zu werden.«

Janna zuckte mit den Schultern und lächelte. Was hätte sie antworten sollen? Wie sehr sie Achim um seinen Enthusiasmus für verlorene Fälle beneidete? Besser, für etwas zu kämpfen und zu verlieren, als von vornherein aufzugeben. *So wie du das immer so meisterhaft tust.*

Janna schluckte und sah einen Moment lang an Mo vorbei in die Dämmerung über dem Watt. »Kann ich euch hier irgendwie helfen?«, fragte sie schließlich.

Mo zog eine weitere Zigarette aus der Packung und zündete sie an. »Nicht wirklich«, sagte er. »Die Verletzten und die meisten Reisenden sind weg, wir rücken ab, sobald das THW hier ist. Du könntest natürlich mit nach Westerland kommen, wenn du möchtest, aber eigentlich haben wir auch da genug Leute.« Er deutete den Bahndamm entlang. »Ich glaube, da kommt Neele zurück. Wenn die nicht noch was für dich zu tun hat, bist du entlassen.«

Jannas Blick folgte seinem Arm. In der Ferne sah sie den Schein einer Taschenlampe. Erst als das Licht näher kam, erkannte sie, dass es sich um zwei Personen handelte, die den Bahndamm entlang auf sie zukamen.

»Hallo, min Deern!«, rief ihre Großmutter und winkte. »Wir bringen das Abendessen!«

Sie hatte sich bei Onkel Enno untergehakt, der einen großen Korb in der Hand trug und sich eine Tasche über die Schulter gehängt hatte, die er mit einem leisen Ächzen absetzte, als die beiden Janna und Mo erreicht hatten.

»Ich habe mir gedacht, die Helfer müssen doch auch Hunger haben. Deshalb habe ich schnell noch mal Brote geschmiert und Tee gekocht und Enno gebeten, mich herzufahren.« Mit diesen Worten zog Johanne einen Stapel Pappbecher und eine große Thermoskanne aus der Tasche. »Was ist, junger Mann, wollen Sie Ihre Leute nicht mal herholen, damit sie sich stärken können?«, fragte sie den völlig perplexen Mo.

Einen Moment lang starrte er sie wortlos an, dann beugte er sich zu ihr hinunter und drückte ihr einen Kuss auf die Wange. »Wissen Sie was? Sie sind ein Goldstück, Jannas Oma!«, sagte er.

»Blödsinn, Goldstück!«, erwiderte Johanne lachend und winkte ab. »Fällt alles unter Nachbarschaftshilfe.« Doch trotz des dämmrigen Lichts konnte Janna sehen, dass ihre Großmutter rot geworden war. »Und jetzt hören Sie auf, mit mir herumzupoussieren, und rufen Sie Ihre Feuerwehrkollegen her.«

Mo nickte und ging zu den anderen Feuerwehrleuten hinüber, die damit beschäftigt waren, ihre Gerätschaften wieder in den Einsatzwagen zu packen. Die »Feuerwehrkollegen« ließen sich nicht lange bitten, unterbrachen ihre Arbeit, kamen herüber und bedienten sich herzhaft an Wurst- und Käsestullen und dampfend heißem Tee.

Enno erkundigte sich, wo Achim sei, und Janna deutete auf den auf der Seite liegenden Waggon. »Aber ich denke, Dr. Mertens verarztet das Pferd noch, ich weiß nicht, ob es so gut wäre ...«

»Ich geh einfach mal nachschauen«, meinte Onkel Enno. »Vielleicht kann ich ja was helfen.« Er steckte die Hände in die Jackentaschen und stiefelte davon.

Janna war so damit beschäftigt, Tee an die Feuerwehrleute auszuschenken, dass sie die ältliche Lehrerin zunächst gar nicht bemerkte, die plötzlich neben Mo auftauchte und ihm auf die Schulter tippte.

»Entschuldigen Sie, wenn ich Sie bei Ihrer Pause störe!«, sagte sie säuerlich. »Haben Sie inzwischen schon etwas wegen der Unterbringung für meine Klasse erreichen können?«

Mo, der gerade im Begriff gewesen war, von seinem Brot abzubeißen, ließ die Stulle sinken und drehte sich halb zu ihr um. »Frau . . .«

»Dr. Tiemann«, ergänzte die Lehrerin.

»Frau Dr. Tiemann. Wie ich vorhin schon sagte, ist es so gut wie unmöglich, Betten für dreißig Leute in einem einzigen Hotel zu bekommen. Es sind Osterferien, und die Insel ist rappelvoll. Wir können von Glück sagen, wenn wir Ihre Schüler auf Hotels in einer Ortschaft verteilen können.«

»Aber . . .«

»Ich verspreche Ihnen, wir tun, was wir können!«

»Aber . . .«

»Hören Sie, Frau Dr. Tiemann«, unterbrach Mo sie ungehalten. »Ich habe vorhin schon in der Einsatzzentrale in Westerland Bescheid gegeben, dass die Unterbringung Ihrer Klasse Vorrang hat, aber Wunder dürfen Sie nicht erwarten! Ich . . .«

»*Immer man sinnig mit de jungen Peer!*« Johanne stellte die Teekanne auf den Boden, ging zu den beiden Streithähnen hinüber und drückte der Lehrerin einen gefüllten Becher in die Hand. »Hier«, sagte sie. »Trinken Sie auch erst mal eine Tasse Tee, das beruhigt die Nerven! Wo liegt denn das Problem?«

Frau Dr. Tiemann starrte Jannas Großmutter einen Moment verblüfft an, aber dann schilderte sie ihr Dilemma, mit neunundzwanzig Zehntklässlern, für die sie die Verantwortung trug, ganz allein dazustehen und keine Unterkunft für alle zu finden. Wie solle sie denn die Übersicht behalten, wenn die Schüler auf verschiedene Hotels verteilt würden?

»Neunundzwanzig?«, fragte Johanne. »Das wird eng werden, aber wenn wir Notbetten dazustellen und alle etwas zusammenrücken, sollte es gehen.«

»Was sollte gehen?«, fragte Frau Dr. Tiemann verständnislos.

»Dass ich Sie alle bei uns in der *Friesenrose* unterbringe! Das ist meine Pension. Oder vielmehr, das *war* bis vor zwei Jahren meine Pension«, erklärte Johanne. »Zwölf Zimmer, zwanzig Betten, aber ich kann mir sicherlich bei den Nachbarn noch ein paar Luftmatratzen oder Isomatten leihen. Janna, min Deern, komm mal eben!« Sie winkte ihre Enkeltochter zu sich und griff nach ihrem Ellenbogen. Ihre Augen leuchteten, wie Janna es seit einer Ewigkeit nicht gesehen hatte. »Wir kriegen gleich das ganze Haus voll Gäste!«, verkündete sie. »Ist das nicht toll?«

Mo starrte sie mit offenem Mund an.

»Toll? Aber Oma ...«, stammelte Janna. »Du kannst doch nicht ...«

»Was kann ich nicht? Helfen, wenn Not am Mann ist?«, rief Johanne. »Das wäre ja wohl noch schöner! Du hast es doch gehört! So eine große Gruppe kann im Moment keines der Hotels aufnehmen. Stimmt's?« Sie warf Mo einen fragenden Blick zu. Er nickte nur. »Siehste! Aber *wir* können das. Die Zimmer sind alle geputzt, wir müssen nur noch Schlafgelegenheiten besorgen und die Betten beziehen. Alles gar kein Problem! Hol mir doch mal Enno her, Deern, der muss mir Isomatten oder sowas leihen, sonst wird es knapp. Worauf wartest du noch? Nun lauf schon los!«

Noch immer stand Janna wie vom Donner gerührt da, während ihre Großmutter sich schon wieder Mo und Frau Dr. Tiemann zugewandt hatte und alles Nähere besprach. Mühsam kämpfte sie den aufkeimenden Ärger herunter. So hatte sie sich die paar Tage auf Sylt wahrhaftig nicht vorgestellt! Statt in Ruhe wieder etwas zu sich zu kommen, würde sie Oma von morgens bis abends bei der Arbeit helfen müssen, weil das ganze Haus voller lärmender Teenager war. Janna schluckte die Worte, die ihr schon auf der Zunge lagen, hinunter, machte auf dem Absatz kehrt und stapfte in Richtung des umgekippten Waggons davon. Protest brachte bei Omas friesischem Querschädel sowieso nichts.

Wieder einmal brachte Janna es einfach nicht fertig, über ihren eigenen Schatten zu springen und ihre Überzeugungen durchzusetzen. Dann lieber die Klügere sein, die zurücksteckte, auch wenn der Ärger über die eigene Feigheit jedes Mal in ihr hochkochte. Aber ihr war das Nachgeben und Zurückstecken so in Fleisch und Blut übergegangen, dass ihr Zorn nie lange anhielt. Als sie beim Waggon ankam und hineinkletterte, war ihre Wut auf sich selbst schon so gut wie verraucht. Enno stand neben den Trümmern des Pferdeanhängers und sprach leise mit Achim und Dr. Mertens.

»Onkel Enno?«, rief sie gedämpft. »Kannst du mal kurz kommen?«

Er nickte und kam auf sie zu.

»Sieht ganz gut aus«, sagte er und deutete mit dem Daumen über die Schulter. »Dr. Mertens hat die Wunde verbunden. Jetzt wollen wir gleich mal versuchen, die Stute auf die Beine zu bringen. Wird nur schwierig werden, sie vom Waggon runterzukriegen. Vielleicht haben die Jungs vom THW ja eine gute Idee. Wenn . . .«

»Oma lässt fragen, ob du Luftmatratzen oder Isomatten

hast, die du ihr leihen kannst«, unterbrach Janna seinen Redefluss.

Enno sah sie verwundert an. »Isomatten? Ja, auf dem Dachboden! Vier Stück. Wofür braucht deine Oma denn sowas?«

In knappen Worten schilderte Janna, dass Johanne eine komplette Schulklasse in ihrer Pension aufnehmen wollte.

Enno nickte anerkennend. »Eines muss man deiner Oma lassen, sie hat wirklich ein Herz aus Gold!«

»Mag sein«, antwortete Janna finster. »Ich fürchte nur, sie übernimmt sich.«

»Da mach dir mal keine Sorgen! Deine Oma wuppt das schon!« Enno zwinkerte ihr zu. »Außerdem hat sie mit dir ja eine tüchtige Hilfe.«

Janna schnaubte durch die Nase. »Sicher!«

Aus dem Pferdeanhänger hörte sie leise Achims Stimme. »Na komm, mein Mädchen! Versuch's mal! Eins, zwei ... und hopp!«

Janna sah an Onkel Enno vorbei zu Achim, der neben dem Pferd kniete. Ein lautes Rappeln erklang, als die Stute sich mühsam auf die Beine kämpfte und schließlich mit gesenktem Kopf leicht schwankend stehen blieb.

»Siehst du? War doch gar nicht so schlimm«, sagte Achim und tätschelte ihr den Hals. »Alles wird gut, hörst du?« Sanft strich er über die Stirn des Pferdes. »Alles wird gut!«, wiederholte er leiser. »Wir kriegen dich hier schon raus. Versprochen! Und dann kommst du in einen schönen warmen Stall und kannst dich ausruhen.«

Achims Blick traf Jannas, und für den Bruchteil einer Sekunde hielten sie sich aneinander fest. »Ich bin gleich wieder da, Süße!«, sagte er zu der schwarzen Stute. »Viktor passt so lange gut auf dich auf.« Noch einmal streichelte er der Stute über die Nase, dann stieg er über den Rand des Anhängers und kam zu Janna und Enno herüber.

»Das Schlimmste hätten wir«, sagte er gedämpft. »Jetzt müssen wir sie vom Waggon holen. Könntest du in der Zwischenzeit vielleicht schon mal den Hänger holen, Papa?«

Onkel Enno warf Achim einen fragenden Blick zu, nickte dann aber. »Ja, gut. Willst du mitfahren, Janna? Dann kann ich dir gleich zeigen, wo die Isomatten sind.«

Janna nickte. »Kannst du mich bis zu meinem Auto mitnehmen? Das steht noch an der Straße. Ich fahr dir dann hinterher und lade die Matten ein.«

»Du musst schon los?«, fragte Achim, und Janna kam es so vor, als schwinge Bedauern in seiner Stimme mit. »Ich dachte, du ... wir ...« Er brach ab.

»Ja. Meine Oma will eine ganze Schulklasse bei uns in der Pension einquartieren. Es gibt noch jede Menge vorzubereiten, bis die kommen.«

»Ja, das kann ich mir vorstellen«, sagte Achim. »Und die nächsten Tage wirst du bestimmt sehr eingespannt sein.«

»Ich fürchte schon!«

Achim streckte ihr seine Rechte entgegen und lächelte. »Es hat mich jedenfalls sehr gefreut, dass wir uns mal wieder getroffen haben!« Seine Augen strahlten, als er ihr sein Kleine-Jungs-Lächeln schenkte, während ihre Hand in seiner lag. Nur widerstrebend ließ Janna die Hand wieder los. »Und vielen Dank für deine Hilfe!«, fügte er hinzu.

Lauter Sätze schossen Janna durch den Kopf, die sie gerne sagen wollte: *Nicht der Rede wert, habe ich doch gern gemacht. Ich habe mich auch sehr gefreut, dich zu sehen. Ich würde dich wirklich gern wiedersehen. Wenn ich darf, komme ich morgen mal kurz bei euch vorbei.*

Doch keiner der Sätze fand den Weg über ihre Lippen. Alles, was sie fertigbrachte, war zu lächeln und zu nicken, ehe sie sich losriss, aus dem Waggon kletterte und neben Onkel Enno den Bahndamm entlang zu den Feuerwehrleuten ging, die noch immer mit Teebechern in der Hand um ihre Großmutter herumstanden.

Kurz bevor sie die Gruppe erreichten, warf Janna noch einen letzten schnellen Blick zurück. Achim stand unbeweglich neben dem umgestürzten Waggon und sah ihr hinterher.

Fünf

»Janna! Deern, hörst du das denn nicht?«

Johannes Stimme brauchte einen Moment, um bis zu Janna durchzudringen. Seufzend drehte sie sich auf die andere Seite und zog sich die Decke über den Kopf.

»Mach doch mal das Gefiedel aus, bitte! Das ist ja fürchterlich!« Etwas rüttelte an Jannas Schulter. »Janna!«

Erst als die Bettdecke von ihrem Kopf gezogen wurde, gab Janna ein protestierendes Brummeln von sich und blinzelte in die helle Morgensonne, die durch das Fenster in Johannes Schlafzimmer schien.

»Was ist denn los?«, murmelte sie und kniff schnell wieder die Augen zu.

»Ich glaube, dein Handy klingelt!«, sagte Johanne gereizt. »Kommt jedenfalls aus deinem Kleiderstapel.«

Jetzt hörte Janna es auch. Sofort war sie hellwach, schlug die dicke Federdecke zurück und sprang aus dem Bett. Aus dem Kapuzenpullover, der gestern Mittag bei dem Regenguss nass geworden war und den sie in ihrem Zimmer achtlos auf den Stuhl geworfen hatte, erklang eine Violinsonate von Bach. Das war der Klingelton für Martin!

Sie hatte völlig vergessen, ihn wie verabredet anzurufen. Bei dem ganzen Trubel hatte sie nicht eine Sekunde an ihn gedacht. Er war bestimmt stocksauer. Hastig griff sie nach dem noch immer klammen Pulli und zog ihr Handy aus der Tasche.

»Hallo, Martin?«, rief sie atemlos, nachdem sie den Anruf angenommen hatte.

»Na endlich! Ich wollte es gerade aufgeben«, sagte er. »Sag mal, wo steckst du denn? Ich habe dich bestimmt zehnmal angerufen und dir mindestens zwanzig Nachrichten geschrieben. Ich dachte schon, es ist was passiert.«

»Nein, passiert ist nichts. Ich ... Entschuldige!«, stammelte Janna. »Ich hatte das Handy nicht bei mir.«

»Die ganze Nacht über nicht?«

»Hier hat es ein schweres Gewitter gegeben, und wir haben geholfen, die Rinder vom Nachbarhof wieder einzufangen. Dabei habe ich ...«

»Ist ja auch egal!«, unterbrach Martin sie knapp.

Wie üblich ist er mit den Gedanken schon wieder woanders und hat gar nicht richtig zugehört, schoss es Janna durch den Kopf.

»Ich habe schon angefangen, mir ernsthaft Sorgen zu machen!«, sagte Martin mit einem nicht überhörbaren Vorwurf in der Stimme. »Ich brauche dringend die Ergebnisse der Kreditorenbuchhaltung vom vorletzten Jahr. Die bist du doch mit der Buchhalterin durchgegangen. Kannst du sie mir schicken?«

Janna lag auf der Zunge, dass er genauso gut die Buchhalterin in der Tochterfirma darum bitten könnte, aber sie schluckte die Bemerkung hinunter. »Da muss ich erst meinen Laptop hochfahren. Wird ein paar Minuten dauern.«

Jannas Blick fiel auf ihre Großmutter, die an ihr Kissen gelehnt in ihrem Bett saß und sie aufmerksam musterte. Sie zog missbilligend die Augenbrauen zusammen, sagte aber nichts.

Janna spürte, dass sie rot wurde. »Ich schick dir die Datei und melde mich nachher noch mal!«, sagte sie.

»Ja, gut!« Ohne einen Gruß legte Martin auf.

Johanne schüttelte den Kopf und verschränkte die Arme vor der Brust.

»Was?«, fragte Janna genervt.

»Ich habe nichts gesagt«, erwiderte Johanne. »Aber ich dachte, du hast Urlaub!«

»Habe ich auch«, gab Janna zurück. »Soweit man das als rechte Hand vom Chef jemals hat.«

»Hat dein Martin eigentlich keine Uhr? Es ist noch nicht mal sieben!«

»In Dubai ist es aber schon fast zehn, und er sitzt wahrscheinlich mitten in einer Konferenz.«

»Und hat natürlich nicht eine Sekunde darüber nachgedacht, dass du noch in den Federn liegen könntest«, ergänzte Johanne. »Sehr mitfühlend, dein Herr Chef!« Sie schlug die Decke zurück und schwang die Beine über die Bettkante. »Aber es ist vielleicht ganz gut, dass er uns geweckt hat. Wir haben noch jede Menge zu erledigen, bis das Frühstück für unsere Gäste auf dem Tisch steht.« Damit erhob sie sich, reckte sich und gähnte herzhaft. »Na komm, Deern! Lass uns mal loslegen!«

Während Johanne im Bad war, holte Janna ihr Notebook aus dem Koffer und schaltete es ein. Als sie gestern Abend ihr Zimmer für Frau Dr. Tiemann geräumt hatte, hatte sie nur schnell alles in ihren Koffer gestopft und ihn in Omas Schlafzimmer in die Ecke befördert, ehe sie todmüde ins Bett gefallen war. Während sie darauf wartete, dass der Rechner hochfuhr, ließ sie den Abend noch einmal Revue passieren.

Nachdem sie Onkel Ennos Isomatten abgeholt und ausgeladen hatte, hatte sie begonnen, in allen Zimmern die Tagesdecken abzunehmen und die Betten zu beziehen. Sie war noch nicht zur Hälfte fertig gewesen, als der Bus vorgefahren war, der Frau Dr. Tiemann und ihre Klasse brachte. Oma war mit Mo gefahren, der auf dem Weg nach Westerland noch kurz bei ihnen haltmachte, um sicherzustellen, dass alles in Ordnung war. Es hatte eine Weile gedauert, bis die Jugendlichen, dreizehn Jungs und sechzehn Mädchen zwischen fünfzehn und sechzehn Jahren, sich geeinigt hatten, wer mit wem das Zimmer teilen sollte. Da alle Mädchen ein betretenes Gesicht zogen, als es darum ging, wer das Zimmer mit der Lehrerin teilen würde, hatte Janna kurzerhand ihr eigenes Zimmer an Frau Dr. Tiemann abgetreten und sich insgeheim über die Erleichterung auf den Gesichtern der Mädchen amüsiert. Frau Dr. Tiemann erfreute sich offenbar keiner allzu großen Beliebtheit bei ihren Schülern, aber zugegebenermaßen spurten die Jugendlichen wie am Schnürchen, wenn sie Anweisungen gab.

Zum Abendessen hatte Frau Dr. Tiemann auf eigene Kosten fünf gewaltige Familienpizzen bestellt. Bis diese geliefert wurden, hatten die Jungs und Mädchen, ohne zu murren, den Frühstücksraum hergerichtet und die Tische gedeckt. Nach dem Essen genügte ein Wink der Lehrerin, und alles wurde abgeräumt und abgewaschen. Und als sie ihre Schützlinge danach mit dem Hinweis in die Zimmer geschickt hatte, es sei doch ein sehr langer Tag gewesen, hatte sich kaum Protest erhoben, und binnen Kurzem war Ruhe im Haus eingekehrt.

Janna hatte nicht viel Erfahrung im Umgang mit Jugendlichen, aber die Klasse von Frau Dr. Tiemann schien ihr erstaunlich umgänglich zu sein. Eigentlich kannte sie nur einen Jungen dieses Alters näher: Martins sechzehnjährigen Sohn Lukas, der seinen Vater alle paar Monate widerwillig übers Wochenende besuchte und keinen Hehl daraus machte, dass er Janna nicht leiden konnte. Lukas rührte keinen Finger, wenn er bei ihnen war. Den ganzen Tag lümmelte er im Gästezimmer herum, den Fernseher oder die Anlage auf Wohnblocklautstärke gestellt, tauchte höchstens zu den Mahlzeiten auf und mäkelte an allem herum, was es zu essen gab. Ein einziges Mal hatte Janna sich zaghaft bei Martin über das Verhalten seines Sohnes beschwert, aber der wollte absolut nichts davon hören. Lukas habe eine schwierige Zeit hinter sich, sagte er nur. Dafür müsse man einfach etwas Verständnis aufbringen, so schlimm sei das doch alles nicht.

Ihr Notebook war inzwischen hochgefahren, und Janna hängte die Datei, um die Martin gebeten hatte, an eine E-Mail an. Einen Moment lang war sie versucht, sich in der Mail bei ihm zu entschuldigen, dass er sie nicht hatte erreichen können, aber dann entschied sie sich anders, tippte nur einen kurzen Gruß und versandte die Mail. Besser heute Abend, wenn sie telefonierten. Jetzt saß er in der Besprechung und würde kaum Zeit haben, die Mail zu lesen.

Nachdem Johanne aus dem Bad zurück war, sprang Janna kurz unter die Dusche. Sie ließ das heiße Wasser einen Moment über ihre verspannten Schultern laufen, um die bleierne Müdigkeit zu vertreiben, aber es half nicht viel. Der gestrige Abend steckte ihr noch tief in den Knochen.

Na komm, Mädchen, nun reiß dich mal zusammen!, ermahnte sie sich, griff nach dem Shampoo und wusch sich die Haare. *Du stellst dich ja an, als wärst du mindestens achtzig!*

Statt sich die Haare zu föhnen, rubbelte sie sie mit dem Handtuch einigermaßen trocken und kämmte die kurzen blonden Strähnen dann in Form. Die Kurzhaarfrisur mochte nicht so verführerisch wirken wie eine lange Lockenmähne, aber praktisch war sie allemal.

Als sie ins Schlafzimmer ihrer Großmutter zurückkam, war Johanne nicht mehr da. Janna hörte unten bereits Geschirr klappern und zog sich schnell an. Leise, um die Gäste nicht zu wecken, schlich sie die Treppe hinunter und ging in die Küche, wo die Kaffeemaschine bereits blubberte und röchelte, während Johanne damit beschäftigt war, die Teller von gestern Abend in den Schrank zu räumen.

Janna schnupperte. »Hmmm!«, machte sie. »Krieg ich die erste Tasse?«

Johanne lachte. »Wenn du mir versprichst, danach zum Bäcker nach Morsum zu fahren, um Brötchen für alle zu kaufen, ja!« Sobald das Röcheln aufgehört hatte, zog sie die Kanne aus der Maschine und schenkte Kaffee in zwei große Becher. »Immer noch mit viel Milch und Zucker?«, fragte sie.

Nein, mit Süßstoff, lag Janna auf der Zunge, aber sie antwortete: »Ja, genau!« Nach der anstrengenden Nacht konnte sie sich die drei Löffel Zucker ausnahmsweise einmal gönnen.

Johanne drückte ihr einen Becher in die Hand, setzte sich und klopfte mit der Hand auf den Stuhl neben sich. »Setz dich, Deern! Kostet nix extra.«

Gehorsam ließ sich Janna neben ihrer Großmutter nieder, rührte in dem dampfenden Kaffee und blies über die Oberfläche, um ihn abzukühlen.

»Wie viele Brötchen soll ich holen?«, fragte sie. »Meinst du, wir kommen mit sechzig Stück hin?«

Ihre Großmutter rührte in ihrer Kaffeetasse, ehe sie einen Schluck trank. »Ich habe schon beim Bäcker angerufen und siebzig Stück vorbestellt. Um acht kannst du sie abholen. Kannst deinen Kaffee also noch in Ruhe austrinken.« Sie zwinkerte Janna zu und deutete nach oben. »Außerdem liegen unsere Gäste noch alle in den Betten.«

Wie zur Antwort klappte oben eine Tür, und lautes Mädchengekicher erscholl.

»Aber sicher nicht mehr lange!«, stellte Janna fest. »Soll ich schnell den Frühstückstisch decken?«

»Dabei können mir die Kinder helfen. Trink du nur aus, und dann ab nach Morsum. In den Supermarkt musst du auch noch. Die Gäste können die Brötchen ja nicht trocken hinunterwürgen.« Johanne griff nach Block und Kugelschreiber, die auf dem Tisch lagen. »Mal überlegen, was den Kindern so schmecken könnte!«

Eine halbe Stunde später lud Janna die zweite Kiste voller Einkäufe in den Kofferraum, zog den eng beschriebenen Einkaufszettel aus der Jackentasche und kontrollierte noch einmal, ob sie auch alles hatte, was Johanne aufgeschrieben hatte.

»Wer soll denn das alles essen?«, murmelte sie kopfschüttelnd. »Das reicht doch einer ganzen Kompanie für mindestens eine Woche!«

Nachdem sie überprüft hatte, dass sie wirklich nichts vergessen hatte, schloss sie den Kofferraum. Da der Bäcker nur über einen winzigen Parkplatz verfügte, wollte sie die paar Schritte zu Fuß laufen. Es war ein strahlend heller Frühlingstag, der recht warm zu werden versprach. Von der See her wehte eine sanfte Brise, die träge ein paar Schäfchenwolken über den Himmel trieb.

Beim Bäcker herrschte reger Betrieb, und Janna musste einen Moment warten, bis sie bedient wurde.

»Ich soll die Brötchen für Janssen abholen«, sagte sie schließlich zu der einzigen Verkäuferin. »Siebzig Stück, gemischt. Meine Großmutter hat angerufen.«

Die Verkäuferin nickte und bat um einen Augenblick Geduld, sie müsse sie erst aus der Backstube holen. Während sie nach hinten ging, nahm Janna ihr Portemonnaie aus der Tasche und kramte Münzen aus dem überquellenden Kleingeldfach.

»Hallo, Janna! Guten Morgen!«

Janna zuckte zusammen und hätte um ein Haar die Münzen, die sie in der Hand hielt, fallen lassen. Sie sah auf und blickte direkt in Achims hellblaue Augen.

»Meine Güte, hast du mich erschreckt!«

»Entschuldige bitte, das wollte ich nicht!« Achim grinste. »Aber ich wusste nicht, dass du so schreckhaft bist.«

»Normalerweise nicht. Nur wenn ich müde bin. Ist spät geworden gestern!«

»Bestimmt nicht so spät wie bei mir!«

»Immerhin war es schon eins.«

»Bis ich im Bett war, war es kurz nach drei! Und um halb sechs bin ich wieder aufgestanden, um nach Püppi zu sehen. Ich fühl mich, als hätte mich ein Bagger überfahren.« Mit Mühe unterdrückte Achim ein Gähnen. Jetzt erst fielen Janna die dunklen Ringe unter seinen Augen auf.

»Ach du liebe Güte! Und ich jammere dir was vor. Tut mir leid!«, sagte sie zerknirscht. »Hat es so lange gedauert, das Pferd zu bergen?«

»Nein, das ging eigentlich erstaunlich flott. Das THW hat eine Rampe gebaut, und dann habe ich sie am Halfter aus dem Waggon geführt. Nur war Püppi nicht zu bewegen, in unseren Anhänger zu steigen. Trotz Beruhigungsmittel und verbundener Augen hat sie Panik bekommen und ist immer wieder gestiegen. Ich hatte Angst, dass die Wunde aufreißt, und habe sie doch lieber zu Fuß nach Hause gebracht.«

Janna hörte ein Räuspern hinter sich. »Das macht dann achtunddreißig Euro«, sagte die Verkäuferin, die mit fünf großen Brötchentüten zurückgekommen war. »Oder darf es sonst noch etwas sein?«

Janna verneinte, murmelte eine Entschuldigung und zählte

hastig das Geld ab. Die Verkäuferin stellte die Tüten auf den Tresen und wies darauf hin, dass Janna sie offen lassen sollte, weil die Brötchen noch warm waren.

»Ich hätte gern sechs Einfache«, sagte Achim, der als Nächster dran war. Während Janna noch überlegte, wie sie die offenen Tüten zum Auto schaffen sollte, zahlte er und nahm zusätzlich zu seiner eigenen noch zwei von Jannas Tüten. »Du hast doch nichts gegen einen Tütenträger?«, fragte er augenzwinkernd.

»Wenn du nicht auf Trinkgeld bestehst, gar nicht!« Janna lachte. »Das Auto steht auf dem Parkplatz vom Supermarkt.«

»Verglichen mit dem Marsch heute Nacht ist das ja überschaubar.«

Wieder hielt das Strahlen seiner Augen Janna eine Sekunde lang gefangen. Dann riss sie sich los und öffnete die Tür der Bäckerei.

Während sie nebeneinander zum Auto gingen, erzählte Achim von Püppi, wie er die verletzte Friesenstute getauft hatte. Nein, korrigierte sich Janna, er schwärmte von ihr. So ein bildschönes Pferd, dabei sehr umgänglich und lammfromm.

»Versetz dich doch mal in die Lage von dem armen Tier! Erst wird dir der Boden unter den Füßen weggerissen, dann liegst du eingeklemmt und verletzt im Dunkeln, hast Schmerzen und Todesangst und um dich herum sind lauter Wildfremde, die mit Höllenmaschinen alles auseinandernehmen. Da hätte selbst das liebste Pferd alles kurz und klein getreten, sobald es wieder Boden unter den Füßen gehabt hätte. Aber nicht Püppi! Dass sie nicht mehr in einen Anhänger steigen will, ist völlig klar. Aber sie lässt sich brav von einem Fremden am Halfter vom Waggon und dann trotz der Schmerzen durch die Dunkelheit führen. Eine tolle Stute! Es wäre wirklich ein Verbrechen gewesen, sie einzuschläfern.«

»Du bist ja richtiggehend verliebt in sie!«, sagte Janna mit einem Lächeln. »Hast du schon irgendwas von den Besitzern gehört?«

»Nein, leider nicht. Mo hat im Krankenhaus in Flensburg Bescheid gegeben, wo das Pferd ist. Ich schätze, die Besitzer werden sich bald melden.«

»Wird bestimmt schwer, dich von dem Tier zu trennen, was?«

Achim warf Janna einen kurzen Seitenblick zu. »Könnte schon sein, aber ich bin ja sowieso nur noch bis Dienstag da. Der Trennungsschmerz wird sich wohl in Grenzen halten.« Er hatte leichthin gesprochen und lächelte bemüht, aber Janna sah in seinen Augen, dass das nicht stimmte. Er hatte jetzt schon sein Herz an Püppi verloren.

Inzwischen hatten die beiden den Parkplatz des kleinen Supermarktes erreicht. Janna stellte die Brötchentüten auf dem Autodach ab und drückte auf den Autoschlüssel.

»Da wären wir«, sagte sie überflüssigerweise.

»Ja, da wären wir.« Achim öffnete den Kofferraum und stellte die beiden Brötchentüten hinein, die er getragen hatte. »Vergiss deine Tüten nicht, sonst gibt's Brötchen für ganz Morsum!« Er lachte.

»Und zu Hause eine Menge hungriger Teenager und eine ungehaltene Oma!«, ergänzte Janna grinsend.

Der Blick aus seinen strahlend blauen Augen hielt sie gefangen, und die plötzliche Stille zwischen ihnen wurde unendlich lang.

Also, ich muss dann mal los, lag ihr schon auf der Zunge, aber Achim kam ihr zuvor.

»Hast du Lust, heute Nachmittag auf eine Tasse Tee bei uns vorbeizukommen?«, fragte er. »Du hast doch Püppi noch gar nicht richtig gesehen. Nur mit panischem Blick auf der Seite liegend.«

»Ich ...«

»Es gibt auch Apfelkuchen«, sagte er hastig. »Mit Schlagsahne. Den hol ich nachher bei dem Café, in dem Neele arbeitet.«

Janna musste lachen. »Dann kann ich ja wohl nicht Nein sagen, oder?«

»Unmöglich! Nicht bei Neeles Apfelkuchen. Das wäre eine Sünde.« Achim gab ihr seine braun gebrannte Rechte, die warm und fest ihre schmale Hand umschloss. »Bis heute Nachmittag dann! Ich freu mich auf dich!«

Als Janna ihrer Großmutter später von der Einladung erzählte und vorsichtig fragte, ob sie sie denn für ein paar Stunden mit der Arbeit allein lassen könne oder doch lieber absagen solle, warf Johanne ihr einen erstaunten Blick zu. Sie viertelte die Kartoffel, die sie gerade geschält hatte, und warf sie in den Topf mit kaltem Wasser, der vor ihr stand.

»Natürlich gehst du zu Büsings rüber, keine Frage!«, sagte sie. »Das Gemüse für die Suppe heute Abend ist schon fast geschält. Die stelle ich nachher auf den Herd, dann kocht die sich von ganz allein. Das Brot bringt Frau Dr. Tiemann aus Westerland mit. Sie meinte, sie und die Kinder seien vermutlich zwischen sechs und sieben wieder da, je nachdem, wie lange es dauert, bis alle ihre Koffer bekommen haben. Vorher gibt es sowieso kein Abendbrot. Also, wenn du gegen halb sieben wieder da bist, reicht das auf alle Fälle.«

»Sicher?«

»Absolut sicher!« Johanne grinste. Sie griff nach der nächsten

Kartoffel und begann zu schälen. »Nun verschwinde schon! Und vergiss nicht, schön zu grüßen!«

Zehn Minuten später lief Janna die Einfahrt von Büsings Bauernhof hinauf. Vorsichtig wich sie den tiefen Pfützen aus, in deren Oberflächen sich die Schäfchenwolken spiegelten, die vom Westwind über den Frühlingshimmel getrieben wurden. Für Mitte März war es erstaunlich warm. Sie schwitzte in ihrer dicken Regenjacke, die sie vorsichtshalber angezogen hatte. Nach dem gestrigen Unwetter traute sie dem Frieden nicht.

Bei der Hektik gestern war es Janna nicht so aufgefallen, aber heute war die Unordnung auf dem Hof unübersehbar. Überall standen Gerätschaften herum. Ein altes Fahrrad lehnte neben der Stalltür, wo es mit platten Reifen vor sich hin rostete. Aus einer Wanne, die vom Regen bis zum Rand mit Wasser gefüllt war, hingen Taue heraus. Neben den Mülltonnen stapelten sich etliche volle Müllsäcke, und überall lagen Stroh und altes Laub auf dem Boden. Offenbar hatte Onkel Enno lange nicht die Zeit gefunden, den Hof zu fegen. Nur im Unterstand der Galloways war frisches Stroh aufgeschüttet worden. Zwei der Rinder waren noch dort, saßen gemütlich nebeneinander und käuten wieder.

Wie zwei alte Tratschtanten, die sich den neuesten Klatsch erzählen, dachte Janna und grinste.

Sie wollte gerade die Stalltür öffnen, als von drinnen ein einzelnes dunkles Bellen ertönte. Die Tür wurde ein Stück aufgezogen, und Waltraut quetschte sich durch die Lücke. Sie stapfte steifbeinig um Janna herum, winselte und stupste mit der Schnauze gegen ihre Hände. Dann lehnte sie sich mit ihrem ganzen Gewicht gegen Jannas Beine und schaute treuherzig zu ihr hoch. Janna bückte sich und klopfte der betagten Hündin die Seite.

»Na, altes Mädchen, benimm dich mal!«, sagte Achim

lachend. Er war Waltraut aus dem Stall gefolgt, kam auf Janna zu und küsste sie flüchtig auf die Wange. »Schön, dass du da bist! Komm rein in die gute Stube! Püppi wartet schon.« Damit griff er nach ihrer Hand und zog sie in den Stall.

Es dauerte einen Augenblick, bis sich Jannas Augen an das dämmrige Licht gewöhnt hatten. Erst dann sah sie die Stute, die ihnen über den Rand der zweiten Pferdebox hinweg neugierig entgegenblickte. Ihre Augen waren weit geöffnet, die Ohren gespitzt, und sie schnaubte leise, als Achim zu ihr trat und ihr die Stirn kraulte.

»Na, meine Süße? Schau mal, ich habe Besuch für dich mitgebracht.«

Als hätte sie Achim verstanden, wieherte Püppi leise und schnupperte an Jannas Hand, die sie auf den Rand der Box gelegt hatte.

»Meinst du, ich kann sie auch mal streicheln?«, fragte Janna.

»Ganz sicher! Püppi ist wirklich ein freundliches Pferd. Sie hatte nicht mal was gegen Viktor, als der heute Morgen nach der Wunde gesehen hat, und die allermeisten Pferde sind nicht gerade gut auf Tierärzte zu sprechen.«

Vorsichtig hob Janna die Hand und strich langsam über Püppis Stirn bis hinunter zu den Nüstern, die weich wie Samt waren. Als sie aufhörte, stupste die Stute ihre Hand an, als wolle sie sie zum Weitermachen auffordern.

»Siehst du, sie mag dich!« Achim lachte leise und öffnete die Boxentür. Er griff nach dem Halfter der Stute, schob sie etwas weiter in die Box hinein und bückte sich, um die Wunde zu untersuchen, die sich von der Schulter über die Brust bis zum Bein hinunterzog und sich durch das aseptische Silberspray deutlich von dem pechschwarzen Fell abhob.

Plötzlich raschelte es vernehmlich in dem Strohhaufen in der hinteren Ecke der Box. Wie ein geölter Blitz schoss ein kleiner weiß-braun gefleckter Hund aus dem Stroh heraus und zwängte sich an Achim vorbei aus der Box. Er flitzte an Janna vorüber und wollte durch die Stalltür nach draußen flüchten. Als er allerdings Waltraut bemerkte, die sich vor dem Stall ausgestreckt hatte, stockte er, blieb stehen und kläffte ein paar Mal. Waltraut schien nicht sonderlich beeindruckt. Mühsam richtete sie sich zum Sitzen auf und betrachtete den fremden Hund, rührte sich aber nicht vom Fleck.

»Nanu?«, fragte Achim verblüfft. »Wo kommt der Hund denn her?« Er ließ den Halfter der Stute los, kam aus der Box und verschloss die Tür sorgfältig hinter sich.

Noch immer saß der kleine Hund, ein Jack Russell Terrier, vor der Stalltür, ließ die alte Hündin nicht aus den Augen und schien nicht zu bemerken, dass Achim sich ihm vorsichtig näherte.

»Ob das möglicherweise der Hund ist, den wir gestern am Hindenburgdamm bellen gehört haben?«, fragte Janna leise. »Mo meinte, er könnte vielleicht zu den Leuten mit dem Pferdehänger gehören.«

Achim nickte nur, während er gebückt auf den Hund zuschlich. »Ist ja schon gut, Kleiner, dir tut doch keiner was«, murmelte er.

Der Terrier drehte einmal halbherzig den Kopf in Achims Richtung, wandte sich dann aber sofort wieder Waltraut zu. Nur seine zuckenden braunen Schlappohren ließen erahnen, dass er Achim gehört hatte.

Zentimeter für Zentimeter näherte sich Achim dem kleinen gefleckten Hund , streckte langsam seine Hand nach ihm aus und sprach dabei weiter beruhigend auf ihn ein. »Alles in Ordnung, siehst du? Brauchst keine Angst zu haben.«

Der Jack Russell wandte der ausgestreckten Hand die

Schnauze zu und schnupperte ausgiebig an Achims Fingern. Schließlich schien er sich ein Herz zu fassen und schleckte einmal zögernd daran.

»So ist es fein. Braver kleiner Kerl!« Achim schob seine Hand ein paar Zentimeter weiter und begann, den Hund sehr behutsam hinter den Ohren zu kraulen.

Es dauerte nur wenige Augenblicke, bis sich der kleine Jack Russell sichtbar entspannte. Waltraut, die noch immer in der geöffneten Stalltür saß, schien er vergessen zu haben. Er schmiegte sich an Achim, der neben ihm auf die Knie gegangen war und seine Seite tätschelte, und sah aus großen braunen Augen zu ihm hoch. Achim hatte wirklich ein Händchen für Tiere, das musste man ihm lassen.

»Warum hast du eigentlich nicht Tiermedizin studiert?«, fragte Janna, die sich den beiden langsam, um den Hund nicht zu erschrecken, näherte. »Das wäre doch genau das Richtige für dich.«

»Ich und Tierarzt?«, fragte Achim, ohne den Blick von dem Terrier abzuwenden. »Nein, nicht wirklich! Ich hatte es nie so mit der Schule und war froh, dass ich nach der Zehnten endlich abgehen konnte. Damals gab es andere Sachen, die mir wichtiger waren. Meine Eltern haben sich den Mund fusselig geredet, aber alles, was ich wollte, war Surfen. Wenn es nach mir gegangen wäre, hätte ich das gleich nach der Schule zum Beruf gemacht, aber davon wollte Papa nichts wissen. Ich sollte wenigstens vorher eine Ausbildung machen. Und weil ich damals noch nicht volljährig war, musste ich mich fügen.« Er zuckte mit den Schultern. »Pferdewirt lag nahe, weil ich die Lehre hier im Ort bei einem Bekannten meiner Eltern machen konnte. Und sobald ich meinen Abschluss hatte, war ich weg.«

Der Hund schleckte ihm begeistert die Hand ab, warf sich auf den Boden und rollte sich auf den Rücken.

Achim lachte. »Da schau her! Noch ein Mädchen.« Er griff nach dem Halsband der Hündin, an dem eine Plakette befestigt war. Als er sie anhob, konnte Janna die Inschrift *Dottie* lesen. »Na, das ist doch mal ein passender Name«, sagte Achim. »Obwohl ich dich vermutlich eher Pünktchen genannt hätte.« Er kraulte die Hündin unter dem Kinn, woraufhin sie den Hals ganz lang machte. »Da hinten auf der Futterkiste liegt Waltrauts Leine. Kannst du mir die bitte mal holen, Janna?«

Janna brauchte einen Moment, bis sie in dem Durcheinander auf der Futterkiste die schwarze Hundeleine gefunden hatte. Sie reichte sie an Achim weiter, der sie an Dotties Halsband befestigte.

»Na komm, Dottie! Dann wollen wir Papa mal von unserem neuesten Logiergast erzählen. Mal gucken, was er sagt.« Achim erhob sich und wandte sich mit einem schiefen Grinsen an Janna. »Vermutlich wird er mit den Augen rollen wie sonst auch immer, wenn ich irgendwelches Viehzeug anschleppe, um das er sich kümmern muss, solange ich weg bin. Gut, dass du hier bist, dann wird er bestimmt nicht schimpfen.« Er zwinkerte Janna zu. »Der Tee, den er vorhin gekocht hat, ist inzwischen bestimmt schon wieder kalt. Aber du musst unbedingt den Apfelkuchen von Neele probieren. Den macht sie für ein kleines Café oben in List. Absolut genial, sag ich dir!«

Während er die Vorzüge von Neeles Apfelkuchen weiter in den glühendsten Farben pries, ging er mit Dottie an der Leine neben Janna zur Tür, die ins Wohnhaus führte. Die alte Waltraut trottete gemächlich hinter ihnen her. Gerade als Janna fragen wollte, ob sich die beiden Hunde denn vertragen würden, hörte sie leise Musik. Sie brauchte eine Sekunde, um zu realisieren, dass es ihr Handy war, das klingelte. Sie nestelte es aus ihrer Jackentasche und meldete sich.

»Neumann?«

»Das ist ja großartig, dass ich Sie gleich erwische, Frau Neumann!«, hörte sie eine hastige Männerstimme sagen. »Sachs hier, bitte entschuldigen Sie, dass ich Sie am Wochenende störe, aber die Sache ist sehr eilig. Stellen Sie sich vor, ich habe einen möglichen Käufer für das Haus. Ich gebe zu, ich hätte nicht so schnell damit gerechnet, aber der Herr ist ernsthaft interessiert, es zu kaufen. Dabei hat er es bislang nur von außen gesehen. Ist aber ja auch ein bildschönes Gebäude. Und dann noch der große Garten. Kein Wunder, dass er ...«

Der Mann am Telefon sprach so irrsinnig schnell, dass Janna Mühe hatte zu folgen. Alles, was sie verstanden hatte, war, dass es um Mamas Haus in Flörsheim ging. Und ganz plötzlich war das schmerzhafte Gefühl der Leere in ihrem Inneren, das sie in der Hektik der letzten beiden Tage kaum gespürt hatte, wieder da.

»Sie haben was? Wer ist da überhaupt?«, fragte sie verständnislos.

»Sachs hier, vom Maklerbüro *Peter Sachs & Partner*. Wir hatten vorige Woche kurz miteinander gesprochen und vereinbart, dass ich mich schon mal nach potenziellen Käufern für das Haus Ihrer Mutter umschaue. Und jetzt rufe ich an, weil ich einen Interessenten habe.«

»So schnell schon? Ich ... Ich weiß nicht. Das kommt sehr überraschend.« Nervös rieb sich Janna mit der Hand über die Stirn.

Achim warf ihr einen fragenden Blick zu. »Alles in Ordnung?«, fragte er leise.

Janna nickte. »Geh schon vor!«, formte sie mit den Lippen. »Ich komme gleich.«

»Ja, das ging wesentlich schneller, als ich gehofft hatte«, hörte sie Herrn Sachs sagen. »Die Sache hat allerdings einen kleinen Haken, deshalb rufe ich Sie an. Der Herr ist nur noch bis Mittwoch in Flörsheim, danach fährt er für drei Wochen ins Ausland, und er möchte das Haus natürlich vorher noch besichtigen. Ich habe schon eine Firma für Haushaltsauflösungen beauftragt, die am Dienstag alles ausräumen wird. Sie müssten herkommen, um zu entscheiden, was mit den Möbeln passieren soll. Wenn ich Sie bei unserem Gespräch richtig verstanden habe, wollen Sie ja nur einen Teil davon behalten, und der Rest soll gespendet werden, nicht wahr? Außerdem sind auch noch die ganzen persönlichen Sachen Ihrer Mutter im Haus. Also, wenn Sie so schnell wie möglich herkommen und die Sachen durchsehen könnten, dann würde ich am Dienstag den Schlüssel ...«

»Nun mal ganz langsam, Herr Sachs!«, unterbrach Janna den Redefluss des Maklers. »Ich weiß nicht, wie schnell ich von hier wegkomme.«

»Wollen Sie das Haus denn nicht verkaufen? Ich hatte Sie so verstanden, dass es eilig ist.«

»Ja, schon. Aber ...«

»Seien Sie doch lieber froh, dass ich einen Käufer habe!« Herr Sachs schien etwas ungehalten.

»Das bin ich, darum geht es auch gar nicht«, gab Janna zurück. »Ich sitze im Moment auf Sylt fest, weil die Zugstrecke gesperrt ist.«

»Es kann doch nicht sein, dass es keine andere Möglichkeit gibt, Sylt zu verlassen!«

»Doch, schon. Ich könnte fliegen oder die Fähre nach Rømø nehmen und über Dänemark fahren.«

»Na also. Problem gelöst! Sie kommen nach Flörsheim, markieren in Ruhe die Sachen, die Sie behalten möchten, und ich spreche noch mal mit den Haushaltsauflösern, damit diese

Sachen erst mal eingelagert werden. Wichtig ist, dass das Haus bis Montagabend besenrein ist. Ich komme dann Dienstagfrüh und nehme den Schlüssel von Ihnen entgegen.«

»Aber ...« Weiter kam Janna nicht, ehe Herr Sachs sie unterbrach.

»Entschuldigen Sie, Frau Neumann, aber es klingelt gerade auf der anderen Leitung, und wir beide sind ja so weit durch, nicht wahr? Bis Dienstag dann und einen schönen Abend noch!«

»Aber ich ...«, stammelte Janna, sah auf das Display ihres Handys und stellte fest, dass Herr Sachs aufgelegt hatte.

»Ist was passiert?«, fragte Achim. Statt ins Wohnhaus zu gehen, war er mit Dottie an der Leine stehen geblieben und sah sie forschend an.

Janna, die noch immer auf das Handy starrte, schrak hoch. »Was? Nein, passiert ist nichts. Ich muss nur so schnell es geht nach Flörsheim zurück.«

»Nach Flörsheim?«

Janna nickte und fasste in wenigen Worten das Gespräch mit dem Makler zusammen. »Wenn die Sache mit dem Haus abgewickelt ist, werde ich wohl von Frankfurt aus zurück nach Dubai fliegen. Wird sowieso Zeit, dass ich wieder in mein normales Leben zurückkehre. Ich habe schon viel zu viel Zeit hier vertrödelt.«

»Meinst du?«, fragte Achim leise. Er kam näher und griff nach ihrer Hand. »Glaubst du wirklich, dass die Zeit hier vertrödelt ist?«

Der Blick aus seinen blauen Augen hielt Janna gefangen und ließ ihren Magen flirren. Nur mit Mühe gelang es ihr, sich loszureißen. Sie schluckte und räusperte sich, weil ihre Stimme ihr nicht gehorchen wollte.

99

»Nein«, antwortete sie hastig. »Vertrödelt sicher nicht, immerhin haben wir Kühe und Pferde gerettet und einen entlaufenen Hund wiedergefunden. Und es war schön, dich mal wieder zu sehen.« Ihre eigene Stimme klang merkwürdig schrill in ihren Ohren. »Tut mir leid, dass wir nicht mehr Tee trinken können, aber ich muss jetzt wirklich los. Ich muss noch packen und dann sehen, wie ich von der Insel runterkomme. Neeles sagenhaften Apfelkuchen verschieben wir auf unser nächstes Treffen.«

Wieder versank sie in der Tiefe seiner blauen Augen.

»Versprochen?«, fragte Achim.

»Ja, versprochen.«

Sie sah sein Gesicht dicht vor sich, und für den Bruchteil einer Sekunde glaubte sie, er würde sie küssen. Aber er zog sie nur kurz in seine Arme und drückte sie fest an sich.

»Ich werde dich daran erinnern«, sagte er warm. »Ich habe ja jetzt deine Telefonnummer.«

Janna nickte nur, machte sich von ihm los, verließ den Stall und lief so schnell die Auffahrt hinunter, als wäre der Teufel hinter ihr her.

Sechs

Alles in Janna sträubte sich dagegen, die Tür aufzuschließen.

Sie stand vor dem Haus ihrer Mutter, den Schüssel in der Hand, und starrte mit blinden Augen auf das Schlüsselloch. Dass es nicht leicht werden würde, ihr Elternhaus wieder zu betreten, hatte sie befürchtet, aber dass es ihr so schwerfallen würde, damit hatte Janna nicht gerechnet.

Bilder tauchten vor ihren Augen auf, verschwanden wieder, machten neuen Bildern Platz. Mama, die in der Haustür stand und winkte. Papa, der in seinem Ledersessel am Wohnzimmerfenster saß und die Zeitung rund um sich herum auf dem Boden ausgebreitet hatte. Kindergeburtstage unter den Bäumen im Garten, in deren Ästen bunte Lampions hingen. Mama, die vor den Beeten kniete und Blumenzwiebeln für das nächste Frühjahr pflanzte, den unvermeidlichen Gartenhut auf dem Kopf, damit sie keinen Sonnenbrand im Nacken bekam. Die hell gefliese Terrasse mit der Hollywoodschaukel, in der sie nebeneinandergesessen und Limonade mit Strohhalmen getrunken hatten. »Mondän wie die Filmstars«, hatte Mama gesagt und so sehr gelacht, dass ihr die Tränen über die Wangen gelaufen waren.

Janna gab sich einen Ruck, steckte den Schlüssel ins Schloss und drehte ihn um. Mit einem protestierenden Quietschen öffnete sich die Tür, und sie betrat den Flur. Ein leichter Duft nach Vanille und Zeder lag in der Luft. Ein Duft, den sie immer mit diesem Haus verbunden hatte. Auf einem Tischchen neben der Garderobe stand eine Flasche mit Mamas liebstem Raumduft.

Janna holte tief Luft und kämpfte gegen das Bedürfnis an, sich umzudrehen, das Haus unverrichteter Dinge wieder zu verlassen und ins Hotel zu fahren.

Noch von Morsum aus hatte sie in Flörsheim ein Zimmer gebucht. Hier im Haus zu schlafen hatte sie sich nicht vorstellen können. Es reichte schon, dass sie in aller Eile das ganze Haus durchsehen musste, um zu entscheiden, was sie behalten und was sie weggeben wollte. Wie sie so im Flur stand und sich umsah, kam sie sich wie ein Einbrecher vor.

Nein, eher wie ein Leichenfledderer, korrigierte sie sich.

Sie stellte die Umzugskartons, die sie gerade eben im Baumarkt gekauft hatte, neben der Garderobe auf den Fliesenboden und holte den Haftnotizblock aus der Tasche.

»Auf geht's!«, murmelte sie, streckte das Kreuz durch und ging entschlossen ins Wohnzimmer.

Mit Herrn Sachs hatte sie vereinbart, die Möbel, die eingelagert werden sollten, mit einem Zettel zu markieren und die persönlichen Dinge in Kartons zu packen. Im hellen Licht der Frühlingssonne, das durch die Fenster fiel, schien das Zimmer viel kleiner als früher und die Möbel schäbig und abgenutzt. Janna sah deutlich die Schrammen am Wohnzimmerschrank, einem geschnitzten Ungetüm in Eiche Rustikal, und die hellen Flecken auf der Sitzfläche des Sofas, wo das Leder brüchig geworden war. Nichts, was sich noch aufzuheben lohnte. Die Erinnerung an ihre Eltern würde sich nicht besser festhalten lassen, wenn sie sich mit ihren Möbeln umgab.

Auch wenn ihr das Herz dabei wehtat, entschied sie sich, außer einem Schrank und der alten Vitrine, die ihre Mutter von der Urgroßmutter geerbt hatte, keine Möbel zu behalten. Martin hatte bei ihrem Telefonat am Vorabend sehr deutlich gemacht, dass er von dem »Plunder ihrer Mutter« nichts in seiner Wohnung haben wolle. Sowieso war er am Telefon merkwürdig gewesen: sehr einsilbig, ja beinahe abweisend. Janna hatte es auf die Arbeit geschoben und lieber nicht weiter nachgefragt.

Zwei Stunden später war Janna mit dem Wohnzimmer fertig. Zwei Umzugskartons voller Geschirr und Gläser, Mamas Fotoalben und einem Stapel Bücher standen mit einem Aufkleber versehen in einer Ecke im Flur. Bevor sie sich die Schlafräume im Obergeschoss vornahm, beschloss Janna, sich einen großen Becher Kaffee zu machen.

Sie war in aller Herrgottsfrühe losgefahren, um die erste Fähre nach Rømø zu erreichen, und von dort bis auf eine kurze Kaffeepause in einem Rutsch bis Flörsheim durchgefahren. Jetzt brannten ihre Augen vor Müdigkeit so sehr, als hätte jemand die Lider mit Sandpapier ausgekleidet.

Sie schnupperte skeptisch an dem löslichen Kaffee, den sie im Küchenschrank gefunden hatte, verzog das Gesicht und schaufelte drei gehäufte Teelöffel in einen Becher, den sie dann mit kochendem Wasser auffüllte.

Viel hilft viel, würde Oma jetzt sagen. Janna hoffte, dass sie wirklich allein mit der Arbeit klarkommen würde, wie sie gesagt hatte.

»Kein Problem, Deern!«, hatte sie versichert. »Wenn ich was brauche, frag ich Enno, ob er mit mir einkaufen fährt. Und außerdem kommt Claire morgen her und hilft mir.« Damit hatte Oma sie umarmt und kurz an sich gedrückt. »Nun mach dir doch nicht immer so viele Sorgen!«, hatte sie ihr ins Ohr geflüstert. »Wir Janssens sind aus hartem Holz geschnitzt, ich komm schon zurecht. Die Arbeit macht mir nichts aus. Aber du, min Deern, du wirst mir furchtbar fehlen!

Und dass du an Ostern ganz allein bist, gefällt mir auch nicht.«

Da hatte Janna nur genickt und sich umgedreht. Sie war ins Auto gestiegen und eilig davongefahren, damit ihre Großmutter nicht sehen konnte, dass ihr die Tränen gekommen waren. Sie würde Oma auch sehr vermissen. Aber Oma, das war Urlaub am Meer, und jetzt war es an der Zeit, wieder in ihr normales Leben zurückzukehren.

Nach dem Kaffee, der zwar scheußlich schmeckte, aber tatsächlich ihre Lebensgeister weckte, stieg Janna die Treppe hoch und stand vor den Türen zu den Schlafzimmern.

»Ene mene muh«, sagte sie und zeigte abwechselnd auf die Türen. Dann griff sie nach der Klinke ihres ehemaligen Kinderzimmers. Die Abendsonne warf goldenes Licht auf ihr weißes Holzbett mit der hellen gestrickten Tagesdecke, den vielen bunten Kissen und ihren versammelten Kuscheltieren darauf. Alle waren sie noch da: Nuppi, das Lamm, das Oma zur Geburt für sie genäht hatte und ohne das sie als Kind nicht hatte schlafen können. Ganz grau und struppig war es inzwischen. Herbert, der Hase, saß neben ihm. Den hatte Papa ihr von einer Messe mitgebracht. Er trug ein Halstuch mit dem Namen einer Pharmafirma, aber das war ihr als Kind egal gewesen. Und auch der dicke Rupert war noch da, ihr Teddy, der immer am Fußende aufgepasst hatte, dass die Monster nicht unter dem Bett hervorkrochen. Egal, was Martin auch sagte, die drei würde sie auf alle Fälle behalten.

Jannas Blick schweifte weiter durch das Zimmer, über den Schreibtisch, das Regal mit den Schulbüchern und die Stereoanlage, neben der ein Stapel CDs lag, die sie bei ihrem Auszug hiergelassen hatte. Alles nur Popmusik, keine Klassik, kein Jazz – nichts für Martins guten Musikgeschmack.

Dann die Staffelei, auf der eine leere Leinwand stand. Merkwürdig, dass Mama die stehen gelassen hatte. Janna erinnerte sich genau daran, wie sie die Leinwand aufgestellt hatte. Das war der Tag gewesen, als sie Papas Wunsch nachgegeben und die Lehrstelle bei *Sander & Sohn* angenommen hatte, statt sich für Bildende Kunst einzuschreiben. Damals hatte sie beschlossen, nie wieder einen Pinsel in die Hand zu nehmen. Das Malen als Hobby zu betreiben, wie Mama vorgeschlagen hatte, war für sie nicht infrage gekommen. Wenn man schon einen Traum beerdigen muss, dann muss das Grab tief sein.

Janna ging zum Schrank hinüber und öffnete ihn. Sie schob die Kleiderbügel auseinander und musste beim Anblick der Schlabber-T-Shirts, verblichenen Pullis und ausgewaschenen Jeans lächeln. Meine Güte, wie lange es schon her war, dass sie so herumgelaufen war!

Unten im Schrank fand sie eine riesige blaue Plastiktüte, in die sie neugierig hineinsah. Im Halbdunkel des Schrankes konnte sie den Inhalt nicht erkennen, also holte sie die Tüte heraus und legte sie aufs Bett. Sie enthielt zwei große Sammelmappen und ein paar Leinwände. Ihre Bilder.

Mama hat all meine Bilder aufgehoben!

Schwer ließ sich Janna auf ihr Bett fallen und betrachtete die beiden Sammelmappen. Es dauerte einen Moment, bis sie sich überwinden konnte, eine davon zu öffnen. Da waren ihre Kohleskizzen. Schnell hingeworfene Landschaften, Studien von Händen und Gesichtern, das Porträt einer Klassenkameradin, etliche Skizzen der Nachbarskatze, ein Bild, das sie nach einem Jugendfoto ihrer Mutter gemalt hatte, eine Zeichnung von Achim mit seinem Surfboard.

Die zweite Mappe enthielt lauter Aquarelle: Blumen, Bäume, Sonnenuntergänge in leuchtenden Farben. Wolken, Dünen,

Strandhafer. Das Haus ihrer Großeltern mit dem Schild *Haus Friesenrose*. Tarzan auf der Weide. Das Meer. Immer wieder das Meer.

Die meisten dieser Bilder taugten nicht viel, aber ein paar hatten Seele und atmeten, wie ihr Kunstlehrer das genannt hatte.

Doch die Malerei war vorbei, endgültig vorbei. Janna schloss die Mappen und steckte sie entschlossen in die Tüte mit den Leinwänden zurück. Dabei stieß sie auf einen weiteren Gegenstand: Ganz unten in der Plastiktüte befand sich eine volle, schwere Jutetasche. Janna zog sie vorsichtig heraus, um hineinzusehen. Sie fand ihre Zeichenkohle darin, dazu eine Stoffrolle, in die ihre Pinsel eingewickelt waren, und den Metallkasten mit ihren Aquarellfarben. Die Ölfarben fehlten.

Richtig, erinnerte sich Janna, *die Ölfarben habe ich ja weggeworfen, an dem Tag, als ich die leere Leinwand auf die Staffelei gestellt habe.*

Sie starrte auf die Farben und Pinsel, die auf ihrem Schoß lagen. »Was fang ich jetzt mit euch an?«, fragte sie leise. »Eigentlich sollte ich euch wegwerfen.«

Seufzend legte sie die Pinsel und Farben in die Jutetasche zurück und verstaute diese wieder in der Plastiktüte.

Kann man die Hoffnungen und Träume, die man früher mal hatte, einfach auf den Müll werfen?, fragte sie sich. Einen Moment lang kämpfte sie mit sich selbst, dann lief sie die Treppe hinunter, holte einen Umzugskarton und verstaute die blaue Tüte darin.

Nicht heute, dachte sie. *Vielleicht später! Ja, verschieben wir es auf später!* Damit klappte sie den Deckel des Umzugskartons herunter und wandte sich ihrem Bücherregal zu.

Kinderbücher gab es kaum noch. Die hatte Mama der Grundschule geschenkt. Janna erinnerte sich noch daran, dass ihre

Mutter sie gefragt hatte, ob sie etwas dagegen hätte. Nur *Die kleine Raupe Nimmersatt* war noch da und *Weißt du eigentlich, wie lieb ich dich hab?*. Das war immer das »Papa-Buch« gewesen. Mama hatte es ihr nicht vorlesen können, weil ihr dabei jedes Mal die Tränen gekommen waren. Janna lächelte wehmütig, als sie die beiden Bücher zu der Tüte in den Karton legte.

Ihre Pferdebücher würden hierbleiben und *Bibi und Tina* ebenso. Auf dem nächsten Regalboden lehnte *Der kleine Hobbit* an dem grünen Schuber mit den drei Bänden von *Der Herr der Ringe*. Gott, wie sehr sie diese Bücher geliebt hatte! Sie hatte keine Ahnung, wie oft sie mit Frodo und Sam nach Mordor aufgebrochen war, um den Einen Ring zu zerstören. Es hatte Zeiten gegeben, da hatte Janna, kaum dass sie auf der letzten Seite angekommen war, vorn im Buch wieder zu lesen begonnen.

Bleierne Müdigkeit kroch ihre Beine hinauf. Es würde sicher nicht schaden, einen Moment Pause zu machen, sich auf ihrem alten Bett auszustrecken und ein paar Seiten von *Die Gefährten* zu lesen. Vorsichtig zog Janna den abgestoßenen ersten Band aus dem Schuber und öffnete ihn. Die Seiten waren an den Rändern schon ein bisschen vergilbt.

Von vorn? Oder wieder mal nur die Lieblingsstellen?

Diese Frage hatte sie sich schon früher immer gestellt, sobald sie dieses Buch in den Händen gehalten hatte. Janna strich über das Papier wie über die Wange eines Geliebten und ließ die Seiten beim Blättern durch ihre Finger gleiten.

Plötzlich löste sich aus der Mitte des Buches ein zusammengefaltetes Stück Papier, das zwischen den Seiten gesteckt haben musste. Es fiel herunter und blieb in ihrem Schoß liegen. Neugierig nahm Janna den Zettel in die Hand und faltete ihn auf.

Sternschnuppenwünsche, stand in ihrer eckigen Kleinmädchenschrift oben auf der Seite, und darunter folgte eine lange Liste von Stichworten.

»Wenn man eine Sternschnuppe sieht, muss man sich was wünschen. Aber man darf es niemandem verraten, sonst geht es nicht in Erfüllung«, hatte sie in einer warmen Augustnacht zu Achim gesagt, der neben ihr im Dünensand gesessen und skeptisch in den Himmel geschaut hatte.

Die Luft war weich wie Seide, und die Perseiden schossen zu Hunderten über den Sommerhimmel. Warum Achim mitgekommen war, war Janna ein Rätsel. Den ganzen Sommer über hatte er kaum Zeit für sie gehabt, weil er, stets von einem Schwarm Mädchen umgeben, jeden Tag mit dem Surfbrett am Strand gewesen war. Dass er lieber mit Gleichaltrigen unterwegs war, statt so wie in den Jahren zuvor mit ihr, war in Jannas Augen kein Wunder. Wer gab sich schon gern mit einer Vierzehnjährigen ab, wenn sich ihm die sechzehnjährigen Mädels mit ihren wohlgefüllten Bikinioberteilen förmlich an den Hals warfen? Umso überraschter war Janna gewesen, dass er Ja gesagt hatte, als sie ihn gefragt hatte, ob er mit ihr zum Sternschnuppengucken in die Dünen gehen wolle.

»Ich glaub ja nicht daran, dass Sternschnuppen irgendwas damit zu tun haben, ob Wünsche in Erfüllung gehen oder nicht«, hatte Achim gesagt.

»Ich schon. Aber man muss natürlich daran glauben, damit sie wahr werden.«

Achim hatte gelacht. »Und vermutlich kann man hinterher behaupten, dass die Sternschnuppe dabei geholfen hat. Man hat den Wunsch ja niemandem verraten.«

»Also gut. Dann machen wir es doch so: Du schreibst deine Wünsche auf einen Zettel, und ich mach es genauso. Immer wenn ein Wunsch erfüllt wird, machen wir einen Haken dran. Und nächstes Jahr vergleichen wir die Listen.«

»Ganz wissenschaftlich, was?« Wieder hatte Achim gelacht.

»Ja, ganz wissenschaftlich.«

»Also gut, abgemacht!« Er hatte Janna feierlich die Hand gegeben. »Nächstes Jahr wird verglichen. Dann werden wir ja sehen, ob die Sternschnuppen beim Wünschen helfen.«

Bis Mitternacht hatten sie am klaren Himmel nach Sternschnuppen Ausschau gehalten, und als Janna später in ihrem Bett im *Haus Friesenrose* lag, hatte sie alle Wünsche, die sie den vielen Sternschnuppen an den Schweif gehängt hatte, auf einen Zettel geschrieben und ihn in ihrem Lieblingsbuch versteckt.

Als sie ihre Wünsche von damals überflog, musste Janna lächeln. Keiner war Wirklichkeit geworden – außer dem, größer zu werden als einen Meter siebzig. Und was sie sich alles gewünscht hatte!

Ein eigenes Surfbrett stand ganz oben. Seit Achim sie einmal mitgenommen hatte, wollte sie auch unbedingt surfen lernen. Vielleicht hätte er sie dann ja mehr beachtet. Sie hätte es niemals zugegeben, aber sie war in jenem Sommer furchtbar verliebt in ihn gewesen, und er hatte es nicht einmal bemerkt. Sie war ja nur Janna. Das Nachbarsmädchen, mit dem er schon im Sandkasten gespielt hatte. Nein, korrigierte sich Janna, nur sie selbst hatte dort gespielt, während der drei Jahre ältere Achim auf sie aufpassen musste. In jenem Sommer war sie vierzehn gewesen, hatte viel zu lange Arme und Beine und immer ein paar Pickel auf der Stirn gehabt. Und wegen ihrer Zahnspange hatte sie nie lächeln wollen, auf keinem der Fotos.

Der nächste Punkt auf der Liste war ein eigenes Pferd. Ganz schön blöd, der Wunsch, denn wie hätte das gehen sollen in Flörsheim? Alles nur Hirngespinste. Aber Janna liebte Pferde,

109

seit Achim sie zusammen mit anderen Feriengästen zu einem Ausritt an den Strand mitgenommen hatte. Büsings hatten damals mehrere Pferde gehabt, aber Tarzan hatte es Janna besonders angetan. Der Friesenwallach war lammfromm, und vor allem kannte er den Weg ganz genau, den die Pferde immer mit den Touristen machten. Da musste man gar nichts tun, nicht mal nach den Zügeln greifen. Tarzan trottete brav den Weg entlang und fand immer wieder nach Hause.

Eine Katze oder ein Hund stand als nächster Punkt auf der Wunschliste. Völlig unmöglich! Nicht bei Mamas Katzenallergie. Sie hätte einen Asthmaanfall nach dem anderen bekommen. Auch einen Hund durfte Janna nicht haben, sosehr sie auch gebettelt hatte. »Und wer geht mit ihm spazieren?«, war stets Papas Frage gewesen. »Ich ganz sicher nicht! Und nach drei Tagen Regen hast du bestimmt keine Lust mehr! Nein, Fräulein, das schlag dir mal besser aus dem Kopf!«

Janna las weiter.

Berühmt sein. Hübsch sein. Viggo Mortensen, den Schauspieler des Aragorn aus dem *Herrn der Ringe*, kennenlernen, weil der auch malte. Eine eigene Ausstellung in einer Galerie. Das erste Bild verkaufen. Eine Spiegelreflexkamera, um endlich richtig fotografieren zu können. Mit Delfinen schwimmen. Auf einem Drachen fliegen. Von Achim geküsst werden. Für immer auf Sylt bleiben. Und malen, malen, malen.

Janna saß auf ihrem Bett, die Liste in der Hand, und fragte sich, wo all diese Träume geblieben waren, die möglichen und die unmöglichen.

Langsam ließ sie sich nach hinten auf die Tagesdecke sinken, neben Nuppi, Herbert und Rupert. Ihre Kehle wurde ganz eng, die Schrift vor ihren Augen verschwamm, und sie weinte, bis sie keine Tränen mehr hatte und in einen traumlosen Schlaf fiel.

Sieben

Als Janna erwachte, war der erste Schimmer der Morgendämmerung zu sehen, sodass sie ihre Umgebung einigermaßen erkennen konnte. Sie fragte sich, wie lange sie geschlafen hatte, und nestelte mühsam das Handy aus der Hosentasche. Schon nach halb sieben!

Fluchend schaltete sie die Nachttischlampe ein, schwang die Beine über den Rand des Bettes und stand auf. Ein leichter Schwindel erfasste sie, und sie musste sich kurz am Kopfteil festhalten.

Ich sollte besser langsam mal was essen!, sagte sie sich. *Seit ich gestern in Morsum losgefahren bin, habe ich nichts mehr in den Magen gekriegt. Kein Wunder, wenn mein Kreislauf in die Knie geht!*

Gerade als sie beschlossen hatte, in der Küche nach Knäckebrot, ein paar Keksen oder ähnlich lang haltbaren Lebensmitteln zu suchen, hörte sie die Haustürklingel.

»Nanu?«, murmelte sie. »Der Makler wollte doch erst morgen kommen.«

Rasch fuhr sie sich mit den Händen durch ihre zerzausten Haare und lief die Treppe hinunter. Durch die geriffelte Glasscheibe in der Haustür erkannte sie die Silhouette eines Mannes, der gerade den Arm ausstreckte, um erneut auf den Klingelknopf zu drücken.

Noch bevor es wieder schellte, hatte Janna die Tür aufgezogen. Die Worte *Hallo, Herr Sachs, waren wir nicht eigentlich für*

111

später verabredet?, die sie schon auf den Lippen gehabt hatte, blieben unausgesprochen, als sie erkannte, wen sie vor sich hatte.

»Martin!«, rief sie verblüfft. »Was machst du denn hier?«

Martin, der den Kragen seiner Wetterjacke gegen den kühlen Morgenwind hochgeschlagen und die Hände tief in den Taschen vergraben hatte, lächelte gezwungen. »Hallo, Kleines!«

»Aber ich dachte … Wie kommst du denn hierher nach Flörsheim?«, stammelte sie. »Du hast am Telefon gar nichts davon gesagt. Ich dachte, du bist in Dubai.«

Sein Lächeln wurde ein wenig breiter, aber es reichte noch immer nicht bis zu den dunklen Augen. »Nein, ich bin schon seit ein paar Tagen wieder in Deutschland. Ich bin hergekommen, weil ich etwas Wichtiges mit dir bereden muss«, sagte er. »Aber vielleicht besser nicht hier draußen. Es ist ziemlich frisch.«

»Wie? Oh, natürlich. Entschuldige bitte, komm doch rein!«

Damit zog Janna die Tür ganz auf und ließ Martin eintreten.

Erst als er seine Jacke an die Garderobe gehängt hatte und sie beide einen Moment unschlüssig voreinander im Flur standen, ging Janna auf ihren Freund zu und zog ihn an sich. Ihr entging nicht, dass er merkwürdig verkrampft war, ihre Umarmung nur zögernd erwiderte und sie nicht wie sonst küsste.

»Soll ich uns einen Kaffee machen?«, fragte sie. »Meine Mutter hat nur Pulverkaffee, aber wenn du …«

»Nein, lass nur«, unterbrach Martin sie. »Ich habe unterwegs an einer Raststelle angehalten und Kaffee getrunken.« Er räusperte sich und zog seinen dunklen Aran-Pullover zurecht. Trotz des dicken Strickpullovers, der dunklen Markenjeans und der Sneaker, die er anhatte, wirkte er so geschäftsmäßig, als käme er gerade aus einer Sitzung mit dem Aufsichtsrat und trüge seinen dunkelgrauen Dreiteiler. »Aber wenn du einen Schluck Wasser hättest?«

»Sicher! Wenn du mit Leitungswasser vorliebnehmen kannst, auf jeden Fall. Ich hol dir was. Geh nur schon vor.«

Janna deutete auf die Wohnzimmertür und lief in die Küche. Als sie kurz darauf mit einem Krug Wasser und zwei Gläsern aus dem Küchenschrank zurückkam, stand Martin mit nachdenklichem Gesicht vor dem Stapel Umzugskartons.

»Tut mir leid, dass wir mit Senfgläsern vorliebnehmen müssen, aber die guten habe ich schon eingepackt«, sagte Janna entschuldigend, während sie die Gläser auf den Tisch stellte und Wasser einschenkte.

Martin antwortete nicht.

Janna ließ sich auf dem Ledersofa nieder und musterte ihn einen Augenblick. »Setz dich doch!«, sagte sie schließlich.

Zögernd drehte er sich um, kam langsam zu ihr herüber und setzte sich auf den Sessel ihr gegenüber. Er griff nach einem Glas und leerte es in einem Zug, ehe er es wieder auf den Tisch zurückstellte.

»Da seid ihr aber schnell mit der Revision in Dubai fertig geworden«, stellte Janna fest.

Martin räusperte sich und fuhr sich mit der Rechten durch die grau melierten Haare an den Schläfen. Zum ersten Mal, seit er das Haus betreten hatte, sah er Janna direkt in die Augen. »Die Revision läuft noch. Bertram Meyer überwacht sie jetzt.« Er zögerte kurz und biss sich auf die Lippen. »Es ist etwas passiert. Deshalb musste ich nach Deutschland zurück.«

»Etwas passiert? Ich versteh nicht! Was ist denn passiert?«

Einen Moment lang drehte Martin das Glas in den Händen, dann lehnte er sich zurück und schlug die Beine übereinander. »Lukas war weg«, sagte er. »Britta hat mich vor einer Woche völlig aufgelöst auf dem Handy angerufen, weil Lukas schon seit zwei Tagen verschwunden war. Er war offenbar seit Wochen kaum noch zur Schule gegangen und hatte ihre Unterschrift auf den Entschuldigungen gefälscht. Das ist irgendwann aufgeflogen, und seine Klassenlehrerin hat Britta angerufen, um die Sache zu klären. Britta hat Lukas daraufhin zur Rede gestellt, und die beiden haben furchtbar gestritten. In der Nacht ist er dann abgehauen. Hat ein paar Klamotten in eine Tasche gestopft, Brittas Portemonnaie leer gemacht, und weg war er. Britta hat all seine Freunde angerufen, aber niemand wusste, wo er steckte. Dabei kam heraus, dass Lukas schon seit Langem zu keinem von ihnen mehr Kontakt hatte. Er hätte jetzt neue Freunde, hieß es. Coole Freunde, von denen ein paar schon volljährig seien und die ganze Truppe mit Alkohol und Zigaretten versorgten, möglicherweise sogar mit Drogen. Britta war entsetzt, wie du dir vorstellen kannst. Völlig verzweifelt hat sie dann bei mir angerufen, weil sie dachte, vielleicht wäre das alles gar nicht wahr und er wäre nur zu mir nach Köln gefahren, um ihr mal so richtig Angst zu machen. Sie konnte ja nicht wissen, dass ich gerade in Dubai war.« Martin seufzte, griff nach dem Wasserkrug und füllte sein Glas erneut. »Ist ja auch egal. Jedenfalls habe ich den nächsten Flieger nach Deutschland genommen, mich mit Britta getroffen und Lukas bei der Polizei als vermisst gemeldet.«

»Ach, du meine Güte!«, rief Janna entsetzt. »Ist er denn immer noch weg?«

Martin schüttelte den Kopf. »Gott sei Dank ist er ein paar Tage später von der Polizei aufgegriffen worden. Er hatte sich bei einem seiner feinen neuen Freunde in einer Gartenlaube versteckt. Offenbar sollte er in einem Supermarkt ein paar Flaschen Schnaps klauen und ist dabei erwischt worden.«

Müde rieb sich Martin mit der Hand über die Stirn. Janna bemerkte die tiefen Ringe unter seinen Augen und dachte, dass er zum ersten Mal wirklich alt wirkte. Zwar ging er langsam auf die fünfzig zu, aber normalerweise wurde er für mindestens zehn Jahre jünger gehalten, trotz der grauen Schläfen und der ausgeprägten Geheimratsecken. Er achtete peinlich auf seine Ernährung, trieb Sport, soweit es sein Job zuließ, und kleidete sich so jugendlich es ging.

»Aber warum hast du mir nichts davon gesagt?«, fragte Janna. »Ich meine, warum...« Sie suchte einen Moment nach den richtigen Worten. »Wir haben doch so gut wie jeden Tag miteinander telefoniert! Wenn so etwas passiert, dann musst du doch...«

»Ich weiß, ich hätte mit dir reden sollen. Aber ich habe es irgendwie nicht fertiggebracht. Du hast doch selbst gerade so viel durchgemacht, da wollte ich dich nicht...« Er stockte und sah auf einmal so unglaublich hilflos aus, dass es Janna fast das Herz zerriss.

Sie erhob sich, ging um den Tisch herum, kniete sich neben seinen Sessel und legte ihre Hände auf seine. »Aber dafür bin ich doch da!«, sagte sie. »Jedenfalls dachte ich das: dass wir füreinander da sind.«

Sie spürte, wie seine Hände unter ihren zuckten. *Als wollte er sie wegziehen*, dachte sie. Janna sah zu ihm auf, aber Martin wich ihrem Blick aus.

»Da ist noch etwas«, sagte er zögernd. »Etwas, das ich dir sagen muss.« Hilflos zog er die Schultern hoch. »Und ich weiß nicht, wo ich anfangen soll.«

Jannas Kehle war plötzlich wie zugeschnürt, und in ihrem Magen bildete sich ein kalter Knoten. Sie schluckte und holte tief Luft, um die irrationale Angst in den Griff zu bekommen, die sie auf einmal empfand. »Am besten ganz am Anfang«, sagte sie.

Jetzt sah er sie an. »Ja, du hast recht«, sagte er und versuchte zu lächeln. »Weißt du, Janna, es war eine völlig verrückte Woche, vermutlich die verrückteste, die ich je erlebt habe. Ich bin in Köln aus dem Flieger gestiegen, habe mir einen Mietwagen genommen und bin mit Vollgas zu Britta nach Bonn gefahren. Der Polizist, bei dem wir die Vermisstenanzeige aufgegeben haben, hat versucht, uns gut zuzureden. Es käme immer wieder vor, dass Jugendliche abhauen, sagte er. Die meisten tauchten nach ein paar Stunden, spätestens nach einigen Tagen, wohlbehalten wieder auf. Aber Britta war völlig fertig und wollte sich nicht beruhigen lassen. Sie hatte sich in irgendwelche Horrorszenarien hineingesteigert und hatte das Gefühl, der Polizist würde sie überhaupt nicht ernst nehmen. Als wir auf der Wache endlich fertig waren und ich sie nach Hause gebracht hatte, war sie so aufgelöst, dass ich ihren Hausarzt angerufen habe. Der hat ihr erst mal eine Beruhigungsspritze gegeben. Ich konnte sie unmöglich allein lassen, also wollte ich im Gästezimmer übernachten.« Wieder biss sich Martin nervös auf die Lippen, ehe er weitersprach. »Ich konnte nicht schlafen, obwohl ich eigentlich todmüde war. Ich habe gehört, wie sie geweint hat, und bin schließlich zu ihr gegangen ...«

Wieder stockte er. Der kalte Klumpen in Jannas Magen wurde immer größer. Langsam zog sie ihre Hände, die noch immer auf seinen lagen, zurück.

»Du hast mit ihr geschlafen«, sagte sie tonlos.

Martin schüttelte den Kopf. »Nein ... Ja ... Nein. Jedenfalls nicht in dieser Nacht. Wir haben uns nur aneinander festgehalten. Wir hatten beide Angst, fürchterliche Angst, unseren Jungen nie wiederzusehen. Unseren Lukas! Du kannst das nicht verstehen, Janna, niemand kann das, der nicht selbst ein Kind hat. Das war wohl die längste und schlimmste Nacht meines Lebens.« Er seufzte. »In den nächsten beiden Tagen haben Britta und ich auf eine Nachricht gewartet. Jedes Mal, wenn das Telefon klingelte, sind wir zusammengezuckt und haben uns ausgemalt, dass am anderen Ende der Leitung ein Polizist ist, der uns mit geheucheltem Bedauern mitteilt, dass man unseren Sohn tot aufgefunden hat. Es war furchtbar! Aber wir haben endlich miteinander geredet, Britta und ich. Über das, was war, warum wir nicht mehr zusammen sind, was wir falsch gemacht haben. Dabei haben wir festgestellt, dass es gar nicht so viel ist, was uns trennt, und dass es immer noch viel gibt, was uns verbindet.« Jetzt suchte Martin Jannas Blick. »Und ja, wir haben miteinander geschlafen.«

In Jannas Kopf begann sich alles zu drehen. Sie blinzelte, um die hellen Flecken loszuwerden, die auf sie zuzufliegen schienen, kämpfte sich auf die Füße und trat einen Schritt zurück.

Er hat mit ihr geschlafen. Er macht Schluss mit dir. Er ist wieder mit Britta zusammen. Das war alles, was sie noch denken konnte.

Sie starrte Martin an, der reglos auf dem Sessel saß und ihrem Blick standhielt. Sie sah seine tiefbraunen Augen, die langen dunklen Wimpern, die dunklen Haare, die von silbernen Strähnen durchzogen waren, die lange gerade Nase, das eckige Kinn mit dem Grübchen darin: Jede vertraute Kleinigkeit nahm sie wahr, und doch war es ein völlig Fremder, der dort in Papas Sessel saß und zu ihr hochsah.

»Das ist der Grund, warum ich hergekommen bin, Kleines«, sagte er ernst. »Ich wollte es dir selbst sagen, ich finde, das bin ich dir schuldig. Britta und ich wollen es noch einmal miteinander versuchen. Wir haben festgestellt, dass wir beide noch immer viel füreinander empfinden.«

Martin sprach weiter, aber von dem, was er sagte, kamen nur Bruchstücke bei Janna an. Sie stand reglos da und sah, wie seine Lippen sich bewegten.

Britta und ich wollen es noch einmal miteinander versuchen. Wir haben festgestellt, dass wir beide noch immer viel füreinander empfinden. Diese zwei Sätze hallten in ihren Ohren nach und ließen keinen Raum mehr für das, was Martin außerdem noch sagte.

Nicht weinen, alles, nur das nicht!, ermahnte sie sich selbst. *Reiß dich zusammen! Nicht betteln und vor allem keine Szene machen! Das würde nichts ändern, und du würdest das letzte bisschen Selbstachtung verlieren, das du noch besitzt. Nimm es einfach so hin, wie es ist. Du hast verloren. Akzeptiere es!*

Sie schluckte hart und atmete einmal tief ein und aus, dann hatte sie sich wieder im Griff. Zu verlieren war schließlich nichts Neues für sie. Wichtig war, dabei die Haltung und das Gesicht zu wahren. Jede Empfindung von Trauer oder Wut kämpfte sie nieder, so gut es ging, dafür war später Zeit. Jetzt kam es darauf an, ruhig und gefasst zu wirken.

Ganz allmählich gelang es ihr sogar, Martin wieder zuzuhören. Er sprach davon, dass er schon wieder bei Britta eingezogen sei, in ihr ehemaliges gemeinsames Haus. Das Penthouse in Köln würde er nächsten Monat räumen, um es zu verkaufen. Bei den derzeitigen Preisen werde das sicherlich kein Problem darstellen. Janna solle ihm nur sagen, wann sie käme, um ihre Sachen zu holen. Oder ob er sie ihr schicken solle? Er könne gut verstehen, wenn sie unter den gegebenen Umständen nicht nach Köln fahren wolle.

Er sah kurz auf, so als würde er auf eine Antwort warten, aber Janna brachte keinen Ton heraus. Es kostete sie schon genügend Kraft, den Anschein von Souveränität zu wahren, und sie fürchtete, ihre Stimme würde verraten, wie es in ihrem Inneren aussah.

Martin blickte auf seine Hände, die locker auf seinen Oberschenkeln lagen. Über die Arbeit müssten sie sich auch noch unterhalten, fuhr er fort. Janna werde ja sicherlich verstehen, dass sie schlecht weiter als seine Assistentin fungieren könne.

Wieder sah er fragend zu ihr hoch. Noch immer schien ihre Zunge am Gaumen zu kleben, aber es gelang ihr zu nicken.

Sander & Sohn sei ja zum Glück eine große Firma, und sowohl in der Zentrale als auch in den Tochterfirmen sei immer Platz für jemanden mit Jannas Qualitäten. Oder, falls sie sich lieber verändern wolle, er habe gute Kontakte und könnte da sicherlich ein paar Beziehungen spielen lassen. Die Entscheidung habe keine Eile, sie könne sich alles in Ruhe überlegen. Er habe schon mit der Zentrale gesprochen und Bescheid gegeben: Janna sei erst mal für sechs Monate bei vollem Gehalt freigestellt. Er hoffe, das sei so in ihrem Sinne.

Martin schwieg einen Moment. Erneut goss er sich Wasser ein, nahm einen Schluck und drehte das Glas in den Fingern, ehe er es auf den Tisch zurückstellte.

»Warum sagst du denn gar nichts?«, fragte er schließlich.

Janna sah ihn verständnislos an. »Was gibt es da noch zu sagen?«, brachte sie endlich hervor. »Du hast ja offenbar an alles gedacht.«

Ihre Stimme klang in ihren eigenen Ohren so ruhig und gefasst, als hätte sie gerade erfahren, dass ein Geschäftsessen verschoben worden war – und nicht ihr ganzes bisheriges Leben auf den Kopf gestellt. Sie wusste selbst nicht, wie sie das fertigbrachte.

»Ich habe mir Mühe gegeben, an alles zu denken.« Martin stand auf, kam auf sie zu und griff nach ihren Händen. »Hör mal, Janna!«, sagte er leise und eindringlich. »Es tut mir wirklich leid, wenn ich dir wehgetan habe. Das wollte ich nicht. Ich habe dich wirklich gern. Aber die Voraussetzungen haben sich einfach geändert. Manchmal muss erst etwas Schlimmes passieren, damit man erkennt, was im Leben wirklich wichtig ist.«

»Und das sind Britta und Lukas«, sagte Janna tonlos. »Und nicht ich.«

Martin nickte. »Ich würde lügen, wenn ich sagte, dass es anders ist.«

Er machte Anstalten, Janna in den Arm zu nehmen, aber sie wandte den Kopf ab und wich ein Stück zurück. »Nicht, bitte!«

Martin blieb stocksteif stehen und holte tief Luft. »Ich glaube, es wird langsam Zeit für mich, wieder zu fahren«, sagte er in die entstandene Stille hinein. »Es ist doch ein ganzes Stück bis nach Hause.«

Janna nickte. Seine ausgestreckte Hand ignorierte sie. »Ich bring dich noch zur Tür.«

Schweigend gingen sie durch den Flur. Martin zog seine dunkelblaue Outdoorjacke an, die Janna ihm zu Weihnachten geschenkt hatte. An der Haustür hielt er inne und drehte sich, die Klinke schon in der Hand, noch einmal zu ihr um. In seinem Lächeln lag eine Mischung aus Bedauern und Erleichterung.

»Ich bin froh, dass du es so professionell nimmst. Das rechne ich dir hoch an.«

Janna zog die Augenbrauen hoch. »Professionell? Was hast du denn erwartet? Dass ich dir eine Szene mache?«

»Nein, eigentlich nicht. Du bist zu vernünftig, um Szenen zu machen. Aber wer weiß schon, wie Menschen auf so etwas reagieren! Und mit weinenden Frauen kann ich nicht umgehen.« Er streckte ihr die Rechte entgegen, die sie zögernd ergriff. »Danke, Janna! Ich fände es schön, wenn wir trotz allem gute Freunde bleiben würden.«

»Gute Freunde?« Fassungslos starrte Janna ihn an. Sie spürte, wie Wut und Enttäuschung in ihr hochkochten und ihre Selbstbeherrschung zu bröckeln begann. Mit einem Ruck entzog sie ihm ihre Hand. »Besser, du gehst jetzt!«

Martin sah sie aus seinen tiefbraunen Augen verständnislos an. »Wie bitte?«

»Hast du nicht gehört? Ich möchte, dass du von hier verschwindest, und zwar sofort!« Jannas Stimme klang schrill in ihren eigenen Ohren.

»Habe ich was Falsches gesagt?«

»Wenn du das nicht weißt, kann ich dir auch nicht helfen!«

Janna riss die Haustür auf, schob Martin hindurch und warf sie hinter ihm ins Schloss. Erschöpft lehnte sie sich einen Moment mit dem Rücken gegen das kühle Glas, dann gaben ihre Knie nach. Langsam rutschte sie an der Tür hinunter, bis sie auf den Fliesen saß und mit tränenblinden Augen in den dämmrigen Flur starrte.

Zum ersten Mal in ihrem Leben hatte sie keine Ahnung, wie es jetzt weitergehen würde, und es gab niemanden, der ihr sagte, was sie jetzt tun sollte.

Wie lange Janna auf den Fliesen gesessen hatte, nachdem Martin gegangen war, wusste sie nicht. Mit dem Rücken an die Tür gelehnt, starrte sie in den dunklen Flur. Die Tränen, auf die sie wartete, kamen nicht – vielleicht, weil sie in der Nacht schon alle Tränen vergossen hatte, die sie aufbringen konnte. Martins Worte schwirrten durch ihren Kopf und hinderten sie daran, einen klaren Gedanken zu fassen.

Manchmal muss erst etwas Schlimmes passieren, damit man erkennt, was im Leben wirklich wichtig ist ... Es gibt immer noch viel, was Britta und mich verbindet ... Ich bin froh, dass du es so professionell nimmst ... Ich fände es schön, wenn wir trotz allem gute Freunde bleiben würden ...

Gute Freunde – was für ein Hohn! Freunde waren Martin und sie nie gewesen. Freunde begegneten einander auf Augenhöhe, waren gleich wichtig, kümmerten und sorgten sich umeinander. Martin und sie hingegen waren auch als Liebespaar in erster Linie immer noch Chef und Angestellte gewesen. Er hatte bestimmt, und das in jeder Hinsicht: wo sie wohnten, wohin sie in Urlaub flogen, was es am Wochenende zu essen gab, welche Zahnpasta gekauft wurde ... Einfach alles!

Genau wie Papa früher, dachte Janna. *Früher hast du immer über Mama geschimpft, weil sie sich alles von ihm vorschreiben ließ, aber du bist keinen Deut besser!*

Die Erkenntnis tat weh.

Janna rappelte sich auf, zog ihre Jacke über und verließ das Haus. Kalter Regen fiel aus den tief hängenden Wolken, trommelte auf ihre Kapuze und tropfte auf ihre Wangen. Die Hände tief in den Jackentaschen vergraben, lief sie los, ging durch die menschenleeren Straßen der Kleinstadt, vorbei an Gasthäusern, Geschäften und Kirchen. Über ihr heulten alle paar Minuten die Triebwerke von unsichtbaren Ferienfliegern. In einem davon hätte sie eigentlich sitzen sollen, um wieder nach Dubai zu fliegen, zurück zu ihrer Arbeit, zurück zu Martin. Aber daraus würde nichts werden, und auch das hatte Martin entschieden. Erst Papa, dann Martin!

Hast du eigentlich jemals über dich selbst bestimmt?, fragte sie sich. *Auch nur ein einziges Mal? Sei ehrlich, Janna! Hast du jemals den Mut aufgebracht, deine Wünsche durchzuboxen? Es wenigstens zu versuchen? Denk mal an deine Sternschnuppenliste!*

Ohne es zu wollen, war sie beim Friedhof angekommen. Sie

stand einen Moment unschlüssig vor der weißen Kapelle, in der ein paar Tage zuvor die Andacht für ihre Mutter gehalten worden war, bis sie schließlich zum Grab ihrer Eltern weiterging. Die Blumenkränze waren schon entfernt worden, aber der Steinmetz hatte den Grabstein, auf dem jetzt auch Mamas Name stehen würde, noch nicht wieder aufgestellt. Nur ein flacher Erdhügel mit einem Holzkreuz markierte die Stelle, wo ihre Eltern begraben lagen.

»Und jetzt?«, murmelte Janna. »Was soll ich jetzt machen? Wo soll ich denn jetzt hin?«

Noch immer tropfte ihr der Regen vom Saum der Kapuze, die sie tief in die Stirn gezogen hatte, auf die Wangen, während sie nach unten starrte.

Keine Antwort.

»Soll ich hier in Flörsheim bleiben? Wieder in euer Haus einziehen?«

Die Aussicht, ganz allein in dem großen Haus zu wohnen, wo die Erinnerungen sie aus jeder Gardinenfalte anstarrten, in einer Stadt, die sie vor Jahren verlassen hatte und mit der sie nichts mehr verband außer zwei Gräbern auf dem Friedhof, ließ sie frösteln. Gedankenverloren spielte sie mit ihrem Schlüsselbund, den sie wie immer in ihrer rechten Jackentasche trug.

Der Autoschlüssel, der Schlüssel für die Wohnung in Köln, der für ihr Elternhaus … Einen nach dem anderen ließ sie sie durch ihre Finger gleiten, bis sie schließlich den Plastikring mit dem Schlüssel in der Hand hielt, der zum *Haus Friesenrose* gehörte.

Nach Sylt zu Oma! Am Strand spazieren gehen und sich vom Wind die Flausen aus dem Kopf blasen lassen. Zurück zu dem einzigen Zuhause und dem liebsten Menschen, die ihr noch geblieben waren. Mit einem Mal verspürte Janna eine solche

Sehnsucht, dass sie glaubte, ihr Herz würde zerspringen. Sie machte auf dem Absatz kehrt und lief zurück.

Als Herr Sachs am nächsten Morgen kam, hatte sie bereits alles, was sie aus ihrem Elternhaus behalten wollte, verpackt und markiert. Den ganzen Nachmittag und den Abend hatte sie damit zugebracht, Schränke zu leeren und auszusortieren. Viel war es nicht, was übrig blieb. Ohne ihre Großmutter zu fragen, gab Janna die *Friesenrose* als Lieferadresse für die wenigen Möbel an. Johanne würde schon nichts dagegen haben. Platz war in den Zimmern der Pension jedenfalls genug.

Herrn Sachs den Schlüssel zu übergeben war irgendwie eine Erleichterung.

»Nur keine Sorge, Frau Neumann«, sagte der Makler und reichte ihr die Hand. »Wir werden schon einen ordentlichen Preis für das Haus erzielen.«

Ehe sie ins Auto ihrer Mutter stieg, das mit ein paar Kartons mit persönlichen Sachen beladen war, warf Janna noch einen letzten Blick auf das Haus, in dem sie aufgewachsen war, doch die Wehmut, die sie erwartet hatte, stellte sich nicht ein. Heimat hing nicht mit Mauern zusammen, sondern mit Menschen, und hier gab es niemanden mehr.

Sie fuhr beim Hotel vorbei und bezahlte das Zimmer, das sie für zwei Nächte gebucht, aber nie betreten hatte. Dann machte sie sich auf den Weg nach Sylt.

Die Autobahn war zwar nach den Feiertagen gerappelt voll, aber zum Glück war nirgends Stau, sodass sie gut vorankam. An einer Raststelle kaufte sie sich einen großen Milchkaffee mit viel Zucker und kramte aus einer der Kisten im Kofferraum ein paar ihrer alten CDs hervor. Lauthals sang sie beim Fahren zu

Walking on the Moon von The Police und den *Greatest Hits* von Queen mit. Martin wäre von der Musikauswahl entsetzt gewesen. Janna kam sich vor wie eine Rebellin und fühlte sich erstaunlich gut dabei.

Am frühen Nachmittag erreichte sie Niebüll und stellte erleichtert fest, dass der Autozug den Betrieb am Vortag wieder aufgenommen hatte.

Erst als Janna das vertraute *Badumm, badumm, badumm* hörte, fiel die Anspannung der Fahrt von ihr ab. Müde lehnte sie die Stirn an die Seitenscheibe und starrte aus dem Fenster. Die Sonne schien von einem strahlend blauen Frühlingshimmel auf die Insel und das Watt. Ein friedliches Bild, das im Gegensatz zu dem Gefühlswirrwarr stand, das in ihr herrschte. Enttäuschung, Trauer und Unsicherheit mischten sich mit immer mehr Wut. Wut auf Martin, aber vor allem auch Wut auf sich selbst.

Du hättest merken müssen, was vorgeht!, dachte sie. *Wer weiß, wie lange das zwischen Martin und Britta schon ging? Darum vermutlich die Besuche in Bonn und die vielen Telefonate, von denen er behauptet hat, es gehe um Lukas. Gemeinsames Sorgerecht, pah! Aber du naive Kuh musstest ja jedes Wort von Martin für bare Münze nehmen! Das hast du nun davon. Dummheit muss bestraft werden!*

Die Seitenscheibe war angenehm kühl an Jannas Stirn, und sie biss sich auf die Unterlippe, während sie gegen die aufsteigenden Tränen ankämpfte. Ein uralter Schlagertext, den Oma früher oft geträllert hatte, schoss ihr durch den Kopf: *Nur nicht aus Liebe weinen, es gibt auf Erden nicht nur den einen ...*

War das zwischen ihr und Martin wirklich Liebe gewesen? Sie hatte es sich eingebildet, auch wenn die Leidenschaft der ersten Wochen schnell verflogen war. Martin und sie, das war in erster Linie eine Zweckgemeinschaft gewesen, von der sie beide profi-

tiert hatten. Sie waren auf einer Geschäftsreise nach Fernost zu-
sammengekommen, als sie einen erfolgreichen Vertragsabschluss
an der Hotelbar gefeiert hatten und danach im Bett gelandet
waren. Der geschiedene Geschäftsmann und seine deutlich jüngere Assistentin – ein Klischee wie aus dem Bilderbuch. Aber wenn
sie doch beruflich so gut miteinander auskamen, warum sollte
es dann nicht auch privat klappen? Martin war ganz selbstverständlich davon ausgegangen, und kaum zwei Wochen später
hatte Janna ihr WG-Zimmer in Köln geräumt und war in sein Loft
gezogen.

In der Firmenzentrale durfte lange Zeit niemand etwas von
ihrem Verhältnis wissen. Martin wollte es so, und Janna hatte
sich wie immer gefügt. Immerhin war er ja nicht nur »ihr Freund
Martin«, sondern auch und vor allem »Herr Dr. Sander«, der
Juniorchef der Firma, das hatte stets Vorrang.

»Assistentin der Geschäftsführung mit erweitertem Auf-
gabenbereich«, murmelte Janna und stieß ein bitteres Lachen
aus.

Mit einem metallischen Quietschen kam der Zug im Bahnhof
Westerland zum Stehen, und an den Fahrzeugen vor ihr leuchteten die Bremslichter auf, als sie gestartet wurden.

Auch Janna drehte den Schlüssel im Zündschloss und lenkte
das Auto vorsichtig über die Rampe vom Autozug hinunter. Auf
den Weiden neben der Straße nach Morsum grasten heute schon
deutlich mehr Rinder und Pferde als vor einer Woche, als Janna
zuletzt vom Festland gekommen war. Sie sehnte sich nach der
Ruhe und dem Frieden in Omas Haus. Danach, in der Stube
neben ihr auf dem Sofa zu sitzen und sich alles von der Seele zu
reden. Oma würde zuhören, ihr tröstend übers Haar streicheln
und sagen: »Nicht weinen, Deern. Wirst sehen! Bis du heiratest,
ist alles wieder gut!« Dann würde sie ihr eine Tasse Tee einschen-

ken, ihr einen *Helgoländer Taler* reichen, und die Welt würde wieder ein wenig heller werden.

So war es früher immer gewesen. Damals, als Janna ein kleines Mädchen gewesen war, das sich ein Knie aufgeschlagen hatte, und später bei ihrem ersten Liebeskummer, weil Achim sie überhaupt nicht beachtete. Aber heute? Ganz so einfach war die Welt nicht mehr in Ordnung zu bringen.

Janna seufzte, setzte den Blinker und fuhr auf den Hof der Pension. Beinahe wäre sie in den alten VW Golf gekracht, der auf ihrem bevorzugten Parkplatz stand. Sie brauchte eine Sekunde, bis sie das Auto erkannte: Kieler Kennzeichen und eine tiefe Delle in der Heckklappe. Das war der Wagen von Claire Scheller. Daran, dass Omas Freundin kommen wollte, um bei der Arbeit in der Pension zu helfen, hatte sie gar nicht mehr gedacht.

Janna parkte den grauen Passat neben Claires Golf, stellte den Motor ab und stieg aus. Sie streckte ihr müdes Kreuz durch, legte den Kopf in den Nacken und schloss für einen Moment die Augen. Tief sog sie die frische Luft in ihre Lungen und genoss den Geruch von Seetang und Watt, den der Wind mit sich trug.

Acht

»Sag mal, will Janna denn heute gar nicht mehr aufstehen? Es ist doch schon nach zehn!«

Claires hohe, scharfe Stimme drang problemlos durch die Tür in Jannas Zimmer. Die Antwort ihrer Großmutter war sehr viel leiser, und Janna musste sich anstrengen, um sie zu verstehen.

»Nun lass die Deern doch schlafen, Claire! Wir kommen auch ohne sie gut zurecht.«

»Sicher kommen wir das, aber darum geht es doch gar nicht. Seit sechs Tagen ist Janna hier, und ich habe das Gefühl, dass es immer schlimmer wird. Erzähl mir nicht, dass dir das nicht aufgefallen ist, Johanne! Sie lässt sich hängen.«

»Aber wenn es ihr doch nicht gut geht?«

»Nicht gut geht? Sie suhlt sich doch geradezu in ihrem Unglück!«

»Pssst! Sie wird dich noch hören!«

»Und wenn schon!«, rief Claire, noch lauter als zuvor. »Wird höchste Zeit, dass ihr mal jemand den Kopf zurechtrückt. Das ist doch kein Zustand. Den lieben langen Tag hockt sie oben in ihrem Zimmer und bläst Trübsal. Sie ist nicht die Erste, die von ihrem Liebhaber sitzen gelassen wurde, und sie wird sicher nicht die Letzte bleiben.«

»Aber wenn sie nun mal mehr Zeit braucht? Sie wird sich schon noch fangen.«

»Einen Teufel wird sie! Sie trieft ja geradezu vor Selbstmitleid.«

Janna zog sich die Decke über die Ohren in der Hoffnung, die scharfen Kommentare von Omas Freundin Claire Scheller nicht mehr hören zu müssen. Dabei hatte Claire mit jedem Wort recht. Seit Janna wieder auf Sylt war, hatte sie sich kaum aus ihrem Zimmer herausbewegt. Morgens blieb sie so lange oben, bis sie sicher sein konnte, am Frühstückstisch niemandem zu begegnen. Danach schob sie vor, sich an ihr Notebook zu setzen, um nach einer neuen Stelle zu suchen, aber meistens klickte sie nur ein bisschen im Internet herum, ehe sie begann, die Zeit mit einem stumpfsinnigen Facebook-Spiel totzuschlagen, bei dem man gleichfarbige Kugeln abschießen musste. Stundenlang lag sie so auf dem Bett, ihr Kissen in den Rücken gestopft, das Notebook auf den ausgestreckten Beinen. Dabei musste man wenigstens nicht nachdenken.

Vielleicht wäre es doch besser gewesen, in Flörsheim zu bleiben, statt wieder nach Sylt zu fahren. Dort hätte sie wenigstens mit niemandem sprechen und niemandem Rechenschaft ablegen müssen. Inzwischen schien ihr die Idee, nach Sylt zurückzukehren, in nicht mehr ganz so rosigem Licht wie damals, als sie in Flörsheim losgefahren war. Zwar war Frau Dr. Tiemann mit ihrer Schulklasse abgereist, aber von Ruhe und Frieden konnte kaum die Rede sein. Immerhin war Claire im Haus, und die sorgte schon für »ordentlich Leben in der Bude«, wie Oma es ausdrückte.

Auch wenn Claire inzwischen Mitte sechzig war, sprühte sie nur so vor Energie, das hatte sich kein bisschen geändert, seit Janna sie zuletzt gesehen hatte. Bis zu ihrer Pensionierung vor ein paar Jahren hatte sie als Biologin ein großes Forschungsprojekt in Kiel geleitet. Schon damals hatte sie jedes Jahr ihren Urlaub auf Sylt verbracht, um ehrenamtlich im *Alfred-Wegener-Institut* in List auszuhelfen.

»Man darf den Kontakt zur Realität nicht verlieren«, wurde sie nicht müde zu betonen. »Wenn du immerzu nur vor deinen Computern sitzt und Laborergebnisse auswertest, wirst du blöd im Kopf!«

Und so hatte sie im Urlaub jeden Morgen am Wasser verbracht, Vögel bestimmt oder Schweinswale gezählt. Als sie noch kleiner war, hatte Janna sie oft begleitet, neben ihr im Strandhafer gesessen und mit dem Fernglas über das Wasser geschaut. Dann hatte Claire aus ihrem Rucksack die Thermoskanne, die Brotdose und zwei Zeichenblöcke gezogen, von denen sie einen an Janna weiterreichte. Stundenlang hatten sie nebeneinandergesessen, gezeichnet und gefachsimpelt. Dass Claire sie dabei immer auch ein bisschen ausfragte, entging Janna nicht, aber sie fand es nicht schlimm. Immerhin war Claire die Einzige, die sich für ihre Malerei interessierte und sie in ihrer Begeisterung bestärkte.

»Wenn du etwas tust, was dir wirklich am Herzen liegt, musst du es mit deiner ganzen Leidenschaft machen!«, hatte Claire immer wieder gesagt. »Du darfst dich nicht davon abbringen lassen, von niemandem. Es wird immer wieder Leute geben, die dir sagen, dass es schwierig werden wird und dass du es lassen sollst. Aber diese Leute sind nicht wichtig. Die denken nur an sich.« Dann hatte Claire vielsagend genickt. »Besonders die Männer!«

Claire war nie verheiratet gewesen und sagte mit Nachdruck, ihren Lebensgefährten vor die Tür zu setzen sei die klügste Entscheidung gewesen, die sie je getroffen habe. Gäbe es etwas Besseres, als seine Freiheit zu genießen, ohne sich ständig nach jemandem richten zu müssen?

Claire schien sehr glücklich, endlich wieder im *Haus Friesenrose* unterkommen zu können. Das Hotel, in dem sie in den letzten zwei Jahren ihren Urlaub verbracht hatte, sei ein furchtbar unpersönlicher Glaskasten gewesen. Was nütze einem der schönste Ausblick über Meer und Dünen, wenn man sich in seiner Unterkunft nicht wohlfühle? Das könne einem wirklich den ganzen Urlaub vergällen!

Der Kontakt zwischen Claire und Johanne war nie abgerissen. Janna wusste von Telefonaten und einem regen Briefwechsel zwischen den beiden Freundinnen. Als Johanne bei Claire angerufen und gefragt hatte, ob sie nicht sofort nach Sylt kommen wolle, um ihr bei der Arbeit in der Pension ein wenig unter die Arme zu greifen, hatte diese ohne Zögern zugesagt, war in ihren alten Golf gestiegen und losgebraust.

Sobald Frau Dr. Tiemann und ihre Klasse abgereist waren, hatte Claire ihr Stammquartier, das große Eckzimmer im ersten Stock, mit Beschlag belegt. Wie immer ging sie jeden Tag im Morgengrauen zum Watt hinunter, um Zugvögel zu zählen, und war pünktlich mit den Brötchen zurück, um Johanne beim Vorbereiten des Frühstücks zu helfen. Vormittags fuhr sie einkaufen oder besuchte das *Wegener-Institut*, um »ein wenig nach dem Rechten zu sehen«, wie sie es nannte.

Von dort hatte Claire auch gleich ein paar neue Pensionsgäste für das *Haus Friesenrose* angeschleppt. Franziska und Markus waren zwei sehr nette Biologie-Doktoranden aus Oldenburg, die derzeit im Institut ein mehrwöchiges Praktikum absolvierten. Bei dem Gewittersturm war auf ihrem Campingplatz ein Baum mitten auf ihren Wohnwagen gekippt und hatte ihn unbewohnbar gemacht. Ein paar Tage lang hatten die zwei in einem geliehenen Zelt auf dem Institutsgelände gehaust, weil sie keine bezahlbare Unterkunft gefunden hatten, aber das sei ja kein Zustand so, hatte Claire gemeint und Johanne gefragt, ob sie in ihrer Pension unterkommen könnten.

»Du musst wirklich mit dem Mädchen reden, Johanne!«, hörte Janna Claires Stimme vom Flur her. »Es nützt keinem, wenn sie sich vergräbt. Am wenigsten ihr selbst!«

»Du hast ja recht, ich weiß«, antwortete Johanne mit einem deutlich vernehmbaren Seufzen. »Ich wollte ihr nur mehr Zeit geben, weil sie doch so viel mitgemacht hat.«

»Alles richtig, Johanne! Aber trotzdem. Was sie jetzt braucht, ist Ablenkung und eine Aufgabe. Wie wäre es denn, wenn sie im Garten ...«

Auf dem Flur knarrte eine Tür, die Unterhaltung der Frauen wurde leiser und war schließlich nicht mehr zu hören. Die beiden mussten eines der Gästezimmer betreten und die Tür hinter sich geschlossen haben.

Janna stöhnte. Ablenkung und eine Aufgabe – na bravo! Mal sehen, was Claire im Sinn hatte! Vermutlich sollte sie die Beete bepflanzen oder Sträucher zurückschneiden. Sie hoffte, dass Oma sie davon abbringen würde. Mit Gartenarbeit hatte Janna sich noch nie anfreunden können, und jetzt, wo sie ständig mit dieser bleiernen Müdigkeit zu kämpfen hatte, bereitete allein der Gedanke daran ihr Übelkeit.

Lustlos schlug sie die Decke zurück und setzte sich einen Moment auf den Bettrand. Selbst das Aufstehen kostete sie Überwindung. Wenn sie leise in die Küche schlich, konnte sie sich bestimmt eine Tasse Kaffee und ein vom Frühstück übrig gebliebenes Brötchen mit nach oben nehmen, ohne Claire oder Oma über den Weg zu laufen. Barfuß und nur mit einem verschossenen Schlafshirt bekleidet huschte sie aus dem Zimmer und lauschte einen Moment den Flur entlang, ehe sie die Treppe hinunterschlich und in die Küche schlüpfte.

Aus der hintersten Ecke des Küchenschrankes kramte Janna *ihren* Kaffeebecher hervor, ein himmelblaues Monstrum mit der

Aufschrift *Gruß von der Nordseeküste* und einem dämlich dreinblickenden Seehund darauf. Den hatte Opa ihr geschenkt, als sie neun oder zehn war. Komisch, dass sie noch immer am liebsten aus diesem Becher trank. Dumme alte Angewohnheit! Jede andere Tasse würde es genauso tun. Trotzdem füllte sie den Seehundbecher mit Kaffee aus der Thermoskanne, goss einen großen Schluck Milch dazu und schaufelte vier Teelöffel Zucker hinein. Keine Kalorienzählerei mehr! Niemanden interessierte es, ob sie gertenschlank war.

In der Papiertüte der Bäckerei waren noch zwei Brötchen und ein Croissant. Gerade als Janna überlegte, ob sie nicht gleich die ganze Tüte mit nach oben in ihr Zimmer nehmen sollte, klingelte es an der Haustür. Automatisch drehte sie sich um und lief los, um aufzumachen. Erst als sie die Klinke der Küchentür schon in der Hand hatte, stutzte sie und sah an sich herunter. So konnte sie unmöglich die Tür öffnen, nicht einmal dem Briefträger!

Egal. Oma oder Claire würden sich sicher darum kümmern. Schon hörte Janna Claires energischen Schritt auf der Treppe. Die Haustür knarzte protestierend, als sie geöffnet wurde.

»Moin, Moin, junge Frau! Ist Frau Janssen da?«, fragte eine tiefe Männerstimme.

Jannas irrationale Hoffnung, es könnte Martin sein, der ihr nach Sylt gefolgt war, verflüchtigte sich sofort und machte einem flauen Gefühl der Enttäuschung Platz.

»Johanne?«, hörte sie Claire rufen. »Hast du Blumen bestellt?«

»Ich? Nein!«, erklang es von oben. Die langsameren Schritte auf der Treppe verrieten Janna, dass ihre Großmutter ebenfalls ins Erdgeschoss kam. »Warum sollte ich Blumen bestellen? Die hole ich doch normalerweise ... Ach, Sie sind das!«

»Hallo, Frau Janssen! Ich war gerade in der Gegend, und da dachte ich, ich komm mal vorbei, um mich bei Ihnen zu bedanken«, sagte die dunkle Männerstimme.

»Bedanken? Bei mir? Aber wofür denn?«

»Für die Hilfe bei unserem Einsatz am Hindenburgdamm. Dafür, dass Sie meine Männer während des Einsatzes mit Abendbrot versorgt und die Schulklasse bei sich aufgenommen haben.«

»Ach, Blödsinn!« Janna hatte die abwehrende Handbewegung ihrer Großmutter förmlich vor Augen. »Das war doch wirklich eine Selbstverständlichkeit.«

»Na, so würde ich das aber nicht sehen, Frau Janssen. Und darum möchte ich mich im Namen der Freiwilligen Feuerwehr von Morsum herzlich bedanken. Bitte sehr!«

»So ein schöner Strauß!«, rief Johanne begeistert. »Als hätten Sie gewusst, dass ich diese bunten Frühlingssträuße am liebsten mag! Vielen Dank, Herr ... Es tut mir leid, aber ich habe mir Ihren Namen nicht gemerkt. Nur dass die anderen Sie alle Mo nennen.«

»Moosbach ist mein Name, aber es wäre mir eine Ehre, wenn Sie auch einfach Mo sagen!«

»Gut, dann also Mo!« Oma lachte. »Haben Sie vielleicht Zeit für eine Tasse Tee, oder müssen Sie gleich weiter?«

»Also eigentlich ...«

»Ach was! Für eine Tasse Tee ist immer Zeit. Gehen Sie doch schon mal in die Küche vor, ich hol nur schnell noch eine Vase.«

Gehen Sie doch schon mal in die Küche vor! Die Worte hallten in Jannas Ohren nach. Oma, Claire und Mo würden gleich hereinkommen!

Sie wich ein paar Schritte von der Tür zurück und sah sich reflexartig nach einem Fluchtweg um. Doch wenn sie nicht durch das Fenster in den Garten klettern wollte, gab es keinen Ausweg. Vermutlich wäre es noch peinlicher, auf dem Fensterbrett erwischt zu werden, als einfach stehen zu bleiben. Janna sah erneut an sich herunter. Das Schlafshirt, das sie trug, war völlig ausgeblichen und hatte ein paar Kaffeeflecken vom letzten Frühstück im Bett. Seit vorgestern hatte sie nicht mehr geduscht, die Haare dürften ihr zerzaust vom Kopf abstehen, und ihre Augen waren vom vielen Heulen bestimmt knallrot. Janna wünschte sich nichts sehnlicher als ein Mauseloch, in dem sie sich verstecken konnte, aber sie blieb stocksteif stehen und starrte auf die Klinke der Küchentür wie das sprichwörtliche Kaninchen auf die Schlange.

Die Tür öffnete sich langsam, und Mos massige Gestalt wurde sichtbar. »Aber wirklich nur eine Tasse«, rief er über die Schulter in den Flur. »Um zwölf habe ich einen Termin mit einem Kunden, der sich in Keitum ein Haus ansehen möchte.« Er drehte den Kopf in Jannas Richtung und blieb wie angewurzelt stehen. »Oh! Hallo, Janna!«, sagte er verblüfft. »Ich wusste nicht, dass du auch da bist. Achim sagte, du wärst beruflich nach Dubai geflogen.«

»Ich … Nein, ich bin nicht nach Dubai …«, stammelte Janna. Sie fühlte, wie sie unter seinem Blick knallrot wurde. Sie räusperte sich und riss sich, so gut sie konnte, zusammen. »Hallo, Mo!«

Mo kam auf sie zu, gab ihr die Hand und beugte sich ein Stück herunter, um sie auf die Wange zu küssen. »Sag mal, bist du krank? Du glühst ja geradezu.«

»Na ja, krank …«, warf Claire ein, die Mo in die Küche gefolgt war. Ihre klugen grauen Augen blitzten spöttisch hinter ihrer Hornbrille hervor.

»Ja, ich muss mir wohl was eingefangen haben! Vermutlich

eine Erkältung oder sowas«, beeilte sich Janna zu sagen, ehe Claire weiterreden konnte. »Ich geh mal lieber wieder ins Bett, bevor ich dich noch anstecke.« Sie griff nach ihrer Tasse und hob sie so hastig hoch, dass ihr ein paar Tropfen des heißen Kaffees über die Finger schwappten. »Mist!«

»Alles in Ordnung?«, fragte Mo.

»Ja! Ja, sicher!«, sagte Janna und bemühte sich, seinem besorgten Blick auszuweichen. »Alles in Ordnung. Ich sollte nur wirklich wieder ins Bett gehen, ich bin etwas wackelig auf den Beinen.«

Claire hatte inzwischen ein paar Blätter Küchenpapier von der Rolle an der Wand abgerissen und wischte die Kaffeeflecken vom Tisch. Ehe sie eine ihrer spitzen Bemerkungen von sich geben konnte, lief Janna zur Tür.

»Wir sehen uns ja sicher noch!«, sagte sie zu Mo.

»Wie lange bleibst du denn auf Sylt?«

»Kann ich noch nicht sagen.« Janna zuckte mit den Schultern. »Ein paar Wochen, denke ich!«

Sie sah, dass Claire, die gerade drei Teetassen auf den Küchentisch stellte, die rechte Augenbraue hochzog.

Mo hingegen lächelte breit. »Fein!«, sagte er. »Dann melde ich mich. Vielleicht können wir mal was zusammen unternehmen, sobald es dir wieder besser geht.«

Janna nickte nur. So schnell sie es mit der vollen Kaffeetasse in der Hand fertigbrachte, schlüpfte sie durch die Küchentür und lief die Treppe hinauf. Dass ihre Großmutter, die gerade mit einer Vase in der Hand aus dem Wohnzimmer kam, ihr nachrief, ignorierte sie geflissentlich.

In ihrem Zimmer angekommen, blieb Janna vor dem Waschbecken stehen.

»Du siehst schrecklich aus!«, stellte sie halblaut fest, während sie ihr Spiegelbild musterte. »Richtig zum Fürchten! Kein Wunder, wenn Mo glaubt, dass du krank bist.«

Ihre Augen waren rot gerändert und total verquollen. Sie hatte sich nicht abgeschminkt, und die Wimperntusche hatte beim Weinen dunkle Streifen auf ihren Wangen hinterlassen. Ihre Haare waren stumpf und fettig und standen wirr vom Kopf ab.

»Mein Gott, wie kann man sich nur so furchtbar gehen lassen?«, murmelte sie. Und wie peinlich, dass Mo sie so gesehen hatte!

Claire hatte recht. Es war keine Lösung, sich im Bett zu verkriechen und sich in ihrem Selbstmitleid zu suhlen. Sie musste etwas ändern, anstatt darauf zu warten, dass jemand ihr sagte, was sie jetzt tun sollte.

Janna stellte ihren Kaffeebecher auf dem Nachttisch ab. Dann drehte sie entschlossen den Wasserhahn auf und ließ kaltes Wasser ins Waschbecken laufen. Tief holte sie Luft, ehe sie ihr Gesicht in das kalte Nass tauchte, den Atem anhielt und bis zehn zählte. Das Wasser kühlte ihre brennenden Augen und prickelte auf den Wangen. Prustend kam sie hoch, fuhr sich mit den nassen Händen durch die Haare und betrachtete sich erneut.

Besser, aber immer noch nicht gut.

Janna griff nach ihrem Bademantel und ging ins Badezimmer, um zu duschen.

Als sie eine Stunde später komplett bekleidet, frisiert und geschminkt in die Küche kam, saßen Claire und Johanne noch immer vor ihren Teetassen. Beide verstummten, als Janna eintrat. Sie war sich sicher, die beiden hatten sich gerade über sie unterhalten.

Mo war nicht mehr da, er war wohl schon zu seinem Termin aufgebrochen. Mitten auf dem Küchentisch prangte der Blumenstrauß, den er Johanne mitgebracht hatte – ein großer bunter Frühlingsgruß aus Tulpen, Narzissen und Ranunkeln.

»Na, da brat mir doch einer einen Storch!«, sagte Johanne augenzwinkernd. »Was so ein unverhoffter Männerbesuch alles ausrichten kann!«

Janna fühlte, wie sie rot wurde. Sie schluckte den Anflug von Zorn hinunter und zwang sich ein Lächeln ab. »Guten Morgen, ihr beiden!«, sagte sie so fröhlich sie nur konnte. »Gibt es noch ein verspätetes Frühstück für eine Schlafmütze?«

»Aber sicher gibt es das«, antwortete Claire mit einem Lachen und erhob sich. »Und zwar eines mit Rührei und allen Schikanen. Wir zwei haben uns auch einen Happen verdient, was, Johanne? Bleib du nur sitzen! Ich mach das schon!«

Während Claire begann, mit Pfannen und Schüsseln zu hantieren, zog Janna sich einen Stuhl zurück und setzte sich neben ihre Großmutter.

Johanne griff nach Jannas Hand und beugte sich zu ihr herüber. »Wie schön, dass es dir etwas besser geht!«, sagte sie leise. »Ich fing allmählich schon an, mir Sorgen zu machen.«

»Sorgen?«

»Na ja, so kenn ich dich gar nicht! So still und verzweifelt. Das ist nicht die Janna von früher.«

»Es ist schon eine Ewigkeit her, dass ich die Janna von früher war.«

»Dann wird es höchste Zeit, dass wir das ändern. Du wirst sehen, frische Luft und Ablenkung helfen über allen Kummer hinweg.«

Janna lächelte, weil man das nun einmal so tat. Überzeugt war sie nicht.

Nach dem Essen bestand Claire darauf, dass Janna sie auf einem ausgedehnten Spaziergang begleitete. Zu ihrer Überraschung führte sie ihr Weg zunächst zu Onkel Ennos Hof.

Enno schien Claire schon zu erwarten. Er stand auf dem Hof und hielt die aufgeregt wedelnde Dottie an der Leine, während die alte Waltraut neben ihm saß und müde hechelte.

»Nanu, Janna! Das ist aber schön, dass man dich auch mal wieder zu Gesicht bekommt. Claire hat mir schon erzählt, dass du wieder in Morsum bist. Nun gib doch mal Ruhe, du verrücktes Viech!« Der letzte Satz galt der kleinen Dottie, die wie ein Gummiball auf und ab hüpfte und wie verrückt kläffte. »Du kannst es wohl gar nicht erwarten, was?«

»Ist sie immer noch hier bei dir?«, fragte Janna verwundert. »Ich hätte gedacht, ihre Besitzer hätten sie inzwischen wieder abgeholt.«

»Unter normalen Umständen sicherlich«, sagte Enno, beugte sich zu der immer noch bellenden Hündin hinunter und klopfte ihr die Seite. »Inzwischen habe ich schon ein paar Mal mit dem Anwalt des Mannes telefoniert. Seine Tochter, der Dottie und Püppi gehört haben, ist leider drei Tage nach dem Unfall gestorben, und der Vater ist gerade erst von der Intensivstation runter. Der Anwalt hat gefragt, ob Dottie und Püppi erst einmal hier bei mir bleiben können, bis es ihm besser geht und er entscheiden kann, was mit den beiden werden soll. Erst war ich nicht so begeistert von der Idee, aber Achim hat am Telefon so lange auf mich eingeredet, bis ich nachgegeben habe.« Enno zuckte mit den Schultern. »Man will ja auch kein Unmensch sein.«

»Wie geht's Achim denn?«, fragte Janna wie beiläufig und bückte sich, um Dottie zu kraulen. Die kleine braun-weiß gescheckte Hündin sprang sofort an ihr hoch, um der streichelnden Hand näher zu kommen, und schleckte an ihren Fingern.

»Als wir zuletzt telefoniert haben, prima. Er hatte gerade in Florida eine Regatta gewonnen und ordentlich Preisgeld kassiert. Da geht's ihm immer gut!« Enno grinste und reichte die Leine an Claire weiter. »Wenn es euch nicht stört, hole ich sie nachher in der Pension ab. Ich habe noch einen Arzttermin und weiß nicht, wie lange das dauern wird.«

»Kein Problem, Enno«, erwiderte Claire. »Wir machen einen schönen langen Spaziergang bis zum Watt hinunter, was, Dottie? Mit Bällchenwerfen, Apportieren und allen Schikanen. Vielleicht finden wir sogar ein paar Kaninchenlöcher, an denen du schnüffeln kannst. Dich werden wir schon müde kriegen!«

Enno lachte. »Gut wäre es, ja! Waltraut ist schon ganz geschafft. Die ist froh, wenn sie mal ein paar Stunden Ruhe vor dem Wildfang hat. Bis später dann!« Er tippte zum Abschied an seine Tweedmütze.

Claire gab die Leine an Janna weiter, und die beiden Frauen machten sich auf den Weg. Eine Weile gingen sie schweigend nebeneinanderher.

Es war ein schöner Frühlingstag. Die Sonne schien warm vom hellblauen Himmel herunter, an dem außer ein paar zerfaserten Kondensstreifen kein Wölkchen zu sehen war. Ein leichter Ostwind trug den Duft blühender Obstbäume mit sich.

Dottie lief voraus und zog die Leine so straff, dass sie von Zeit zu Zeit husten musste. Offenbar hatte sie es eilig, ans Wasser zu kommen. Auf einer Weide, ein gutes Stück weiter vorne, erblickte Janna zwei grasende schwarze Pferde mit langen Mähnen. Als sie sich ihnen näherten, hob das kleinere der beiden Tiere den Kopf, spitzte die Ohren und wieherte. Über Brust und Vorderbein zog sich eine deutlich sichtbare rötliche Narbe. Langsam setzte sich Püppi, wie Achim die Stute getauft hatte, in Bewegung und trottete zum Gatter. Sie lahmte immer noch. Jetzt hob auch der alte Tarzan den Kopf, musterte Claire und Janna neugierig und kam schnaubend näher.

Claire verließ die Straße und ging zum Gatter hinüber. Sie nahm ihren Rucksack von den Schultern und holte zwei Äpfel und ein Bund Möhren heraus. Sie reichte die Möhren an Janna weiter, die neben sie getreten war. Dann nahm sie in jede Hand einen Apfel und hielt den beiden Pferden die Leckerbissen hin. Sehr vorsichtig nahm Püppi die schon etwas schrumpelige Frucht von Claires Handfläche und zerbiss sie mit einem deutlich hörbaren Knurpseln. Tarzan, der seinen Apfel sofort verschlungen hatte, wandte sich zu Janna um und stupste sie mit der Schnauze an.

»Der hat die Möhren gerochen«, sagte Claire lachend. »Ich habe noch nie ein so verfressenes Pferd gesehen!«

Janna musste ebenfalls grinsen. »Das war schon früher so. Für Äpfel und Möhren macht Tarzan alles.«

Sie brach eine Möhre durch, legte sie auf ihre Handfläche und streckte sie dem Wallach entgegen. Die weichen Lippen kitzelten, als er vorsichtig an der Möhre knabberte und sie schließlich ins Maul nahm.

Janna streichelte über die kleine, sternförmige Blesse auf Tarzans Stirn. »Du hast die schönsten Augen der Welt! Weißt du das eigentlich?«

Wie zur Antwort schnaubte der alte Wallach. Beide Frauen lachten.

»Offensichtlich schon«, meinte Claire. »Er ist ein richtiger Herzensbrecher!« Sie griff nach den Möhren und brach auch für Püppi eine in zwei Teile.

Dottie, die bislang mit den Vorderpfoten auf dem untersten Holm des Gatters gestanden und nach oben zu den Pferden geschaut hatte, bellte einmal laut und energisch.

»Ja, du Quälgeist! Ich habe dich nicht vergessen!« Claire brach ein Stückchen Möhre für die Hündin ab und gab sie ihr.

»Ich wusste gar nicht, dass Hunde Möhren fressen!«, sagte Janna erstaunt.

»Doch, einige sind ganz verrückt danach! Ich hatte mal einen Labrador, der hat die sogar im Garten ausgebuddelt, so wild war er darauf.« Claire winkte ab. »Ist ewig her!«

»Dass du mal einen Hund hattest, wusste ich auch nicht.«

Claire zwinkerte Janna zu. »Du weißt so manches nicht über mich, Mädchen! Und das ist auch ganz gut so.« Jedes der Pferde bekam noch eine Möhre, den Rest verstaute Claire wieder in ihrem Rucksack. »Falls wir am Wasser Hunger kriegen«, meinte sie.

»Wir müssen nur aufpassen, dass Dottie uns die nicht wegschnappt«, fügte Janna lächelnd hinzu.

Eine halbe Stunde später hatten sie den Strand erreicht und gingen auf dem schmalen Sandstreifen am Watt entlang. Dottie war froh, die Leine los zu sein, und schoss wie eine braun-weiß geleckte Kanonenkugel um sie herum.

»Hast du keine Angst, dass sie wegläuft?«, fragte Janna besorgt.

Claire schüttelte den Kopf. »Nein, Dottie ist für einen Terrier gut erzogen und hört aufs Wort. Keine Sorge! Wenn ich rufe, ist sie sofort da.«

»Na hoffentlich!«, murmelte Janna und sah Dottie nach, die wie ein geölter Blitz in die Dünen flitzte und minutenlang unsichtbar blieb.

Erst als Claire ihren Namen rief und einen scharfen Pfiff ausstieß, tauchte die spitze Nase der Hündin wieder zwischen den Strandhaferbüscheln auf. Dottie bellte einmal, wie um zu sagen:

»Alles in Ordnung, ich bin ja noch da!« Dann war sie wieder verschwunden.

»Wie kommt es eigentlich, dass du mit ihr spazieren gehst?«, fragte Janna.

Claire wandte ihren Blick nicht vom Horizont ab und zuckte mit den Schultern. »Ich wollte Enno einen Gefallen tun. Als ich am ersten Tag bei ihm war, um Eier zu kaufen, hat er mir sein Leid geklagt. Achim hat ihm mit den beiden Tieren ganz schön Arbeit aufgehalst. Besonders Dottie hat nichts als Blödsinn im Kopf, wenn sie nicht ausgelastet ist. Kein Wunder, sie ist erst ein Jahr alt und gerade so aus dem Flegelalter raus. Die arme alte Waltraut war schon völlig durch den Wind und hat sich immer nur im Stroh verkrochen, um mal eine Weile ihre Ruhe zu haben. Weil Enno mit den Gästen, den Kühen und den beiden Pferden zu viel um die Ohren hat, habe ich angeboten, mit Dottie mindestens einmal am Tag spazieren zu gehen, um sie müde zu kriegen.« Claire wandte den Kopf in Jannas Richtung und warf ihr durch ihre dicken Brillengläser einen neugierigen Blick zu. »Aber jetzt bist du ja auch da, und wir können uns abwechseln. Natürlich nur, wenn du magst.«

»Ja, gern! Aber ich würde sie wohl doch sicherheitshalber an der Leine lassen.«

»Sie muss sich natürlich erst mal an dich gewöhnen, aber dann geht es sicher auch ohne.« Wieder ruhte Claires interessierter Blick auf Janna. »Finde ich übrigens gut, dass du dich entschlossen hast, deine Matratzengruft zu verlassen. Deine Oma fing schon an, sich ernsthaft Sorgen zu machen.«

Janna wusste nicht, was sie darauf antworten sollte, vergrub die Hände in die Jackentaschen und sog tief die salzige Luft in die Lunge. »Wirklich schön heute!«

»Hey, nicht ablenken, Liebelein! Kein Mann ist es wert,

dass man sich seinetwegen vergräbt. Und schon gar nicht so ein Hallodri wie dein ehemaliger Chef.« Claire schüttelte missbilligend den Kopf. »Johanne hat mir da Geschichten erzählt!«

»Ihr habt also über mich und ihn geredet?«

Claire lachte. »Sicher haben wir das! Das bleibt nicht aus, wenn zwei alte Tratschtanten wie deine Großmutter und ich zusammensitzen. Da wird gelästert, was das Zeug hält.« Sie blieb stehen und griff nach Jannas Arm. »Mal im Ernst, du solltest froh sein, dass du ihn los bist. Das war doch nichts mit ihm und dir. Es ist nie gut, wenn einer das Sagen hat und der andere immer den Kopf einzieht!«

Janna wollte widersprechen, aber Claire ließ sie gar nicht erst zu Wort kommen.

»Genug von der Vergangenheit. Machen wir ein Häkchen dran, und verbuchen wir es als Erfahrung. Was zählt, ist, was kommt! Hast du schon Pläne, was du jetzt machen willst?«

»Nicht wirklich«, sagte Janna kleinlaut.

»Dann vielleicht eine Idee, was du nicht willst?«

»Nur dass ich nicht zurück in Martins Firma will.«

»Gut so! Abstand ist gut, viel Abstand ist besser! Und weil du freigestellt bist, hat die Entscheidung, wie es weitergehen soll, ja auch noch etwas Zeit. Du kannst dir alles in Ruhe überlegen. Nur musst du dazu den Kopf freikriegen. Und weißt du was?« Mit einer schnellen Bewegung nahm Claire ihren Rucksack von der Schulter und öffnete ihn. »Die beste Methode, um den Kopf freizumachen, ist das hier.« Damit griff sie in den Rucksack und zog zwei Zeichenblöcke heraus. »Tataa!«, rief sie lächelnd. »Du erinnerst dich noch?«

Auch wenn Janna eigentlich nicht danach zumute war, musste sie lachen. »Wie könnte ich das je vergessen? All die vielen Stunden am Strand, in denen wir gezeichnet haben. Du deine Wattvögel und ich alles andere drum herum.«

»Und dabei haben wir uns unterhalten. Na komm, lass uns die gute alte Tradition wieder aufnehmen!«

»Ich habe seit einer Ewigkeit nicht mehr gezeichnet. Ich weiß nicht mal, ob ich es noch kann!«

»Unsinn! Das verlernt man nicht. Die Finger mögen etwas einrosten, aber das Talent zum Zeichnen verliert man nie.« Claire reichte einen der Blöcke an Janna weiter und kramte erneut in ihrem Rucksack. »Kohle oder Bleistift?«

»Kohle und Bleistift!«, erwiderte Janna wie früher immer, als sie mit Claire zum Vögelbeobachten in die Dünen gegangen war.

»Das ist die Antwort, die ich erwartet habe. Das ist der wahre Geist!«

Neun

In den nächsten zwei Wochen kam Janna kaum zum Nachdenken. Oma Johanne und Claire schienen entschlossen zu sein, sie vom Grübeln abzulenken. Ständig hatten die beiden neue Aufgaben für sie und hielten sie damit von morgens bis abends auf Trab. Janna putzte die Pensionszimmer, fuhr einkaufen und half beim Kochen. Zusammen mit Claire befreite sie den Garten von dem Unkraut, das im Laufe der letzten zwei Jahre in allen Blumenbeeten die Oberhand gewonnen hatte. Als sie alle Heckenrosen und Kiefern im Garten geschnitten, die Berge von Ästen mit dem Gartenhäcksler zerkleinert und den Mulch auf den Beeten verteilt hatten, nickte Johanne zufrieden.

»So kann man das Haus doch wieder vorzeigen«, sagte sie, und Janna musste ihr recht geben.

Auch wenn ihr alle Knochen wehtaten und sie den Großvater aller Muskelkater hatte, die Mühe hatte sich gelohnt. Jetzt sah das *Haus Friesenrose* wieder genau so aus, wie sie es von früher in Erinnerung hatte. *Und wie du es gemalt hast*, fügte sie in Gedanken hinzu.

Jeden Nachmittag machte Janna sich auf den Weg zu Onkel Enno, um Dottie abzuholen. Inzwischen ging sie meist ohne Claire mit der Jack Russell Hündin spazieren und genoss es, schweigend am Strand entlangzulaufen, den Wind in den Haaren und die Gischt im Gesicht zu spüren und auf den Horizont hinauszublicken. Ihren Zeichenblock hatte sie immer dabei, aber meist hatte sie keine Lust, ihn herauszukramen. Wenn Dottie vom vielen Herumlaufen und Möwen-Anbellen müde war, kam sie zu Janna in die Dünen getrottet, setzte sich neben sie in den Sand, beobachtete eine Weile misstrauisch die Touristen am Strand, rollte sich dann zusammen und schlief ein.

Janna ertappte sich immer häufiger bei dem Gedanken, wie es wohl wäre, Dottie endgültig behalten zu können. Dann streichelte sie die Hündin sanft, um sie nicht zu wecken, und lächelte, wenn Dottie im Schlaf glücklich seufzte oder mit zuckenden Pfoten Traumkaninchen jagte.

Inzwischen war der April gekommen, und das Wetter präsentierte sich entsprechend launisch. An diesem Nachmittag trieben hoch aufgetürmte Wolken über den Himmel, während die Sonne sich in den Regenschleiern brach, die über dem hell erleuchteten Watt hingen. Janna dachte bei dem Anblick an die Legenden von Goldtöpfen, die am Ende des Regenbogens vergraben sein sollten. Sie streckte sich auf der alten Picknickdecke aus, die sie auf dem Sand ausgebreitet hatte, und schloss zufrieden die Augen. Ihre Gedanken drehten sich im Kreis und vermischten sich zusehends mit Traumbildern, bis ein Räuspern sie in die Wirklichkeit zurückholte.

»Hey, Janna!«, sagte eine dunkle Stimme. »Ich dachte doch vorhin schon, dass du das bist, die hier im Sand liegt. Aber die dicke Betty musste erst mal ins Wasser, bevor ich nachsehen konnte, ob ich recht habe.«

Janna fuhr zusammen und schlug die Augen auf. Neben ihr stand Mo, der einen hechelnden braunen Mischlingshund an der Leine führte.

»Oh Gott, Mo, hast du mich erschreckt!«, stieß sie hervor und setzte sich auf. Dottie sprang auf die Füße und betrachtete den anderen Hund argwöhnisch. Tief in ihrer Kehle bildete sich ein warnendes Grollen.

»Aus, Dottie, Schluss damit!«, sagte Janna energisch und griff nach dem Halsband der Hündin. »Benimm dich!«

Die dicke Betty hechelte gänzlich unbeeindruckt weiter und sabberte dabei auf Jannas Picknickdecke.

»Ich wusste gar nicht, dass du einen Hund hast, Mo«, sagte Janna.

»Habe ich auch nicht. Betty gehört meiner Mutter. Aber da die für ein paar Wochen mit ihren Freundinnen nach Teneriffa abgedüst ist, habe ich die Ehre, mich um Betty zu kümmern. Tagsüber liegt sie auf ihrem Kissen neben meinem Schreibtisch in der Bank, und nachmittags gehen wir zwei spazieren. Zwischendurch nimmt sie gern mal ein Häppchen zu sich, oder auch zwei. Kurz, sie frisst permanent wie ein Scheunendrescher. Nicht wahr, Fatty?«

Wie aufs Stichwort sah Betty zu Mo auf und leckte sich über die Schnauze, um sich dann wieder Janna zuzuwenden und sie anzuglotzen.

»Was für eine Rasse ist denn das?«, fragte Janna, während sie die stämmige braune Hündin mit dem runden Kopf und den spitzen Ohren musterte.

»Frag lieber, welche Rasse *nicht* an Bettys Entstehung beteiligt war.« Mo lachte schallend und zwinkerte Janna aus seinen tiefblauen Augen zu. »Die Mutter war eine Mischung aus Boxer, Labrador und Jagdhund, und der Vater muss irgendwas wie Mops und Bulldogge in der Ahnenreihe gehabt haben. Betty ist eben einzigartig. Und ein bisschen blöd ist sie auch, aber das hört sie nicht gern.«

Beide lachten.

»Darf ich mich zu dir setzen?«, fragte Mo. »Wir könnten auch eine kleine Pause vertragen, wir zwei.«

»Klar.« Janna nickte und rückte auf der Decke ein Stück zur

Seite, um Mo Platz zu machen. Trotzdem war es so eng, dass ihre Oberarme sich berührten, als er sich neben sie setzte. Seine Nähe war ungewohnt, aber nicht unangenehm.

»Und wer ist das?«, fragte Mo und deutete auf Dottie, deren Halsband Janna noch immer festhielt.

»Das ist Dottie.« Janna erzählte, was es mit der Terrier-Hündin auf sich hatte und warum sie mit ihr am Strand spazieren ging.

»Oh! Die arme kleine Motte, die nach dem Sturm allein am Hindenburgdamm herumgeirrt ist.« Mo griff über Jannas Arm hinweg und kraulte der Hündin die Ohren. Begeistert schleckte Dottie seine Finger ab.

»Und schon hast du eine neue Freundin gefunden«, meinte Janna.

»Ja, scheint so.« Mo grinste. »Ich kann eben gut mit Frauen – vorausgesetzt, sie haben haarige Ohren!«

Janna lachte schallend. »Sonst nicht?«

»Na ja, geht so.«

»Ich hätte schwören können, dass du ein richtiger Weiberheld bist.«

Mo riss ein Blatt vom Strandhafer ab und zerpflückte es. »Hat Achim das erzählt?«

Aus seinem fragenden Blick wurde Janna nicht schlau. »Nein«, antwortete sie zögernd. »Wir haben nicht über dich gesprochen. Wir hatten ja kaum Zeit. Erst musste ich in aller Eile abreisen, und als ich zurückkam, war Achim schon wieder weg.«

»Ja, natürlich. Achim, der Weltenbummler. Immer auf Achse und ein bisschen auch immer auf der Flucht.« Mo warf das letzte Stück Strandhafer weg. Einen Moment lang schwieg er und ließ seinen Blick nachdenklich über Strand und Meer schweifen. »Jedenfalls schön, dass es dir wieder besser geht«, sagte er schließlich. Er warf Janna einen warmen Blick zu und lächelte. Nur seine Augen blieben seltsam traurig dabei.

»Wieso sollte es mir nicht gut gehen?«, fragte Janna verwundert.

»Na, als ich dich zuletzt gesehen habe, warst du doch krank.«

»Oh, das . . .«, sagte Janna leise und blickte zu Boden.

»Was war denn los? Du sahst wirklich zum Fürchten aus.«

»Ich . . .«, begann sie und verstummte gleich wieder. Wie mechanisch kraulte sie Dottie, während sie nach Worten suchte.

»Wenn du nicht möchtest, musst du es mir nicht erzählen.«

Janna spürte die Wärme seiner Hand, die sich auf ihre legte, blickte auf und sah direkt in seine blauen Augen, in deren Winkeln sich beim Lächeln winzige Falten bildeten.

»Andererseits sagt man mir nach, dass ich ein hervorragender Zuhörer bin.«

Janna zwang sich ein Lächeln ab. »Das glaub ich.« Sie seufzte. »Ein anderes Mal, okay? Wenn es nicht mehr so nah ist.«

»Versprochen?«

»Ja, versprochen.« Sie ließ Dottie los und streckte Mo ihre Rechte entgegen. »Fest versprochen.«

»Sehr gut! Ich werde dich daran erinnern.« Mo hielt Jannas Hand in seiner und strich mit dem Daumen über ihr Handgelenk, ehe er sie wieder losließ. »Was meinst du, wollen wir mal so langsam aufbrechen? Da hinten sieht es sehr nach Regen aus.«

Von nun an trafen sie sich regelmäßig am Strand, um die Hunde auszuführen. Dottie und Betty kamen inzwischen gut miteinander aus und tollten ausgelassen zusammen im Wasser oder in den Dünen herum, während Mo und Janna nebeneinanderher schlenderten und über Gott und die Welt sprachen. Den Tag, an dem er Janna im Nachthemd in der Küche der *Friesenrose* angetroffen hatte, erwähnte Mo mit keinem Wort mehr, und Janna war ihm dankbar dafür. Es war so viel einfacher, das Ende ihrer Beziehung und alles, was damit zusammenhing, weit von sich zu schieben, statt darüber nachzudenken, wie es weitergehen sollte. Der ganze Sommer lag noch vor ihr. Erst im Herbst würde sie sich ernsthaft um eine neue Stelle bemühen müssen, und bis dahin war noch unendlich viel Zeit.

Eines Tages sagte Mo, es sei ihm zu langweilig, immer die gleiche Strecke am Watt entlangzugehen, und schlug vor, mit dem Auto die verschiedenen Hundestrände der Insel zu besuchen. Also lief Janna an jenem Nachmittag mit Dottie zur Sparkasse in Morsum, wo Mo und Betty schon auf die beiden warteten, und gemeinsam fuhren sie mit dem Auto an die Nordspitze der Insel, nach List.

Sie waren schon eine ganze Weile am Strand entlangspaziert, als Janna mit ihrem Anliegen herausrückte.

»Sag mal, hättest du etwas dagegen, wenn ich dich zeichne?«, fragte sie.

»Zeichnen? Mich?«

Janna nickte. »Ja. Ich habe vor ein paar Wochen wieder damit angefangen, und immer nur Vögel oder Dünen sind auf Dauer keine Herausforderung.«

»Herausforderung? Das trifft es wohl, wenn du meinen Rübenschädel auf Papier bannen möchtest. Aber wenn du willst, steh ich dir gern Modell. Muss ich mich dafür ausziehen?«

»Blödmann!« Janna lachte, spürte aber, dass sie rot wurde. »Ich dachte an ein Porträt. Gern auch mit Hemdkragen und Schlips. Damit es seriös wird.«

»Vielleicht lieber mit Feuerwehrhelm?«

»Wenn du möchtest, auch das.«

»Nee, besser nicht, sonst hängt irgendein Witzbold das noch in die Wachstube, und wenn wir uns zur Dienstbesprechung treffen, dürfen alle mit Dartpfeilen nach mir werfen.«

»Ich kann mir nicht vorstellen, dass du so unbeliebt bist.«

»Die hassen mich alle wie die Pest. Du kannst dich gern nächsten Donnerstag davon überzeugen.« Mo grinste. »Ich wollte dich schon lange fragen, ob du nicht vielleicht Lust hast, bei unserem Verein mitzumachen. Wir sind wirklich ein netter Haufen.«

»Ich weiß nicht, ich . . .«

»Na komm schon, Janna, gib dir einen Ruck! Wir beißen nicht. Außer Jonas möglicherweise, aber nur, wenn er mehr als drei Bier getrunken hat.« Mo lachte, vergrub die Hände tief in den Taschen seiner Windjacke und warf ihr einen kurzen Blick zu. »Ganz im Ernst, ich würde mich sehr freuen, wenn du am Donnerstag mitkommst. Du musst mal wieder unter Leute.«

»Sagt wer?«

»Deine Oma und ihre Freundin beispielsweise. Sie waren vor ein paar Tagen bei mir in der Bank, und da haben wir ein bisschen geschnackt.«

Janna rollte mit den Augen. »Typisch! Jede für sich allein ist ja schon schlimm genug, aber zusammen?«

»Ernsthaft, die zwei machen sich Sorgen. Seit dein Freund dich hat sitzen lassen . . .«

»Ach, das haben sie auch erzählt!« Janna schnaubte. »Typisch! Na, dann bist du ja in all meine Geheimnisse bestens eingeweiht.«

»Nun sei nicht böse auf die beiden. Sie meinen es nur gut.«

»Sagt man nicht, dass der Weg zur Hölle mit guten Absichten gepflastert ist?«, fragte Janna säuerlich.

Mo antwortete nicht. Eine Weile stiefelte er schweigend neben ihr her, den Blick starr nach vorn gerichtet, wo Dottie wie wild die Brandung ankläffte, während Betty ihr hechelnd zusah.

»Was hat sie denn bloß?«, fragte Mo schließlich und blieb stehen. Er beschirmte mit der Hand die Augen und blickte über die Brandung hinweg, dorthin, wo das Meer ruhiger war, und lachte leise. »Schweinswale. Typisch Jagdhund! Dottie ist beleidigt, dass die Feiglinge nicht aus dem Wasser kommen, um sich fangen zu lassen.«

»Schweinswale? Wo?«, fragte Janna.

»Da drüben, schau!« Mo streckte den Arm aus und deutete aufs Wasser.

Janna reckte sich, konnte aber nichts entdecken. »Wo denn?«

Mo stellte sich so dicht neben sie, dass sie mit dem Blick seinem ausgestreckten Arm folgen konnte. Wie selbstverständlich legte er den anderen Arm um ihre Schulter und zog sie ganz nah an sich heran.

»Ah, jetzt sehe ich sie. Das ist eine ganze Schule. Fünf... nein, sechs Stück.«

»Und mindestens ein Junges dabei, siehst du? Der kleine dunkle Punkt zwischen den großen Tieren.«

Janna nickte. Mo roch nach Salz, Sonne und einem Hauch Aftershave. Von seinem Arm um ihre Schulter gingen Wärme und Zuversicht aus. Sie konnte spüren, wie sich seine Brust beim Atmen hob und senkte, so nah war er ihr. Normalerweise mochte sie es nicht, wenn man ihr zu sehr auf die Pelle rückte, aber bei Mo hatte sie nicht das Gefühl, bedrängt zu werden – im Gegenteil. Als er den Arm senkte, Janna losließ und sich einen Schritt von ihr entfernte, fühlte sie fast so etwas wie Bedauern.

Er ist wirklich wie ein großer Teddybär, dachte sie. *Man möchte ihn den ganzen Tag knuddeln.*

»Es ist eine Ewigkeit her, dass ich Schweinswale gesehen habe«, sagte sie. »Bestimmt mehr als zehn Jahre. Damals bin ich rausgeschwommen, und plötzlich ist einer direkt neben mir aufgetaucht und hat mich ein Stückchen begleitet. Er war so nah, dass ich ihn hätte anfassen können.«

Mo zwinkerte ihr zu. »Wahnsinn! Davon kannst du noch deinen Urenkeln erzählen. Unheimliche Begegnung der dritten Art, sozusagen.« Er schickte sich an weiterzugehen, aber Janna hatte ihren Rucksack abgesetzt und vor sich auf den Boden gestellt. »Was suchst du denn?«, fragte er, während sie darin kramte.

»Mein Skizzenbuch«, sagte sie, zog ihre Malsachen heraus und hielt sie triumphierend in die Höhe.

»Willst du etwa die Schweinswale festhalten? Die sind schon wieder weg.«

»Aber du bist noch da. Ich hab doch gesagt, ich würde dich gern zeichnen.«

Eine halbe Stunde später war Janna bereits bei der dritten Skizze. Die ersten beiden waren irgendwie nichts geworden – es war ihr nicht gelungen, das einzufangen, was Mo zu Mo machte. Der dritte Versuch hingegen war vielversprechend.

Die Zeichnung zeigte Mo im Halbprofil, den Blick auf den Betrachter des Bildes gerichtet. Selbst auf der schwarz-weißen Kohleskizze konnte man das spöttische Blitzen in Mos Augen erahnen, die unter den dichten Augenbrauen hervorschauten und den ernsten Zug um seinen Mund Lügen straften. Er hatte gefragt, ob er lächeln solle, aber Janna hatte gemeint, er solle sich einfach so geben, wie er sich im Moment fühle. Also hatte er sich in den Sand zwischen den Strandhafer gesetzt, die Hände locker auf die Knie gelegt. Sein Blick war abwechselnd auf sie und auf den Horizont gerichtet und gelegentlich auf die Hunde, die sich neben ihm zusammengerollt hatten und schliefen.

Nein, eine Schönheit war Mo wahrhaftig nicht. Seine rotblonden, welligen Haare trug er für einen Bankangestellten verwegen lang. Hinten fielen sie sogar ein Stückchen über seinen Hemdkragen, was Janna an ein Jugendfoto von Papa aus den Siebzigern erinnerte. Der flammend rote, kurz geschnittene Vollbart bedeckte rundliche Wangen und ein enormes Kinn mit Grübchen und sollte wohl das leichte Doppelkinn kaschieren. Mos Nase war breit und saß nicht ganz gerade im Gesicht. Janna mutmaßte, dass sie vielleicht schon einmal gebrochen gewesen war. Seine Lippen hingegen waren perfekt: Voll, sanft geschwungen und rosig gaben sie den Blick auf ebenmäßige Zähne frei, wenn er lächelte.

Ihn mit einem Feuerwehrhelm zu zeichnen wäre albern gewesen. Dann schon eher mit einem Südwester auf dem Kopf als Fischer oder besser noch mit einem Dreispitz als Piratenfürst. Bei dem Gedanken an Mo, den grimmigen Piratenfürsten, musste Janna grinsen.

»Was ist denn so komisch?«, fragte Mo.

»Gar nichts«, erwiderte Janna. »Zapple nicht so rum, sonst muss ich noch mal von vorn anfangen.«

»Alles, nur das nicht! Mir schläft schon langsam der Allerwerteste ein.« Mo stöhnte. »Bist du denn nicht allmählich fertig?«

»Mit der Skizze schon. Die Feinarbeiten mach ich zu Hause.« Sie lächelte. »Aber da musst du nicht dabeisitzen, bis dir der Hintern einschläft.«

»Schade eigentlich! Darf man das Kunstwerk denn jetzt schon mal begutachten?«

»So viel gibt es da noch gar nicht zu sehen«, sagte Janna zögernd. »Ist ja nur ein Entwurf, und kein sonderlich guter. Das Zeichnen ist nichts als ein Hobby.« Alles in ihr sträubte sich auf einmal, Mo das Porträt zu zeigen. Sie klappte das Skizzenbuch zu, zog das Gummiband über den Rand und legte die Kohle zurück in die Schachtel.

»Das kannst du gar nicht beurteilen«, sagte Mo bestimmt und streckte die Hand aus. »Lass mal sehen! Wir haben schon öfter Kunst in der Bank ausgestellt, inzwischen habe ich einen ganz guten Blick dafür, was etwas taugt und was nicht.«

Jannas Widerstreben wurde noch größer, aber als ihr Blick seinen blauen Augen begegnete, legte sie ihm das Skizzenbuch in die ausgestreckte Hand. »Aber nicht lachen, bitte.«

Mo legte den Kopf ein wenig schräg und sah ihr fest in die Augen. »Als ob ich bei einer so ernsten Sache lachen würde«, sagte er und öffnete das Buch.

Eine Weile betrachtete er still das Porträt, das Janna eilig hingeworfen hatte und auf dem sie selbst aus der Entfernung mehrere Fehler entdeckte. Die Nase stimmte nicht, und die Haare ...

»Das ist ... großartig, Janna!«, sagte Mo schließlich sehr ernst, den Blick noch immer auf die Zeichnung gerichtet. »Ganz ehrlich. Du hast das Allerbeste aus mir herausgeholt. So als ...« Mo sah auf, und ihre Blicke trafen sich. »Als hättest du meine Seele eingefangen und aufs Papier gebannt. Das Bild lebt und atmet geradezu.« Er lächelte sie an, und in seinen Augen lag so viel ehrliche Bewunderung, dass Janna ganz verlegen wurde. »Darf ich mir die anderen Bilder auch ansehen?«

Janna nickte nur.

Langsam blätterte Mo Seite um Seite um, betrachtete jede Zeichnung, lächelte bei manchen und nickte bei anderen. »Du hast ein gewaltiges Talent, weißt du das eigentlich?«

»Ich hatte mal vor, Kunst zu studieren.«

»Warum hast du es nicht getan?«

»Mein Vater dachte...«, begann Janna und brach dann ab. Nein, Papa die Schuld zu geben wäre zu einfach. »Ich dachte damals, es wäre nur ein Kleinmädchentraum, und hab zur Sicherheit erst mal eine Lehre gemacht. Und danach... Wie das so ist, man wird erwachsen und hört auf zu träumen.«

»Das ist Blödsinn, Janna! Nur weil man erwachsen wird, muss man seine Träume nicht aufgeben«, sagte Mo entschieden. »Schon gar nicht, wenn man solch ein Talent hat wie du. Ich garantiere dir, gerade diese Inselimpressionen lassen sich prima verkaufen.« Er blätterte in Jannas Skizzenbuch und deutete auf die flüchtig hingeworfene Kreidezeichnung einer Wolkenformation über dem Watt, die Janna vor ein paar Wochen angefertigt hatte. »Dafür kannst du locker mehrere Hundert Euro verlangen, glaub mir.«

»Ach, Unfug!«, sagte Janna. »So gut ist das gar nicht.«

»Doch, ist es. Hör auf tiefzustapeln!«, sagte Mo. »Was meinst du, für welchen Preis die Aquarelle weggegangen sind, die bei der letzten Ausstellung in der Bank gehangen haben? Und die hatten nicht ansatzweise die Qualität wie das hier! Ich wette mit dir, diese Bilder würden uns aus den Händen gerissen werden.«

Janna antwortete nicht. Sie verstaute die Blechschachtel mit den Kohlestiften wieder in ihrem Rucksack und streckte dann die Hand nach dem Skizzenheft aus. Doch Mo machte keine Anstalten, es ihr zurückzugeben.

»Im Ernst, Janna, ich wette mit dir, dass wir alle Bilder innerhalb von zwei Wochen verkaufen, wenn du mir erlaubst, sie in der Bank auszustellen.«

»Du bist ein Traumtänzer, Mo«, sagte sie seufzend.

»Ich bin Bankkaufmann und als solcher weit davon entfernt, mich irgendwelchen Illusionen hinzugeben. Schon gar nicht, wenn es ums Geld geht.« Mo grinste breit. »Ich biete dir eine Wette an: Du lieferst mir zehn Bilder mit Inselmotiven, und ich verkaufe sie innerhalb von zwei Wochen. Wenn ich gewinne, trittst du der Freiwilligen Feuerwehr bei und kommst regelmäßig zu den Treffen.« Er tat so, als würde er in seine Rechte spucken, und hielt sie ihr dann hin. »Na komm schon, schlag ein!«

»Und wenn du verlierst?«

»Dann darfst du mich überlebensgroß in Öl malen – splitterfasernackt auf einem Eisbärenfell.«

Janna lachte. »Das ist allerdings ein Angebot, zu dem ich nicht Nein sagen kann.« Sie ergriff seine Hand und schüttelte sie feierlich.

»Klasse!« Mo strahlte über das ganze Gesicht. »Und damit du nicht kneifen kannst, soll Neele unsere Zeugin sein. Sie arbeitet hier in der Nähe in einem Café und macht den besten Apfelkuchen auf der ganzen Insel. Ich lad dich ein.«

Den nächsten Tag verbrachte Janna damit, die Bilder, die sie seit ihrer Rückkehr auf die Insel gemalt hatte, durchzusehen und zu entscheiden, welche in den Räumen der Morsumer Bank ausgestellt werden sollten. Schließlich bat sie Claire und ihre Großmutter um Hilfe, bevor sie sich mit einer Mischung aus Aquarellen, Kohle- und Kreidezeichnungen auf den Weg zu Mo machte.

»Sehr schön«, meinte er, als er die Bilder auf dem kleinen Konferenztisch in seinem Büro ausgebreitet und ein Weilchen betrachtet hatte. »Aber eines fehlt. Was ist denn mit meinem Heldenporträt?«

»Bedaure, aber das ist unveräußerlich. Außerdem ist es noch nicht fertig.«

»Sehr schade, das wollte ich dir eigentlich abkaufen, um es meiner Mutter zum Geburtstag zu schenken. Dann hätte sie mal gesehen, was für einen Adonis sie in die Welt gesetzt hat.«

Janna lachte. »Dafür kannst du doch das Ölgemälde auf dem Bärenfell verwenden«, sagte sie.

»Ich glaube nicht, dass es dazu kommt«, gab Mo zurück. »Obwohl das wirklich sehr schade ist. Ich hatte mich schon darauf gefreut, mich nackt vor dir auf dem Fell zu rekeln.«

Janna knuffte ihn spielerisch gegen die Schulter.

Behände sprang Mo einen Schritt zurück und hielt sich theatralisch den Arm. »Au! Du bist ja brutal, hör mal!«

Betty, die neben dem Schreibtisch auf einer Decke gedöst hatte, hob den Kopf, sah von ihrem Herrchen zu Janna, seufzte und ließ den Kopf mit einem zufriedenen Schnaufen wieder sinken.

»Du bist mir vielleicht ein Wachhund!«, sagte Mo kopfschüttelnd. »Du musst mich doch verteidigen.«

»Wann kommt deine Mutter eigentlich aus dem Urlaub zurück?«, fragte Janna mit Blick auf die dösende Betty. »Sie ist inzwischen schon ganz schön lange weg.«

»Erst im Juli, wenn es ihr auf Teneriffa zu warm wird und der Pöbel überhandnimmt, wie sie es ausdrücken würde. So lange bleibt Fatty in meiner Obhut, nicht wahr?« Mo blickte ebenfalls zu der dösenden Hündin hinüber. »Wie wäre es mit einem Leckerchen?«

Sofort spitzte Betty die Ohren, sprang auf und trottete erwartungsvoll zu Mo.

»Opportunistisches Frauenzimmer!«, sagte er lachend und zog einen Hundekeks aus der Tasche, den Betty aus der Luft

159

aufschnappte und begeistert verschlang. Er sah der Hündin lächelnd zu, bevor er sich wieder zu Janna umdrehte. »Treffen wir uns später?«, fragte er. »Wir könnten nach Hörnum fahren, um mit den Hunden spazieren zu gehen. Da kann man auch prima Kaffee trinken, auch wenn der Apfelkuchen nicht mit Neeles *Sylter Wolken* zu vergleichen ist.«

»Klar, gerne«, sagte Janna. »Gegen vier?«

»Prima, dann sehen wir uns später. Jetzt werde ich dich ganz undiplomatisch vor die Tür setzen, weil ich meine Angestellten noch ein bisschen tyrannisieren muss.« Mo setzte ein diabolisches Lächeln auf. »Das entspannt so schön!«

Als Janna um kurz vor vier erneut die Bank betrat, stellte sie fest, dass ihre Bilder bereits an den Wänden hingen. Mo hatte schlichte Bilderrahmen mit einem schmalen schwarzen Rand besorgt, in denen die Zeichnungen und Aquarelle wunderbar zur Geltung kamen. Sie trat näher, um die Preise entziffern zu können, und runzelte die Stirn.

»Der träumt wohl«, murmelte sie.

Mo, der gerade eine ältere Dame zu Ende bedient hatte, kam auf Janna zu und grinste selbstzufrieden. »Hat was, oder?«, sagte er. »Deine erste Ausstellung kann sich wirklich sehen lassen.«

»Schon, aber du verlangst ganz schöne Mondpreise, findest du nicht? Wer zahlt denn allen Ernstes zweihundert Euro für so ein kleines Aquarell?« Sie deutete auf ihr Bild der *Friesenrose* unter einem dramatischen Aprilhimmel.

»Zu teuer? Ganz im Gegenteil! Das ist die unterste Grenze, wenn ich unsere Wette gewinnen möchte. Reine Verkaufspsychologie. Die Kunden denken, was zu billig ist, kann nichts taugen.

Außerdem sind wir hier auf Sylt, der Insel der Reichen und Schönen, und entsprechend musst du Luxuszuschlag draufrechnen.«

»Dann werde ich mal besser schauen, wo ich ein Eisbärenfell in deiner Größe auftreibe«, sagte Janna kopfschüttelnd.

»Nicht so voreilig, liebste Janna«, erwiderte Mo lachend. »Zähl mal durch. Da hängen nur noch neun Bilder. Eins ist vorhin schon verkauft worden.«

Zehn

Jedes Mal, wenn Janna im Laufe der nächsten Tage in die Bank kam, um Mo zu einem ihrer Spaziergänge abzuholen, grinste er sie an. Wortlos hielt er so viele Finger hoch, wie er Bilder verkauft hatte, und mit jedem Finger wurde sein Grinsen breiter. Nach einer Woche und sechs veräußerten Bildern bat er sie um Nachschub, weil die verbliebenen Gemälde sich an der Wand schon ganz einsam und verloren vorkommen müssten. Also stockte Janna die Ausstellung mit weiteren fünf Zeichnungen auf. Jeden Vormittag setzte sie sich für mindestens zwei Stunden an einen der Tische im Frühstücksraum oder, wenn das Wetter gut genug war, nach draußen auf die Terrasse, um zu malen. Ideal war das nicht, da Janna ihr Malzeug immer genau dann wieder zusammenräumen musste, wenn sie gerade mitten bei der Arbeit war.

»Vielleicht solltest du dir irgendwo im Haus eine Art Atelier einrichten, Deern«, sagte Johanne. »Fragt sich nur, wo. Ich hätte ja vorgeschlagen, in einem der Gästezimmer, aber die sind im Moment alle belegt.«

Es war inzwischen deutlich wärmer geworden, und die Insel füllte sich mit Touristen. Oma hatte der Versuchung nicht widerstehen können, noch weitere Pensionsgäste aufzunehmen – vorzugsweise Servicepersonal aus den umliegenden Gastronomiebetrieben, das sonst vom Festland auf die Insel hätte pendeln müssen. Das *Haus Friesenrose* war bis auf das letzte Bett belegt und Oma völlig in ihrem Element. So glücklich und zufrieden hatte Janna sie seit Jahren nicht gesehen. Da Claire und Janna sie bei der Arbeit unterstützten, war sichergestellt, dass alle drei genügend freie Zeit hatten.

Einen Tag vor Ablauf der zweiwöchigen Frist hielt Mo alle zehn Finger in die Luft, als Janna die Bank betrat, um ihn zum nachmittäglichen Hundespaziergang abzuholen.

»Herzlich willkommen bei der Freiwilligen Feuerwehr Morsum!«, sagte er lachend und schüttelte ihr sehr förmlich die Hand. »Übermorgen ist unser allwöchentliches Treffen, und ich erwarte dich pünktlich um halb acht in der Wache. Bin ich gut, oder was?«

»Du hast wirklich alle zehn Bilder verkauft?«, fragte Janna verblüfft.

»Elf«, verkündete er stolz. »Eins von den neuen ist heute auch noch weggegangen. Ein älteres Ehepaar aus dem Rheinland hat richtig zugeschlagen. Und eine Überraschung habe ich auch noch ...« Er griff in die Brusttasche seines Hemdes und zog eine Visitenkarte hervor, die er Janna mit einer angedeuteten Verbeugung überreichte. »Heute war ein alter Stammkunde von mir da, Volker Piepers. Er hat eine kleine Galerie in Keitum und wäre sehr an einer Zusammenarbeit mit dir interessiert. Er würde gern eine kleine Ausstellung machen. Du sollst ihn bitte anrufen oder bei ihm vorbeikommen.«

»Eine Galerie? Und er ist an *meinen* Bildern interessiert?«, fragte Janna und starrte auf die Visitenkarte in ihrer Hand. Die Buchstaben begannen plötzlich vor ihren Augen zu verschwimmen.

»Hey, was ist denn los, Janna?«, fragte Mo leise. Seine Stimme war ganz dunkel vor Sorge. Er legte eine Hand auf ihre Schulter und tätschelte sie behutsam. Von der Berührung ging ein warmes, tröstliches Gefühl aus, das sich langsam in Janna ausbreitete.

Sie sah auf, direkt in seine Augen, und blinzelte, um wieder klar sehen zu können. »Das war einer der Wünsche auf meiner Sternschnuppenliste.«

»Was bitte ist eine Sternschnuppenliste?«

Janna erzählte ihm von dem Zettel, auf dem sie als Jugendliche ihre Sternschnuppenwünsche notiert hatte, um im Nachhinein überprüfen zu können, was davon in Erfüllung gegangen war.

Mo nickte verständnisvoll. »Das hätte von mir sein können. Auf der einen Seite hoffnungslos romantisch und auf der anderen Seite um einen wissenschaftlich fundierten Beweis bemüht.« Er zwinkerte ihr zu. »Dann kannst du ja jetzt hinter den Wunsch mit der Galerie einen Haken machen.«

Janna nickte. »Und noch einen kann ich abhaken: Das erste Bild zu verkaufen, und das verdanke ich dir. Du bist wirklich ein guter Freund!«

Mit Mos Reaktion auf ihre Worte hatte sie nicht gerechnet. Sein Lächeln fror ganz plötzlich ein, er nahm die Hand herunter, die noch immer auf ihrer Schulter gelegen hatte, und trat einen Schritt zurück.

»Keine Ursache, Janna. Hab ich gern gemacht«, sagte er, und die Freundlichkeit in seiner Stimme wirkte auf einmal aufgesetzt. »Wollen wir dann mal los? Betty hat vorhin so viel Wasser gesoffen, die Ärmste muss bald platzen.«

Den ganzen Nachmittag über war Mo seltsam einsilbig. Und am nächsten Tag sagte er den gemeinsamen Spaziergang wegen eines Termins, der ihm dazwischengekommen war, kurzfristig ab. Janna zerbrach sich den Kopf, aber sie hatte keine Ahnung, womit sie ihn so verärgert hatte. Sie beschloss, ihn nach der Dienstbesprechung der Feuerwehr danach zu fragen.

Doch als sie am Donnerstagabend das Feuerwehrhaus erreichte, hörte sie schon von draußen Mos dröhnendes Lachen, und er begrüßte sie so herzlich, als wäre nie etwas gewesen. Neben Neele und Jonas, die sie bereits kannte, waren noch ungefähr zehn weitere Morsumer jeden Alters anwesend. Janna hatte ein bisschen Sorge gehabt, sich wie ein Fremdkörper in der Gruppe vorzukommen, aber dem war nicht so. Alle begrüßten die Neue freundlich, und schon am ersten Abend hatte sie beinahe das Gefühl, unter Freunden zu sein.

Nach der Besprechung und der Verteilung der Bereitschaftsdienste für den kommenden Monat kam der »gesellige Teil des Abends«, wie Mo das nannte. Im Winter gingen sie zu diesem Zweck lieber in eine der Kneipen, aber im Frühjahr und Sommer bekomme man dort vor lauter Touristen keinen Fuß auf die Erde, erklärte er, während er Gläser auf dem Tisch verteilte.

»Ich war übrigens so frei, dich schon zum Grundlehrgang und zur Prüfung anzumelden«, sagte er zu Janna. »Wir sind aufgrund der vielen Einsätze dieses Jahr wirklich auf jeden Mann, respektive jede Frau, angewiesen.«

»Viele Einsätze? Was ist denn los?«

»Wir vermuten schon seit einiger Zeit einen Feuerteufel auf der Insel. Daher treffen wir uns im Moment auch jede Woche und halten mindestens einmal im Monat eine Übung ab. Bis du deine Grundausbildung abgeschlossen hast, kannst du zwar nicht offiziell an Einsätzen teilnehmen, aber ich würde vorschlagen, wir benachrichtigen dich trotzdem und du hältst dich an Neele. Die sagt dir schon, was du tun kannst und was du lassen solltest.«

In den nächsten Tagen trug Janna den Melder, den Mo ihr gegeben hatte, ständig mit sich herum und legte ihn abends auf den Nachttisch neben sich, aus Angst, ihn vielleicht zu überhören. Aber drei Wochen lang gab es nicht einen Einsatz für die Freiwillige Feuerwehr von Morsum. Mo flachste, der Feuerteufel habe vermutlich gehört, dass Morsum jetzt Janna als Verstärkung dazubekommen hatte, und traue sich nicht mehr zu zündeln.

Als ihr Melder dann eines Nachts um halb zwei mit infernalischem Piepen losging, riss er Janna aus dem Tiefschlaf, und sie fegte den kleinen Störenfried erst einmal vom Tisch, ehe sie realisierte, um was es sich handelte. Hastig zog sie sich an und machte sich auf den Weg. Weil sie nur wenige Hundert Meter bis zum Feuerwehrhaus hatte, war sie als eine der Ersten dort.

»Der Feuerteufel?«, fragte sie Mo, der sie bereits in Feuerwehrmontur begrüßte.

»Glaub ich nicht«, erwiderte er. »Die Meldung klingt eher nach einem Dummejungenstreich. In Keitum brennt eine Papiertonne unter einem Carport. Könnte aber natürlich auf das Haus übergreifen.«

Ein paar Minuten später war die Gruppe komplett, und das Löschfahrzeug machte sich mit Blaulicht und Martinshorn auf den Weg zum Einsatz im Nachbarort. Zum Glück war der Brand früh genug bemerkt und gemeldet worden, sodass das Feuer sich noch nicht ausgebreitet hatte und der Schaden sich in Grenzen hielt.

Janna, die sich anweisungsgemäß im Hintergrund hielt, hatte einen guten Überblick und konnte nicht umhin, die Zusammenarbeit der Feuerwehrleute zu bewundern. Jeder wusste genau, was er zu tun hatte, und alle arbeiteten Hand in Hand, ohne dass Mo, der die Lage augenscheinlich bestens überblickte, mehr als nur ein paar knappe Anweisungen geben musste. Die praktischen Übungen alle paar Wochen machten sich wirklich bezahlt.

Als sie nach zwei Stunden wieder am Feuerwehrhaus zurück waren und sich die anderen bereits verabschiedet hatten, leistete Janna Mo, der auf dem Parkplatz eine Zigarette rauchte, noch einen Moment Gesellschaft. Sie schauderte in der kalten Morgenluft, zog die Schultern hoch und schob die Hände tiefer in die Taschen ihrer Jacke.

»Auch eine Art, sich die Nacht um die Ohren zu schlagen«, sagte sie. »Im Osten wird es langsam heller, schau!«

»Ich könnte mir Besseres vorstellen«, erwiderte Mo grinsend. »Hat dir dein erster Einsatz denn gefallen, oder bereust du es inzwischen, die Wette verloren zu haben?«

»Nein, gar nicht, eher im Gegenteil. Vielleicht ist es nicht politisch korrekt, das zu sagen, aber mir hat es heute richtig Spaß gemacht. Und ich freue mich schon darauf, richtig mithelfen zu können, statt allen nur im Weg zu stehen.«

»Hast du doch gar nicht! Du hast dich penibel an die Anweisungen gehalten, und das ist genau das, was ich von meinen Leuten erwarte. Ich sehe für dich eine blendende Karriere bei der Feuerwehr Morsum voraus.« Er zwinkerte ihr lachend zu, dann wurde sein Gesicht ernst. »Ganz ohne Flachs, ich bin froh, dass du dich überwunden hast und mit dabei bist, Janna«, sagte er leise und sehr warm. Dann kehrte das Grinsen auf sein Gesicht zurück, und er deutete nach oben. »Guck mal, der Morgenstern. Es wird wirklich Zeit für mich, die Augenlider nach inneren Verletzungen abzusuchen. In vier Stunden muss ich die Bank aufschließen, und meine Angestellten werden sauer, wenn ich sie nicht pünktlich an ihren Frondienst lasse.« Er zog eine Blechdose aus der Jackentasche, in der er die Kippe ausdrückte, und tippte sich an die nicht vorhandene Mütze. »Mach's gut, Janna, wir sehen uns morgen Nachmittag.«

Er drehte sich um und marschierte in Richtung der Straße

davon. Janna sah seiner Bärengestalt hinterher, bis sie mit der Dämmerung verschmolz.

In den nächsten Tagen gab der Sommer ein erstes Gastspiel. Der Wind drehte auf Süd, und das Thermometer schoss fünfzehn Grad in die Höhe.

»Ich werde heute Nachmittag die große Weide hinter dem Haus mähen«, sagte Onkel Enno, als Janna und Claire an einem dieser strahlend sonnigen Tage nach dem Frühstück bei ihm vorbeischauten, um Eier zu kaufen und Dottie abzuholen. Er schob die Mütze in den Nacken und warf einen prüfenden Blick zum wolkenlosen Himmel hinauf. »Im Wetterbericht stand, dass es bis zum Wochenende so warm und trocken bleiben soll. Drückt mir die Daumen, dass das stimmt, dann trocknet das Heu schnell, und ich kann für Freitag die Ballenpresse bestellen.«

»Schaffst du das denn allein mit dem Heumachen?«, fragte Claire stirnrunzelnd.

»Wenn du Hilfe brauchst, sag Bescheid«, fügte Janna hinzu. »Ich könnte bei den Leuten von der Feuerwehr mal fragen, ob jemand zum Helfen vorbeikommen kann.«

Enno winkte ab. »Ach, das geht schon. Ich mach einfach langsam«, sagte er. »Ich bin es ja inzwischen gewohnt, die Arbeit allein zu machen. Apropos...«, fügte er hinzu. »Ich soll von Achim grüßen. Er hat eine Karte geschickt. Hier!« Enno zog eine Ansichtskarte aus der Jackentasche und reichte sie Janna. Sie zeigte eine kitschig-bunte Luftaufnahme des Zuckerhuts.

»Oh, er ist in Rio!«, sagte Janna und wollte die Karte zurückgeben.

»Du kannst sie ruhig lesen. Steht nichts Geheimes drauf.«

Zögernd drehte Janna die Karte um.

Lieber Papa!

Gestern habe ich Silber gewonnen und mich damit für die Regatta in Miami qualifiziert. Leider wird es also nichts mit meinem Besuch im Juni, aber im November komme ich ganz sicher. Versprochen!

Herzliche Grüße an alle, vor allem auch an Tante Johanne und Janna! A.

Den Gruß hatte er ganz klein in die Ecke kritzeln müssen.

»Scheint ja gut zu laufen bei ihm«, meinte Janna trocken.

»Ja, scheint so«, sagte Onkel Enno. »Trotzdem hätte er anrufen können, um mir zu erzählen, dass er im Sommer nicht herkommt, statt einfach nur eine Karte zu schicken.« Die Bitterkeit in seiner Stimme war nicht zu überhören.

Claire schüttelte missbilligend den Kopf und schien etwas sagen zu wollen, aber Onkel Enno kam ihr zuvor.

»Er hat eben viel um die Ohren mit dem Surfen, und das ist ja auch gut so, also was beklag ich mich?«, sagte er. »Jetzt muss ich aber zusehen, dass ich mit meiner Arbeit vorankomme, sonst wird das heute nichts mehr mit dem Mähen. Tschüss, ihr beiden!« Er nickte Janna und Claire zu, machte auf dem Absatz kehrt und verschwand eilig im Stall, ohne eine Antwort abzuwarten.

Claire zog die rechte Augenbraue hoch und spitzte die Lippen. »So kann man natürlich auch Leuten ausweichen, deren Meinung man nicht hören möchte«, sagte sie, beugte sich hinunter und tätschelte Dottie, die sie an der Leine hielt. »Dann gehen wir jetzt erst mal spazieren, und ich frage Enno später nach der Kutsche.«

»Welche Kutsche?«, fragte Janna.

»Ich hab Enno vor ein paar Tagen gefragt, ob ich Tarzan vielleicht mal vor die kleine Kutsche spannen kann, die in seinem

Schuppen steht. Die Pferde brauchen Auslauf, die stehen ja nur auf der Weide rum.«

»Ich wusste gar nicht, dass du kutschieren kannst.«

Claire lächelte breit. »Sicher kann ich kutschieren, mein Vater hat es mir beigebracht. Wir haben immer Pferde auf dem Bauernhof gehabt, auf dem ich aufgewachsen bin. Ist wie beim Radfahren, das verlernt man nicht. Ich reite auch ganz gut, aber das möchte ich meinen alten Knochen nicht mehr wirklich zumuten. Und Tarzans auch nicht. Na komm, Dottie! Wir gehen Püppi und Tarzan besuchen.« Sie zog an der Leine der Hündin, die an einem Grasbüschel schnupperte, und marschierte los.

Bei der Weide blieben die beiden Frauen stehen, um den Pferden, die sofort angetrabt kamen, einen Apfel und ein paar Möhren zu geben.

»Guck mal, Janna, da steht schon wieder ein Taxi«, sagte Claire leise.

Schon seit ein paar Tagen parkte jeden Vormittag ein Stückchen vom Gatter der Pferdeweide entfernt ein Taxi am Straßenrand. Leider war es zu weit weg, um zu erkennen, ob es sich immer um denselben Fahrgast handelte.

»Wirklich merkwürdig!«, sagte Janna. »Das ist ja fast wie in einem schlechten Krimi, bei dem die Polizisten ein Gebäude observieren.«

»Am einfachsten ist, wir fragen einfach mal, was die hier wollen«, meinte Claire, gab die Tüte mit den Möhren an Janna weiter und ging entschlossen auf das Fahrzeug zu.

In diesem Moment wurde der Motor gestartet, und das Taxi fuhr davon. Kopfschüttelnd sah Claire ihm hinterher.

»Ich glaube nicht, dass irgendetwas Dubioses dahintersteckt. Bestimmt ist das nur ein Pferdenarr mit Faible für schwarze Ungetüme. Die zwei Friesen sind ja auch wirklich eine Augenweide«, meinte Mo, dem Janna am späten Nachmittag von dem Taxi erzählte. Er lag lang ausgestreckt neben ihr auf der Picknickdecke, die sie in den Dünen am Weststrand ausgebreitet hatten, und blinzelte in die Sonne. »Oder aber hinten im Auto saß ein kleines Mädchen, das die ganze Zeit ›Guck mal, ein Pferd, wie süß!‹ gerufen hat. Hat sich der Besitzer von Püppi eigentlich noch mal bei Achims Vater gemeldet?«

Janna betrachtete einen Moment lang mit zusammengekniffenen Augen die Pastellzeichnung eines Strandhaferbüschels, an der sie gerade arbeitete, nickte zufrieden und klappte das Skizzenbuch zu, das auf ihren Knien lag.

»Nicht dass ich wüsste. Vor einiger Zeit hat Onkel Enno erzählt, dass er mit dem Anwalt Kontakt hatte. Der hat ihn gebeten, Püppi und Dottie erst mal bei sich auf dem Hof zu behalten.« Janna seufzte und kraulte Dottie, die sich neben ihr zusammengerollt hatte und ein Nickerchen hielt, an den Ohren. »Ich mag gar nicht daran denken, wie es wird, wenn ich die Kleine hier wieder weggeben muss. Natürlich sollte ich mich freuen, wenn sie zurück nach Hause kann, aber sie ist mir so ans Herz gewachsen, als wäre sie mein eigener Hund.«

Dottie hob den Kopf und sah Janna aus seelenvollen Augen an, als hätte sie verstanden, was diese gerade gesagt hatte. Dann gab sie ein leises Winseln von sich und schleckte über Jannas streichelnde Hand.

»Als Kind hab ich mir so sehr einen Hund gewünscht«, sagte Janna gedankenverloren.

»Stand das auch auf deiner Liste mit den Sternschnuppenwünschen?«, fragte Mo leise.

Janna drehte sich zu ihm um. Er lag auf der Seite, den Kopf auf den Arm gestützt, und betrachtete sie neugierig.

»Das und noch viel, viel mehr. Lauter unerfüllbares Zeug«, erwiderte sie. Es klang viel bitterer, als sie beabsichtigt hatte.

»Von wegen unerfüllbares Zeug!«, widersprach Mo. »Immerhin hab ich dir schon zwei deiner Wünsche erfüllt, nicht wahr? Ich bin deine gute Fee, auch wenn ich nicht so aussehe.« Er lachte und strich sich über den Bart. »Da lässt sich bestimmt noch was machen. Wünsche sollten nicht unerfüllt bleiben. Voraussetzung ist natürlich, du zeigst mir die Liste.«

»Ich ... Ich weiß nicht ...«

»Na komm schon, gib dir einen Ruck! Oder hast du sie etwa ins Altpapier geworfen?«

»Nein, das nicht. Sie ist in einem der Kartons mit den Sachen aus Flörsheim. Das ganze Zeug steht kreuz und quer durcheinander in Opas alter Werkstatt. Keine Ahnung, wo ich anfangen sollte, danach zu suchen.«

»Im erstbesten Karton, würde ich vorschlagen.« Mit erstaunlicher Geschwindigkeit sprang Mo auf die Füße und weckte dabei Betty, die leise schnarchend neben ihm gelegen hatte und ihn jetzt vorwurfsvoll anschaute. Mo streckte Janna die Rechte hin und zog sie hoch. »Und wir fangen jetzt gleich mit der Suche an, bevor du es dir anders überlegst.«

Auf der Fahrt zurück nach Morsum überlegte Janna fieberhaft, wie sie Mo davon abbringen konnte, ihre Sternschnuppenliste sehen zu wollen, ohne ihn zu enttäuschen oder gar vor den Kopf zu stoßen, doch ihr wollte einfach nichts einfallen. Sie saß auf dem Beifahrersitz und beobachtete ihn verstohlen aus den Augenwinkeln. Er schien bester Laune, erzählte eine amüsante Feuerwehranekdote nach der anderen und lachte dröhnend bei den Pointen. Dass sie nur einsilbig antwortete, wenn er sie etwas fragte, schien ihm gar nicht aufzufallen.

Als er seinen Wagen auf die Auffahrt der Pension lenkte, deutete Janna nach vorn. »Da in dem Anbau sind die Kisten. Aber ...«

Mo, der im Begriff war, die Tür zu öffnen, hielt inne. »Du willst doch wohl nicht kneifen?«, fragte er lachend.

Ehe sie etwas erwidern konnte, stieg er aus und ging mit großen Schritten auf den reetgedeckten Anbau zu. Seufzend ließ Janna die beiden Hunde aus dem Auto und folgte ihm dann. Sie zog den Schlüssel aus der Tasche und öffnete die Tür zur Werkstatt.

»Dadrin herrscht ein furchtbares Durcheinander«, sagte sie verlegen. »Als die Sachen aus Flörsheim gekommen sind, haben die Spediteure einfach alles irgendwo abgestellt. Und bislang bin ich noch nicht zum Aufräumen gekommen.«

»Ganz schön viel Platz«, sagte Mo, schaute sich um und verscheuchte die Hunde von den Kartons, die neben der Tür aufgestapelt waren. »Betty, lass die Kartons in Ruhe! Da ist nichts zu fressen drin, glaub mir. Was für ein Raum ist das?«, fügte er an Janna gewandt hinzu.

»Ganz früher, als meine Großeltern noch Landwirtschaft betrieben haben, war das der Schweinestall«, erklärte Janna. »Mein Opa hat sich dann später hier seine Werkstatt eingerichtet. Da hinten in der Ecke steht noch die Werkbank.«

»Und jetzt?«, fragte Mo.

»Jetzt wird der Anbau nur noch als Abstellraum für die Gartenmöbel benutzt«, sagte Janna. »Ich hab schon mal überlegt, mir hier sowas wie ein Atelier einzurichten, aber im Sommer wird das garantiert nichts, weil in der Pension zu viel zu tun ist. Vor Ende Oktober komme ich nicht dazu, irgendwas umzuräumen. Und ab November arbeite ich hoffentlich wieder irgendwo. Keine Ahnung, wohin die Jobsuche mich verschlägt ... und ob ich mit dem Malen überhaupt weitermache«, fügte sie nach kurzem Zögern hinzu.

»Sicher wirst du weiter malen!«, erwiderte Mo entrüstet. »Nach dem Erfolg, den du bisher hattest, darfst du das nicht aufgeben. Und – vertrau mir als Kunstexperten – die Nachfrage wird noch größer werden. Dabei kommst du ja jetzt schon kaum noch mit dem Nachschub hinterher. Ein Atelier ist eine gute Idee, und der Raum hier ist ideal dafür.« Er trat ans Fenster, das nach hinten in den Garten hinausging, und spähte durch die salzverkrusteten Scheiben. »Funktioniert die Heizung?«, fragte er und klopfte gegen den Heizkörper unter der Fensterbank.

Janna zuckte mit den Schultern. »Keine Ahnung.«

»Wenn nicht, wird sie repariert. Ich kenn da jemanden ...« Er grinste. »Jaja, ich kenn viele Leute. Aber mal im Ernst: Du hast doch neulich gesagt, dass du es leid bist, dein Malzeug immer durchs ganze Haus zu tragen, bis du einen Platz gefunden hast. Die alte Werkstatt ist ideal für ein Atelier: Es gibt ein großes Fenster, eine Tür, die du hinter dir zumachen kannst, einen Heizkörper und reichlich Platz. Für alles andere werden deine Feuerwehrkameraden sorgen. Es kostet uns ein Wochenende, dann hast du ein erstklassiges Atelier, nach dem sich selbst Michelangelo die Finger geleckt hätte.«

Janna musste lachen, wurde aber sofort wieder ernst. »Das geht doch nicht. Ich kann doch nicht die Leute von der Feuerwehr für mein Hobby einspannen.«

Mo winkte ab. »Lass einfach ein Fass Bier und eine Grillparty springen, dann machen wir alles, was du willst!« Er zwinkerte ihr zu. »So aufwendig wird das nicht. Ein bisschen Farbe an die

Wand und Dielenboden auf die hässlichen Bodenfliesen, ein Schreibtisch und ein Schrank für Leinwände, Pinsel und Farben.« Er deutete auf einen der Schränke aus Flörsheim »Der da, zum Beispiel. Und eine Staffelei ist auch schon da.« Er ging zu dem Stapel Umzugskartons hinüber, griff nach Jannas alter Staffelei, die an der Wand lehnte, und stellte sie auf. »Und fertig ist das Atelier.«

»Fehlt nur noch ein großer Tisch für die Aquarellmalerei«, sagte Janna.

»Wie wär's fürs Erste mit der Werkbank von deinem Opa?«, fragte Mo und zeigte in die Ecke. »Die können wir auch noch abschleifen. Ich fang nachher an herumzutelefonieren, und in spätestens zwei Wochen hast du dein Atelier, da gebe ich dir Brief und Siegel drauf.« Er nickte zur Bekräftigung. »Wieder ein Wunsch von deiner Liste, der abgehakt werden kann.«

»Nein, ein eigenes Atelier steht nicht drauf.«

»Schade eigentlich, ich dachte, ich wäre schon einen Wunsch weiter. Dann hilft es wohl nichts, du musst mir die Liste zeigen.«

Für eine Sekunde trafen sich ihre Blicke, und in Mos Augen las Janna so viel ehrliche Zuneigung, dass sie lächeln musste. Auf einmal schien nichts Peinliches mehr daran zu sein, ihm die Liste mit ihren Herzenswünschen zum Lesen zu geben. Er war wirklich ein guter Freund und würde mit Sicherheit nicht über sie lachen.

Der Umzugskarton mit der Aufschrift *Kinderzimmer* stand ganz oben auf dem Stapel. Janna streckte sich danach, aber Mo kam ihr zuvor, holte ihn ohne Anstrengung herunter und stellte ihn vor dem Fenster auf den Boden. Es dauerte einen Moment, bis Janna den Schuber mit dem *Herrn der Ringe* fand. Sie zog *Die Gefährten* heraus und ließ die Seiten durch ihre Finger

gleiten, bis sie auf die zusammengefaltete Liste mit ihren Sternschnuppenwünschen stieß. Als sie zu Mo aufschaute, sah sie ihn
lächeln.

»Exzellente Wahl!«, sagte er mit einem bekräftigenden
Nicken. »Hätte ich eine Wunschliste geschrieben, hätte ich sie
auch darin versteckt. Allerdings ist mein *Herr der Ringe* viel
ramponierter als deiner.« Er streckte die Hand nach dem Zettel
aus. »Dann lass mich doch mal sehen.«

Ohne zu zögern, reichte Janna die Liste an ihn weiter, sah zu,
wie er sie auseinanderfaltete, und beobachtete seinen Gesichtsausdruck, während er las. Nein, er lachte nicht, musste nicht einmal das allerkleinste Lächeln unterdrücken. Nur einmal sah es
so aus, als würde er beim Lesen für einen kurzen Moment die
Stirn runzeln. Schließlich faltete er die Liste wieder zusammen
und gab sie Janna zurück.

»Ich kenne zwar Gott und die Welt, aber leider ist niemand
dabei, der ein Treffen mit Viggo Mortensen arrangieren könnte«,
sagte er bedauernd. »Hübsch bist du schon, hinter den Punkt
kannst du ein Häkchen machen. Und dass du berühmt wirst, daran besteht für mich kein Zweifel. Die Wünsche, die man sich
mit etwas Kleingeld selbst erfüllen kann, wie zum Beispiel die
Spiegelreflexkamera, klammern wir mal aus. Aber den Flug auf
einem Drachen, den kann ich einrichten.«

»Auf einem Drachen?«, fragte Janna entgeistert.

»Na ja, nicht wirklich ein Drache, aber einem guten Bekannten von mir gehört ein rot-goldener Ultraleichtflieger,
den er mir sicher leiht, weil er mir noch einen Gefallen schuldet.
Wie wäre es mit einem Rundflug über die Insel? Nur du und
ich, die Thermik und ein kleiner knatternder Rasenmäher-
motor ...«

»Kannst du denn fliegen?«

»Würde ich dich sonst fragen?« Mo lachte. »Und nicht nur das, ich darf sogar. Ich hab einen Flugschein. Meinst du, das geht als Drachenflug durch und du kannst ein Häkchen hinter deinen Wunsch machen?«

»Ich denke schon«, sagte Janna lächelnd. »Einen richtigen Drachen kannst du vermutlich trotz all deiner guten Kontakte nicht auftreiben.«

»Das wird zugegebenermaßen schwierig.« Wieder lag dieses warme Leuchten in Mos Augen, doch plötzlich wich er ihrem Blick aus und räusperte sich. »Ist ziemlich spät geworden, ich glaub, ich mach mich besser auf den Heimweg. Betty muss vor Hunger schon ganz schwach sein.«

Wie aufs Kommando bellte die dicke Hündin und leckte sich die Schnauze. Janna und Mo lachten.

»Also gut, dann versuch ich mal, für morgen den Flieger zu bekommen«, sagte Mo. »Wir sollten das schöne Wetter ausnutzen.«

Er wollte an Janna vorbei zur Tür gehen, aber sie hielt ihn am Arm fest. »Das ist wirklich total lieb von dir, Mo!«, sagte sie. »Ich wollte schon immer mal die Insel von oben sehen.« Damit zog sie ihn an sich und küsste ihn auf die Wange.

Für den Bruchteil einer Sekunde erstarrte er, dann schob er sie ein Stück von sich weg. »Nicht der Rede wert, so unter *guten Freunden*«, sagte er überdeutlich, drehte sich um und verschwand, von Betty gefolgt, durch die Tür.

Verblüfft starrte Janna ihm nach. Die letzten Worte hatten beinahe sarkastisch geklungen. Dottie legte den Kopf schief und sah sie fragend an, ehe sie an Jannas Bein hochsprang. Janna beugte sich zu der Hündin hinunter und tätschelte ihr den Kopf.

»Versteh mir einer die Männer!«, seufzte sie.

Elf

Es dauerte zwei Tage, bis der Wind über der Insel so weit nachgelassen hatte, dass Mo seinen Plan in die Tat umsetzen konnte, Janna ihren Sternschnuppenwunsch zu erfüllen. Der Besitzer des Flugzeugs, ein sportlicher Enddreißiger, in dessen braun gebranntem Gesicht die Zähne blitzten wie in der Zahnpastawerbung, wartete am Rollfeld auf die beiden und begrüßte Mo mit einer knappen Umarmung.

»Dann mal viel Spaß! Und bring mir mein Baby heil zurück«, sagte er. Er wandte sich Janna zu und grinste vielsagend, während er sie von oben bis unten taxierte und offenbar für gut befand. »Keine Sorge, Mo ist kein Angeber, er kann wirklich fliegen.«

Mo verdrehte die Augen, sagte aber nichts. Erst als sie das Ultraleichtflugzeug erreichten, das schon für sie bereitstand, hörte Janna ihn »Blödmann« murmeln. Mo reichte ihr einen der Motorradhelme, die er mitgebracht hatte, und setzte den zweiten selbst auf. Durch das geöffnete Visier konnte Janna seine blauen Augen sehen.

»Angst?«, fragte er mit vom Helm gedämpfter Stimme.

»Schon«, gab Janna zu. »Ziemlich sogar. Aber das gehört zum Drachenflug dazu. Keine Sorge, ich kneife nicht.« Sie stülpte sich den Helm über den Kopf und schloss den Riemen unter dem Kinn.

Diese seltsame Konstruktion als Flugzeug zu bezeichnen war maßlos übertrieben. Dreirädriges Mofa mit Flügeln und Hilfsmotor traf es besser. Mo schwang sich hinter das Lenkrad und bedeutete Janna, auf dem sattelförmigen Sitz hinter ihm Platz zu nehmen und sich gut anzuschnallen.

Als das winzige Flugzeug vom Rollfeld abhob, klammerte sich Janna mit beiden Händen an Mos Schultern fest. Das Gefühl war ganz ähnlich wie damals als Kind in der Riesenschiffschaukel auf dem Rummelplatz: Ihr Magen hob sich bedrohlich und schwebte einen Moment, ehe er sich brav wieder auf den Weg zu seinem angestammten Platz machte. Ihr Brustkorb schien auf einmal viel zu eng zu sein, ihr Herzschlag dröhnte im Hals, und sie bekam kaum noch Luft. Doch dann hatten sie ihre Flughöhe erreicht, und das Schiffschaukelgefühl ließ nach.

Von hier oben aus waren die schaumgekrönten Wellen der Nordsee nicht mehr als parallele Linien, die sich langsam auf den Sandstreifen zubewegten, der mit winzigen Strandkörben gesprenkelt war wie Omas Zitronenkuchen mit Zuckerstreuseln. Westerland mit seinen Modelleisenbahnhäuschen zog unter ihnen vorbei, als sie Richtung Norden flogen. Hinter Wenningstedt, wo die Insel schmaler wurde, ragte der Leuchtturm in die Höhe wie ein schwarz-weißer Zeigefinger. Kampen zog vorüber, dann lenkte Mo das kleine Flugzeug über die Blidselbucht auf List zu, wo gerade die Fähre nach Rømø ablegte. In weitem Bogen überflogen sie den Königshafen und die gebogene Landzunge des Ellenbogens, ehe Mo wendete, etwas tiefer ging und dem Weststrand nach Süden folgte. Links von ihnen wechselten sich die Dünen und Heideflächen ab, in denen sie mit den Hunden schon so oft spazieren gegangen waren.

Sie kamen zurück nach Westerland, aber Mo ließ den Flugplatz links liegen und steuerte weiter Richtung Süden bis nach Hörnum, wo er eine Schleife um den Leuchtturm flog, der weithin sichtbar hoch oben auf einer Düne stand. Ein paar Spaziergänger am Hafen winkten ihnen zu, und Janna hob den Arm und winkte zurück. Jetzt ging es an der Wattseite entlang, bis Mo am Rantumbecken erneut die Richtung änderte und der Küstenlinie in Richtung Hindenburgdamm folgte. Sie verloren etwas an Höhe, sodass die saftigen Weiden und die Bauernhöfe des Marschlandes näher kamen.

Mo streckte den Arm aus und deutete nach unten. Dort war Onkel Enno mit seinem Trecker auf der Weide unterwegs, um das Heu zu wenden, das in den nächsten Tagen eingefahren werden sollte. Auf der Weide daneben grasten Püppi und Tarzan, ohne sich von dem knatternden Motor des Leichtfliegers stören zu lassen, und daneben, an der kleinen Landstraße, die zum Ortskern von Morsum führte, duckte sich das *Haus Friesenrose* zwischen die Bäume.

Ein friedliches Gefühl von Geborgenheit breitete sich in Janna aus. Das hier war ihr Zuhause, und ein besseres gab es nicht. Sie griff nach Mos Oberarm und drückte ihn dankbar.

Eine Viertelstunde später landete Mo den Ultraleichtflieger sicher wieder auf dem Flugplatz in Westerland, ließ ihn zu seinem Stellplatz rollen und schaltete den Motor aus. Er nahm den Helm vom Kopf und drehte sich mit strahlendem Gesicht zu Janna um.

»Na, kannst du diesen Wunsch jetzt abhaken?«, fragte er und fuhr sich mit der Hand durch die zerzausten Haare.

Janna, die noch mit der Schnalle des Helms kämpfte, nickte. »Ja, kann ich«, rief sie lachend, als sie den Helm endlich vom Kopf hatte. »Es war großartig, bombastisch, umwerfend!«

»Und du hast nicht das Gefühl, wie der Papst den Boden küssen zu müssen?«

»Nein, gar nicht. Als wir erst mal oben waren, hab ich nicht einen Moment Angst gehabt. Meinetwegen könnten wir gleich noch mal abheben.«

»Prima, so soll es sein«, sagte Mo zufrieden. »Eine Wiederholung können wir gern ins Auge fassen, aber heute wird das nichts mehr. Thorsten wartet schon mit dem nächsten Touristen, der einen Rundflug machen will.« Er deutete auf den Besitzer des Flugzeugs, der mit einem Kunden im Schlepptau eilig auf den Flieger zugelaufen kam.

»Du bist ganz schön spät dran, Mo!«, sagte Thorsten säuerlich. »Bis vier hatten wir ausgemacht, nicht bis Viertel nach.«

»Tschuldigung!«, antwortete Mo gut gelaunt. »Wir haben noch einen kleinen Abstecher nach Hause gemacht und Tee getrunken.«

Thorsten verdrehte genervt die Augen und schien etwas erwidern zu wollen, verkniff es sich aber angesichts des Kunden, der neben ihm stand. »Die Abrechnung machen wir dann morgen«, sagte er stattdessen knapp, reichte seinem Kunden einen Helm und half ihm auf den Rücksitz, ohne Mo eines weiteren Blickes zu würdigen.

Erst auf der Rückfahrt nach Morsum sprach Janna Mo auf Thorstens Bemerkung an. »Wir machen Hälfte Hälfte bei der Miete für das Flugzeug, darauf bestehe ich«, sagte sie entschieden. »Ich bin davon ausgegangen, dass dein Freund dir einen Gefallen tut.«

»Hat er auch«, sagte Mo. »Er hat mich in seinen übervollen Terminkalender gequetscht. Und dass du dich an den Kosten beteiligst, kommt gar nicht infrage. Ich bin deine bärtige gute Fee und erfülle dir deine Herzenswünsche. Gute Feen bezahlt man nicht.«

Janna lachte.

»Siehst du? Da hast du wieder was dazugelernt.« Mo warf ihr einen schnellen Blick zu, ehe er wieder nach vorn auf die Straße sah. »Schön, dass es dir so gut gefallen hat. Du siehst richtig glücklich aus.«

»Bin ich auch. Es war wirklich toll!«

»Sehr schön. Jetzt müssen wir überlegen, wie wir das noch toppen können, damit du weiter so gut gelaunt und zufrieden bist, denn so gefällst du mir am besten. Also, was wünschst du dir noch von deiner guten Fee? Einen Fallschirmsprung? Oder lieber einen Segeltörn auf einem Katamaran? Oder ...« Er brach ab und starrte mit gerunzelter Stirn aus dem Fenster. »Das ist ja merkwürdig!«

Sie hatten inzwischen die Straße nach Morsum erreicht und waren auf Höhe des Büsing-Hofs. Mo bremste ab und blieb am Straßenrand stehen.

»Was ist denn?«, fragte Janna.

»Der Trecker von Achims Vater«, sagte Mo und deutete durch die Windschutzscheibe. »Ich könnte schwören, der hat schon an genau derselben Stelle gestanden, als wir vorhin über die Wiese geflogen sind. Und es ist niemand zu sehen.«

»Vielleicht hat er nur mal Pause gemacht und ist zu Fuß nach Hause gegangen.«

Mo schüttelte den Kopf. »Der macht doch keine Pause, wenn er schon so gut wie fertig ist. Er muss höchstens noch einmal hin- und zurückfahren, dann hat er alles Heu gewendet. Da stimmt was nicht, das hab ich im Gefühl.«

Er stieg aus dem Auto, legte die Hände trichterförmig an den Mund und rief: »Enno?«

Auch Janna stieg aus und lauschte, aber alles blieb still.

Als auch beim zweiten Mal keine Antwort kam, sprang Mo mit einem Satz über den schmalen Graben, der die Weide von der Straße trennte, und rannte auf den Trecker zu. Janna folgte ihm. Als sie die Wiese halb überquert hatten, konnte sie neben dem Trecker eine Gestalt am Boden liegen sehen. Auch Mo schien sie bemerkt zu haben, fluchte und beschleunigte noch mehr. Als Janna zu ihm aufschloss, beugte er sich bereits über Onkel Enno, der halb auf dem Bauch, halb auf der Seite lag, suchte an der Halsschlagader nach dem Puls und legte eine Hand auf seinen Brustkorb.

»Ist er ...« Janna stockte. Sie brachte die Frage nicht über die Lippen.

»Nein, er lebt. Er atmet«, sagte Mo leise. »Aber sein Herz rast wie verrückt.« Vorsichtig ließ er sich neben Enno auf die Knie nieder, griff nach seiner Schulter und drehte ihn ein Stück weiter herum. »Enno? Enno, kannst du mich hören?«

Onkel Enno schlug mit Mühe die Augen auf und stöhnte. Janna kniete sich Mo gegenüber neben den alten Bauern, griff nach seiner Rechten, die ziellos durch die Luft fuhr, und hielt sie fest.

»Du hast uns einen schönen Schrecken eingejagt. Was ist denn passiert?«, fragte Mo.

Onkel Enno holte tief Luft und kämpfte darum zu antworten, bekam aber nur ein unverständliches Lallen heraus. Janna fiel auf, dass sein linker Mundwinkel schlaff herunterhing und ihm nicht zu gehorchen schien. Das linke Augenlid war nur einen Spalt geöffnet. Erschrocken sah sie zu Mo und begegnete seinem besorgten Blick.

»Hattest du einen Unfall, oder ist dir schlecht geworden?«, fragte er.

Ein lang gezogenes »Aaah« kam aus Ennos Mund.

»Hör zu, Enno«, sagte Mo. »Ich rufe jetzt den Rettungsdienst, und dann bringen wir dich ins Krankenhaus.«

»Hnnnneeeinnn«, brachte Enno mit Mühe heraus. Er kämpfte darum, weiterzusprechen, aber Janna kam ihm zuvor.

»Es muss sein, Onkel Enno«, sagte sie, so ruhig und bestimmt sie konnte. »Mo ruft jetzt den Notarzt, und ich bleibe so lange hier bei dir, in Ordnung?«

Enno lallte etwas Unverständliches.

»Es wird alles wieder gut, Onkel Enno. Ganz bestimmt«, versicherte Janna und drückte seine Hand. »Wenn wir dich erst mal im Krankenhaus haben, wird ganz bestimmt alles wieder gut.«

Mo erhob sich, entfernte sich ein paar Schritte und zog sein Handy aus der Tasche.

Jetzt ist er ganz in seinem Element, dachte Janna, während sie ihn beobachtete. Konzentriert, den Blick auf Onkel Enno gerichtet, stand er da, gab zunächst die Personalien durch und schilderte dann, was sie vorgefunden hatten und wie die Rettungskräfte sie finden konnten.

»Genau ... direkt an der Straße nach Morsum, ist nicht zu verfehlen. Beim Trecker auf der Weide ... Schlaganfall wie aus dem Bilderbuch ... RTW und NAW. Am besten, ihr fordert auch gleich den Rettungshubschrauber an ... Ich bin kein Arzt, aber massive Lähmungserscheinungen linksseitig ... Ja, genau ... Nein, eher durch die Lähmung. Er versucht zu artikulieren, aber die Zunge macht nicht mit ...«

Während Janna noch über die Bedeutung der Abkürzungen rätselte, spürte sie, wie Enno mit seiner Rechten ihre Hand umklammerte, und sah zu ihm hinunter.

Sein Mund öffnete und schloss sich ein paarmal, und er kämpfte verzweifelt darum, etwas herauszubekommen. »Achiiin ...«, stieß er schließlich hervor. »Konn...«

»Achim?«, fragte Janna.

Onkel Enno nickte angestrengt. »Koooo...«

»Achim soll kommen?«

Wieder ein Nicken.

Janna beugte sich ein bisschen vor und strich Onkel Enno eine graue Haarsträhne aus der Stirn, die von kaltem Schweiß bedeckt war.

»Bleib ganz ruhig, Onkel Enno. Ich kümmere mich darum, dass Achim herkommt. Ich werde ihn anrufen, sobald der Krankenwagen da ist.«

Enno holte tief Luft und versuchte, noch etwas zu sagen, aber wieder kam nur ein unverständliches Lallen aus seinem Mund. Frustriert verzog er das Gesicht und begann auf einmal zu weinen. Der Anblick brach Janna fast das Herz.

»Ich werde mich um alles kümmern, ich verspreche es dir!«, sagte sie. »Aber du darfst dich bitte nicht so aufregen. Bleib einfach ganz ruhig liegen, bis der Notarzt kommt, hörst du?«

Der alte Mann bewegte die Lippen und sah ihr voller Angst in die Augen. Obwohl Janna nicht wusste, was Enno wollte, nickte sie und zwang sich ein Lächeln ab, während sie ein Stoßgebet gen Himmel schickte. *Bitte nicht, lieber Gott! Bitte nicht auch noch Onkel Enno!*

Es waren sicher nur Minuten, die verstrichen, bis Janna in der Ferne Martinshörner hörte, aber es kam ihr vor wie Stunden. Sie hockte auf den Knien neben Onkel Enno, hielt seine Hand und strich ihm über die Stirn, während sie leise und beruhigend auf ihn einredete. Erst als jemand ihr auf die Schulter tippte, schaute sie auf und sah in Mos ernstes Gesicht. Neben ihm standen ein paar junge Männer in rot-weißen Jacken mit Neonstreifen, auf denen in Großbuchstaben *Rettungsdienst* stand.

»Du kannst ihn loslassen, der Notarzt ist da«, sagte Mo, reichte Janna die Hand und zog sie auf die Füße. Sie gingen zum Trecker hinüber, um den Sanitätern und dem Notarzt Platz zu machen, die sofort mit ihrer Arbeit begannen. »Der Hubschrauber aus Flensburg ist auch schon unterwegs«, fuhr Mo mit besorgtem Gesicht fort. »Hoffentlich haben wir Enno schnell genug gefunden, sodass er keine dauerhaften Schäden behält. Bei einem Schlaganfall ist jede Minute wichtig.«

Janna senkte den Kopf. »Ich hoffe nur, er überlebt«, sagte sie heiser und fühlte, wie ihre Augen zu brennen begannen. »Ich hab schon viel zu viele Menschen beerdigt, die mir wichtig waren. Ich möchte Achim nicht mitteilen müssen, dass sein Vater tot ist. Ich weiß nämlich genau, wie es ist, so eine Nachricht am Telefon zu hören.«

Sie fühlte Mos Hand, die tröstend über ihren Oberarm strich, aber er zog sie nicht in seine Arme. »Na komm, Janna! Ich bring dich nach Hause«, sagte er. »Hier können wir nichts mehr tun, außer im Weg zu stehen.«

»Aber ich muss doch wissen, was los ist und wie es mit Onkel Enno weitergeht, um Achim Bescheid zu geben. Das hab ich Enno versprochen.«

Ein schmales Lächeln zeigte sich auf Mos Gesicht. »Wie gut, dass ich so viele Leute beim Rettungsdienst kenne. Der Notarzt und ich zum Beispiel haben zusammen Abi gemacht. Ich hab ihn schon gefragt, und er hat versprochen, mich nachher anzurufen. Ich melde mich dann bei dir.«

»Das wäre toll. Danke, Mo!«

»Keine Ursache. Und jetzt lass uns gehen und die Sanis ihre Arbeit machen. Wenn der Hubschrauber kommt, wird es bestimmt vor Schaulustigen nur so wimmeln.«

Mo setzte Janna nur kurz bei der *Friesenrose* ab und machte sich dann auf den Weg nach Hause, weil die arme Betty wahrscheinlich ganz dringend rausmüsse.

»Ich ruf dich an, sobald ich was höre«, versprach er und

186

winkte aus dem geöffneten Seitenfenster, während er von der Auffahrt fuhr.

Janna sah ihm einen Moment hinterher, dann seufzte sie und ging ins Haus. Johanne und Claire saßen am Küchentisch und aßen zu Abend.

»Nanu, Janna, was machst du denn für ein Gesicht?«, fragte ihre Großmutter stirnrunzelnd, als Janna die Küche betrat. »Du siehst ja aus wie sieben Tage Regenwetter. War der Rundflug nicht schön?«

»Doch, sehr schön sogar«, sagte Janna und erzählte den beiden widerstrebend, was auf dem Heimweg passiert war. »Darum bin ich so spät. Und darum wird Dottie auch über Nacht bei uns bleiben.« Die kleine Hündin, die Claire wie jeden Morgen bei Onkel Enno abgeholt hatte, spitzte die Ohren und legte den Kopf schief, als sie ihren Namen hörte. »Jetzt warte ich, dass Mo sich meldet, und dann versuche ich, Achim auf dem Handy zu erreichen.«

»Hoffen wir mal, dass Enno bald wieder auf dem Damm ist«, sagte Johanne. »Die Medizin ist ja heute schon viel weiter als früher. Mit ein bisschen Glück kriegen die das mit Medikamenten so in den Griff, dass der Schlaganfall keine großen Folgeschäden hat.«

Claire wiegte den Kopf hin und her und machte ein skeptisches Gesicht. »Selbst wenn es nur ein leichter Schlaganfall war, wird Enno eine ganze Weile ausfallen, davon müssen wir ausgehen. Was ist denn mit dem Hof und mit Ennos Feriengästen? Wer kümmert sich darum?«

»Ich hoffe, Achim kommt in zwei oder drei Tagen her. So lange werde ich einspringen«, sagte Janna. »Und ich hoffe, ihr zwei werdet mir ein bisschen unter die Arme greifen.«

»Sicher, zu dritt werden wir das Kind schon schaukeln«, sagte

Johanne mit einem bekräftigenden Nicken. »Gehört sich unter Nachbarn ja wohl so. Gut, dass wir schon vor einer halben Ewigkeit für alle Fälle die Schlüssel ausgetauscht haben.« Sie schob Janna den Brotkorb und die Butter hin. »Hier, iss erst mal was, Deern! Mit leerem Magen kann man keine Pläne schmieden.«

Erst zwei Stunden später rief Mo an und entschuldigte sich, dass es so lang gedauert hatte. Weil in Flensburg kein Bett für Enno frei gewesen wäre, sei er nach Kiel in die *Stroke Unit* der Uniklinik eingeliefert worden. Dort werde er jetzt behandelt, und es gehe ihm den Umständen entsprechend gut. Mehr habe der Notarzt nicht sagen können, auch weil Mo kein naher Verwandter sei. Er gab Janna die Telefonnummer der Station, damit sie sie an Achim weitergeben konnte.

»Hast du ihn schon erreicht?«, fragte er.

»Nein, ich wollte erst deinen Anruf abwarten«, antwortete sie. »Ich rufe ihn jetzt gleich an.«

»Okay«, sagte Mo zögernd.

Irgendetwas an seiner Stimme war merkwürdig. Es klang fast, als wäre es ihm nicht wirklich recht. Janna runzelte kurz die Stirn, dann verwarf sie den Gedanken wieder. *Vermutlich bilde ich mir das nur ein*, dachte sie.

»Sehen wir uns morgen Nachmittag zum Spazierengehen?«, fragte Mo nach einer kurzen Pause.

»Ganz ehrlich, ich weiß es noch nicht«, erwiderte Janna. »Oma, Claire und ich haben bis eben zusammengesessen und eine lange Liste geschrieben, was auf Onkel Ennos Hof alles zu tun ist. Keine Ahnung, wann ich mit meinem Teil der Arbeit fertig bin.«

»Oh … natürlich. Aber zur Dienstbesprechung der Feuerwehr morgen Abend kommst du doch?«

»Kann ich noch nicht versprechen, aber ich versuche es. Jetzt muss ich erst mal Achim anrufen.«

Wieder gab es eine kleine Pause, ehe Mo antwortete. »Ja, klar. Dann will ich dich nicht länger aufhalten. Bis dann, Janna.«

»Bis dann, Mo. Ich ruf dich an.«

Er hatte aufgelegt, und Janna hatte keine Ahnung, ob er den letzten Satz überhaupt noch gehört hatte. Nachdenklich betrachtete sie einen Moment lang das Handy in ihrer Hand, dann seufzte sie und suchte in ihrer Kontaktliste nach Achims Nummer. Sie holte tief Luft, ging in Gedanken noch mal die Formulierungen durch, die sie sich für das Gespräch zurechtgelegt hatte, und rief ihn an.

»Die gewählte Rufnummer ist zurzeit nicht erreichbar«, verkündete eine mechanische Frauenstimme. Eine Mailbox, auf der Janna eine Sprachnachricht hätte hinterlassen können, hatte Achim nicht eingerichtet.

»Mist!«, murmelte sie.

Im Laufe der nächsten halben Stunde versuchte sie es wieder und wieder, erreichte Achim aber nicht. Schließlich gab sie es auf und schrieb ihm eine Nachricht, in der sie ihn bat, sie so schnell wie möglich zurückzurufen.

Seufzend legte sie das Handy auf den Küchentisch und zog die Aufgabenliste näher heran, die Claire vorhin, penibel nach Wichtigkeit sortiert, niedergeschrieben hatte. Hinter vielen der Punkte war bereits ein Name notiert, bei anderen stand noch ein Fragezeichen.

Aus dem Frühstücksraum nebenan drangen gedämpftes Gelächter und das Geräusch des Fernsehers herüber. Offenbar eine Fußballübertragung. Ein paar der Pensionsgäste hatten sich in den letzten Wochen miteinander angefreundet und saßen beinahe jeden Abend zusammen, tranken ein Feierabendbierchen und sahen fern. Johanne und Claire waren schon nach oben gegangen. Johanne hatte gemeint, sie wolle heute früh zu Bett gehen, weil morgen ein wahres Mammutprogramm auf sie warte.

Eigentlich sollte ich auch ins Bett gehen, dachte Janna, überflog noch einmal die offenen Punkte auf der Aufgabenliste und schüttelte den Kopf. Aus einem plötzlichen Impuls heraus griff sie nach ihrem Handy und wählte Mos Nummer.

»Hallo?«, meldete er sich.

»Ich bin's noch mal, Janna. Ich hoffe, ich störe nicht.«

»Nein, kein Problem. Was gibt es denn?«, fragte Mo. »Hast du Achim erreicht?«

»Leider nicht. Entweder ist sein Handy aus, oder er ist irgendwo unterwegs, wo er kein Netz hat.«

»Ja, gut möglich.«

»Ich hab ihm eine Nachricht geschickt und ihn gebeten, mich zurückzurufen. Sag mal, kannst du mir vielleicht bei einer Sache weiterhelfen?«

»Sicher. Worum geht's denn?«

»Ich hab doch erzählt, dass wir eine Liste gemacht haben, was alles auf Onkel Ennos Hof zu tun ist, bis Achim herkommt. Vieles, wie die Versorgung der Gäste und den Bettenwechsel am Samstag, sollten wir problemlos hinbekommen. Von anderen Dingen hab ich aber leider keinen Schimmer. Wie ist das mit den Galloways, müssen wir die noch füttern, oder reicht ihnen das Gras auf der Weide?«

Sie hörte, wie Mo ein lang gezogenes »Puhh« ausstieß.

»Du fragst mich Sachen!«, sagte er. »Keine Ahnung. Ich bin Bankkaufmann, kein Landwirt. Frag am besten Achim, wenn du ihn erreichst. Oder ruf einen der anderen Bauern an.«

Janna musste lächeln. Es war das erste Mal, dass Mo zugab, von irgendetwas keine Ahnung zu haben. Sie schrieb hinter den Punkt *Galloways* ein großes A und überflog die Aufgabenliste weiter.

»Nächster Punkt. Kannst du Trecker fahren, und könntest du es mir zeigen?«

»Wozu brauchst du denn den Trecker?«

»Zum einen müssen wir morgen das Heu noch mal wenden, und zum anderen hat Onkel Enno für Freitag die Ballenpresse bestellt. Irgendwie müssen wir das Heu ja in die Scheune bekommen.«

»Stimmt natürlich«, sagte Mo. »Ist zwar schon eine Weile her, dass ich auf so einem Ding gesessen habe, aber das sollte ich hinbekommen. Ich kann allerdings erst morgen Nachmittag. Wenn dir das reicht?«

»Super, danke! Klar reicht das. Noch eine letzte Bitte hätte ich: Wärst du so lieb und fragst bei den Feuerwehrleuten herum, ob jemand am Freitag Lust und Zeit hat, das Heu mit aufzuladen? Ich würde ja selbst fragen, aber, wie gesagt, ich bin noch nicht sicher, ob ich es morgen schaffe ... Für das leibliche Wohl und ein Bierfass sorgt das *Haus Friesenrose*.«

»Du lernst schnell«, sagte Mo lachend. »Damit wirst du bestimmt ein paar Helfer überzeugen. Ich finde es toll, wie du die Organisation im Griff hast, Janna.« Er schwieg einen Moment, ehe er leise weitersprach. »Ich hoffe, Achim weiß zu würdigen, was du alles machst. Als du angerufen hast, habe ich im ersten Moment gedacht, dass er am Telefon gesagt hat, er hätte eine wichtige Regatta und könnte nicht nach Sylt kommen.«

»Wie kommst du denn auf so eine Idee? Sein Vater liegt im Krankenhaus. Das würde Achim doch nicht tun.«

»Nein ... Nein, das würde er nicht. Blöder Gedanke von mir,

entschuldige bitte! Muss wohl daran liegen, dass ich ziemlich geschafft bin. Es war ein langer Tag, und ich sollte besser an der Matratze horchen, statt herumzuunken. Wir sprechen uns morgen. Ruf mich an, wenn du was von Achim gehört hast. Gute Nacht, Janna!«

»Mach ich. Gute Nacht, Mo! Schlaf schön.«

»Ja, du auch.«

Sie beendete das Gespräch und betrachtete ihre Zeichnung von Mo, die sie als Kontaktbild abfotografiert hatte. Doch die Zeichnung konnte ihr auch nicht sagen, was mit Mo los war.

»Und ich dachte, du und Achim, ihr wärt Freunde«, murmelte sie kopfschüttelnd, ehe sie erneut versuchte, Achim zu erreichen.

Zwölf

Drrrrrrrrrrrrring...

Das infernalische Rattern von Omas altem Wecker riss Janna aus dem Tiefschlaf. Sie hatte sich das giftgrüne Monstrum mit den großen Glocken gestern ausgeliehen, weil sie befürchtete, ihren Handyalarm nicht zu hören. Vorsichtig blinzelte sie unter halb geschlossenen Augenlidern hervor. Durch einen Spalt in der Gardine fiel helles Sonnenlicht auf den tickenden Störenfried. Halb sechs – Zeit aufzustehen.

Janna gähnte, schwang die Beine aus dem Bett und setzte sich auf, um sich ausgiebig zu recken. Jetzt begann auch das Handy zu dudeln. Als sie danach griff und den Alarm ausschaltete, bemerkte sie den blinkenden Briefumschlag auf dem Display, der anzeigte, dass sie eine Nachricht erhalten hatte. Hastig öffnete sie sie.

Hallo Janna, tut mir leid, dass du mich nicht erreichen konntest. Ich habe deine Nachricht erst gesehen, als ich abends wieder im Hotel war, und wollte dich nicht um drei Uhr nachts aus dem Schlaf holen. Ich rufe dich morgen früh an. Also Nachmittag bei euch. Bis dann! ☺ LG Achim

Janna las die Nachricht noch einmal und schüttelte ungläubig den Kopf. Hätte sie selbst fünf oder sechs Anrufe in Abwesenheit erhalten und dazu die Aufforderung, sich dringend zu melden, hätte sie mit Sicherheit nachgefragt, was denn um Gottes willen passiert war. Sie versuchte erneut, Achim zu erreichen, aber wieder wurde ihr lediglich mitgeteilt, dass die gewählte Nummer nicht erreichbar sei. Genervt legte sie auf.

»Mensch, Achim, jetzt geh halt mal ran!«, murmelte sie und seufzte. »Na gut, dann warte ich jetzt eben, bis *du mich* anrufst.«

Um die bleierne Müdigkeit aus ihren Gliedern zu vertreiben, ließ Janna in der Dusche todesmutig eiskaltes Wasser über Arme und Beine laufen, ehe sie sich mit angehaltenem Atem ganz unter die Brause stellte und bis drei zählte. Japsend und keuchend drehte sie den Hahn wieder zu. Hoffentlich hatte sie Johanne nicht geweckt.

Noch war es still im *Haus Friesenrose*, aber in spätestens einer Stunde würden die ersten Pensionsgäste in den Frühstücksraum kommen, und bis dahin wollte Janna schon ein paar Punkte auf der Aufgabenliste abgehakt haben. Eilig zog sie sich an und lief die Treppe hinunter in die Küche. Noch bevor sie sich ein Brot schmierte, setzte sie die erste Ladung Kaffee für die Gäste auf, holte die Brötchen aus der Tiefkühltruhe und heizte den Backofen vor.

Als Johanne herunterkam, war Janna gerade dabei, die Aufschnitt- und Käseplatten für die Frühstückstische zu dekorieren.

»Nanu, Deern, du bist aber früh dran«, sagte Johanne und gab ihrer Enkelin einen flüchtigen Kuss auf die Wange. »Konntest du nicht schlafen?«

»Doch, schon«, antwortete Janna und drapierte eine halbe Tomate auf dem Salatblatt neben den Schinkenscheiben. »Aber ich will hier schnell fertig werden, damit ich so früh bei Onkel Enno bin, dass ich seine Feriengäste noch erwische, bevor die aus dem Haus gehen. Ich möchte ungern nur einen Zettel an die Tür kleben, um ihnen mitzuteilen, was passiert ist.«

Johanne nickte. »Gute Idee!«, sagte sie »Dann sieh doch auch gleich noch mal in seinem Haus nach dem Rechten, bitte. Der Schlüssel ist in der untersten Schublade des Küchenschrankes. Der mit dem blauen Anhänger.« Sie griff nach den fertigen Wurstplatten, um sie ins Frühstückszimmer zu bringen, blieb aber an der Tür noch einmal stehen. »Hast du mit Achim gesprochen?«

»Nein, ich habe ihn nicht erreicht, sein Handy war aus. Auf meine Nachricht hat er heute Nacht geantwortet. Er will später anrufen.«

»Sehr gut. Dann hoffen wir mal, dass er so schnell wie möglich herkommt. Für ein paar Tage mag es ja gehen, dass wir die Arbeit auf Ennos Hof übernehmen, aber das ist natürlich kein Dauerzustand.«

Geschickt drückte Johanne mit dem linken Ellenbogen die Türklinke hinunter und schob die Tür mit der Schulter auf. Janna nahm die beiden Käseplatten und folgte ihr. Im Frühstücksraum war Claire bereits dabei, die beiden langen Tische einzudecken. Auf Jannas Frage, ob sie noch helfen solle, schüttelte Claire den Kopf.

»Das schaffen wir schon«, sagte Johanne. »Lauf du besser gleich zu Enno rüber. Sobald wir mit dem Frühstück durch sind, kommen wir nach.«

Janna hatte Glück und traf die beiden Familien, die die Ferienwohnungen in Onkel Ennos ehemaligem Kuhstall bewohnten, gerade noch vor der Tür an, bevor sie Richtung Strand aufbrachen. Alle waren bestürzt, als sie von seinem Schlaganfall hörten.

»Das ist ja furchtbar«, sagte eine der Frauen, eine junge hübsche Blondine, die ihren kleinen Sohn auf dem Arm hatte. »Mein Großvater hatte auch einen Schlaganfall, aber da war er schon lange in Rente. Grüßen Sie Herrn Büsing bitte herzlich, und wünschen Sie ihm gute Besserung von uns.«

Janna versprach es.

»Heißt das jetzt, dass wir früher abreisen müssen?«, fragte der Mann der Blondine. »Ich meine, wir haben ja bis Samstag die Wohnung bezahlt und ...«

»Nein, natürlich nicht«, beeilte sich Janna zu versichern. »Dabei bleibt es selbstverständlich. Nur ist eben niemand im Haus, und wenn Sie etwas brauchen, müssten Sie zu uns ins *Haus Friesenrose* kommen. Wir kümmern uns um alles, bis der Sohn von Herrn Büsing kommt, aber das kann ein paar Tage dauern, weil er gerade in Amerika ist. Den Bettenwechsel am Samstag übernehmen wahrscheinlich meine Großmutter und ich. Sie haben doch die Endreinigung der Wohnung mitbezahlt, oder?«

Die junge Frau nickte. »Schon, aber ich könnte auch ...«

»Spinnst du?«, unterbrach sie ihr Mann. »Wir sind hier in Urlaub und nicht zum Putzen.«

»Das ist lieb von Ihnen, aber das wird nicht nötig sein. Meine Großmutter und ich sind ein eingespieltes Team«, sagte Janna und schenkte der jungen Frau ein dankbares Lächeln. Ihren säuerlich dreinblickenden Ehemann ignorierte sie geflissentlich. »Wobei wir allerdings wirklich Hilfe gebrauchen könnten, ist die Heuernte morgen. Hinterher veranstalten wir für alle Helfer ein kleines Grillfest bei uns im Garten.«

Die Idee, die Feriengäste um Hilfe zu bitten, war Janna ganz spontan gekommen. *Wenn schon Ferien auf dem Bauernhof, dann auch mit allen Schikanen*, dachte sie.

Der griesgrämige Ehemann runzelte die Stirn, aber seine Frau und das Ehepaar, das mit seinen zwei Kindern die andere Ferienwohnung bewohnte, nickten zustimmend.

»Ist das dann das Heu für die Pferde?«, fragte eines der Kinder, ein kleines Mädchen mit Pferdeschwanz und Zahnspange. Der ausgeprägte Dialekt verriet Janna, dass die Familie irgendwo aus Süddeutschland kommen musste.

»Ja, genau«, sagte Janna. »Du sorgst dann mit dafür, dass Tarzan und Püppi im Winter was zu fressen haben. Und wenn du möchtest, können wir den beiden gleich schon mal ein paar Möhren und Äpfel bringen.«

Das Mädchen drehte sich zu seinem Vater um. »Au ja! Papa, darf ich?«

Der stolze Vater schmolz beim Blick seiner Tochter sichtlich dahin, wie ein Stück Butter in der Sonne. »Wenn Frau ...« Er warf Janna einen fragenden Blick zu.

»Neumann«, sagte sie.

»... Frau Neumann dabei ist, kannst du die Pferde gern füttern, Annalena. Aber nicht allein, hörst du?« Annalena hüpfte begeistert auf und ab. Der Blick ihres Vaters wanderte zu Janna hinüber, und er lächelte mit einem Augenzwinkern. »Wenn Sie uns Laien genau sagen, was wir tun sollen, sind wir gern bei der Heuernte dabei.«

»Das ist nicht weiter schwierig.« Janna strahlte. »Wir würden uns über Ihre Hilfe sehr freuen. Die genaue Uhrzeit sage ich Ihnen noch, ich gehe aber mal vom Nachmittag aus.«

Der Mann nickte. »Alles klar. Na komm, Annalena! Wir wollen doch zum Strand.«

Seine Tochter schaute ihn mit großen Augen flehend an. »Kann ich nicht zuerst noch die Pferde füttern, Papa? Biiiiitte!«

»Na gut, meinetwegen. Aber mach schnell.« Er warf Janna einen fragenden Blick zu. »Ist das für Sie in Ordnung?«

»Aber sicher. Dann komm mal mit, Annalena!« Janna warf dem Bruder des Mädchens, der die ganze Zeit wie gebannt auf das Handy in seiner Hand starrte, einen fragenden Blick zu. »Du auch?«

Der Junge sah nicht einmal auf. Erst, als seine Mutter ihn antippte, löste er die Augen von dem kleinen Bildschirm. »Was'n?«

»Ob du auch die Pferde füttern willst, Paul?«

»Nee, lass mal.« Das war alles, was er sagte.

Genau wie Lukas, wenn er Martin und mich besucht hat, schoss es Janna durch den Kopf. Es war das erste Mal seit Wochen, dass sie an Martin dachte, und zu ihrer Überraschung tat es kaum noch weh. Es war wie bei einer Narbe, die man zum ersten Mal nach langer Zeit genauer betrachtet und sich fragt, wo und wann man sie sich zugezogen hat. Vielleicht war sie wirklich schon über das Schlimmste hinweg. Vor allem hatte sie viel zu viel zu tun, um über die Vergangenheit nachzugrübeln.

»Dann gehen wir beide eben allein«, sagte sie achselzuckend und streckte ihre Hand aus, die Annalena, ohne zu zögern, ergriff. Im Gehen wandte Janna sich noch einmal zu den Eltern um. »Wir sind gleich wieder da!«

Auf dem Weg zur Pferdeweide plapperte Annalena wie ein Wasserfall. Dass sie im März zehn geworden sei, erzählte sie. Dass es ihr hier viel besser gefalle als im letzten Urlaub auf Teneriffa. Dass sie sich schon freue, in der Schule ihre beste Freundin wiederzusehen. Dass sie vor den Pfingstferien Reitunterricht gehabt habe, aber blöderweise sei das jetzt vorbei. Und dass sie in der Reitschule nicht solche riesigen schwarzen Pferde gehabt hätten wie die zwei von Herrn Büsing.

»Kannst du auch reiten?«, fragte Annalena zuletzt.

»Ich konnte es mal, jedenfalls ein bisschen.« Janna lächelte sie an. »Ich hab es auf Tarzans Rücken gelernt. Da war ich etwa so alt wie du jetzt.«

»Meinst du, ich kann auch mal auf Tarzan reiten?«

»Inzwischen ist er zu alt dafür, fürchte ich. Tarzan ist schon ein richtiger Pferdeopa.«

Sie hatten inzwischen das Gatter der Pferdeweide erreicht, und sofort kamen Püppi und Tarzan angetrottet. Janna zeigte Annalena, wie sie die Möhren halten musste, und erinnerte sich daran, wie Achim es ihr selbst vor vielen Jahren beigebracht hatte.

»Immer auf die ausgestreckte Hand legen, siehst du, so«, wiederholte Janna Achims Worte. »Pferde haben oben und unten Zähne, die können beißen. Besonders, wenn sie gierig sind.«

Annalena warf ihr einen entrüsteten Blick zu. »Das weiß ich doch!« Sie legte eine Möhre auf ihre Handfläche und hielt sie Tarzan hin.

Janna fütterte Püppi und streichelte ihr über den Hals, während die Stute die Möhre knurpselnd zerkaute. »Gutes Mädchen!«, murmelte Janna.

Während sie den Blick über die Weide schweifen ließ, ging sie in Gedanken schon wieder die Dinge durch, die sie noch zu erledigen hatte. Heute stand kein Auto an der Straße neben der Pferdeweide. Vielleicht war es doch nur Zufall gewesen und hatte gar nichts zu bedeuten, dass dort immer wieder ein Taxi gehalten und eine Weile gewartet hatte, ohne dass je jemand ausgestiegen war.

Sie beschloss trotzdem, die Pferde heute Abend sicherheitshalber in den Stall zu bringen, statt sie noch einmal über Nacht draußen auf der Wiese zu lassen. Man hörte ja immer wieder von Verrückten, die Gott weiß was mit Pferden anstellten.

»Was meinst du, Annalena, wollen wir jetzt zurückgehen?«, fragte Janna schließlich.

Das Mädchen hatte den beiden Friesenpferden Möhre um Möhre gereicht und war in Tarzans Wertschätzung vermutlich um ein Vielfaches gestiegen. Jetzt stupste er sie sanft mit der Schnauze an, um sich noch einen weiteren Leckerbissen zu erbetteln. Annalena strahlte.

»Tut mir leid, Tarzan, aber ich habe keine Möhren mehr«, sagte sie lachend und hielt zum Beweis ihre leeren Hände hoch. Dann wandte sie sich zu Janna um. »Darf ich morgen wieder beim Füttern helfen?«, fragte sie.

»Klar«, sagte Janna. »Wenn du früh genug aufstehst. Ich komme spätestens um halb neun hierher.«

»Ich stelle mir einen Wecker. Bis morgen!« Annalenas Augen strahlten dankbar, dann machte sie auf dem Absatz kehrt und rannte zum Hof zurück.

Janna sah aus der Entfernung, dass sie wie ein Gummiball vor ihrem Vater auf und ab hüpfte, bevor die ganze Familie ins Auto stieg und losfuhr.

Als der dunkle SUV Janna passierte, winkte Annalena aus dem offenen Fenster. »Bis morgen!«, rief sie.

Janna winkte zurück. »Ein wirklich nettes Mädchen«, murmelte sie. »Jetzt wird sie vermutlich den ganzen Tag ihrem Vater in den Ohren liegen, damit sie weiter Reitunterricht nehmen darf. So ähnlich wie ich damals.« Sie seufzte und machte sich auf den Weg zurück zu Onkel Ennos Hof.

Auch in den letzten Wochen war er offenbar nicht dazu gekommen aufzuräumen. Im Gegenteil, die Unordnung schien immer schlimmer zu werden. *Wir sollten hier noch ein bisschen klar Schiff machen, wenn morgen die Leute zum Helfen kommen,* dachte Janna und ging auf die Dielentür zu, um nach einem Besen zu suchen.

Als sie näher kam, zwängte sich eine schwarze Schnauze durch den Türspalt, und Onkel Ennos alte Hündin trottete ihr schwanzwedelnd entgegen.

»Oh, Waltraut!«, rief Janna schuldbewusst. »Du arme Maus, dich haben wir ja gestern in der Aufregung völlig vergessen.« Sie beugte sich zu der Hündin hinunter und tätschelte ihren Kopf, woraufhin Waltraut leise winselte. »Du hast bestimmt Riesenhunger, was? Na komm, wir schauen schnell mal nach, wo Onkel Enno dein Futter hat.«

Waltraut schaute mit todtraurigen Augen zu ihr hoch, als wollte sie sagen: *Sieh mich nur an, ich bin schon völlig ausgemergelt.*

»Armes Tier, die ganze Nacht allein im Stall!«, sagte Janna, während sie über die Speckröllchen an Waltrauts Nacken strich. Sie hatte ein rabenschwarzes Gewissen, weil sie nicht an Waltraut gedacht hatte. »Na komm mit, Mädchen!«

Sie zog den Schlüssel aus der Jackentasche, ging durch die Diele und schloss die Tür zu Onkel Ennos Wohnung auf. In der Speisekammer neben der Küche fand sie einen großen Beutel Hundefutter, mit dem sie Waltrauts Napf bis zum Rand füllte.

»Und nachher kommst du einfach mit zu uns, was, Waltraut? Das wird schon klappen, auch wenn Dottie dir auf die Nerven geht«, sagte Janna und sah zu, wie die alte Hündin die mehr als großzügige Portion in Windeseile hinunterschlang. »Aber jetzt werden wir erst einmal den Hof fegen.«

Ihr Handy begann zu klingeln, und Janna zog es aus der Jackentasche. Ohne auf das Display zu schauen, nahm sie das Gespräch an.

»Neumann?«, meldete sie sich.

»Hallo, Janna! Ich bin's, Achim.«

Als sie seine Stimme hörte, schien ihr Herz einen Schlag zu überspringen, um dann viel schneller und lauter weiterzuschlagen. »Oh, Achim«, sagte sie heiser und räusperte sich. »Ich hatte noch gar nicht mit deinem Anruf gerechnet. Du hast doch geschrieben ...«

»... dass ich nachmittags anrufe, ja, ich weiß. Aber ich war gestern Abend hier in Miami noch mit einem Freund essen. Es ist ein bisschen später geworden, genauer gesagt, reichlich spät, und da dachte ich, ich versuch's gleich mal bei dir. Eigentlich müsste bei euch doch schon eine ziemlich zivile Zeit sein. Was gibt es denn so Dringendes? Ich hab vorhin erst gesehen, dass du ein paarmal versucht hast, mich anzurufen.«

Alles, was Janna sich an Formulierungen zurechtgelegt hatte, um Achim die Neuigkeiten schonend beizubringen, war auf einmal wie weggeblasen. »Dein Vater ist im Krankenhaus«, sagte sie stattdessen. »Er hatte einen Schlaganfall. Einen ziemlich schlimmen sogar. Du musst sofort herkommen, Achim!«

»Was? Aber ...«

Auf einmal war das Reden kein Problem mehr, und Janna erzählte genau, was passiert war. »Er ist mit dem Hubschrauber nach Kiel geflogen worden und liegt jetzt in der *Stroke Unit* der Uniklinik«, schloss sie. »Die Telefonnummer schicke ich dir gleich, dann kannst du da anrufen. Gestern konnte er nicht sprechen, und seine linke Seite war gelähmt. Es hat ihn ziemlich erwischt.«

»Ja, scheint so«, sagte Achim leise.

»Wann kannst du frühestens hier sein?«

»Ich ... Ich weiß nicht. Ich hab übermorgen eine Regatta, zu der ich ...«

»Eine Regatta?«, unterbrach Janna ihn. »Spinnst du? Hör mal, hast du mir nicht zugehört? Du wirst *hier* gebraucht, nicht bei so einer dämlichen Regatta!«

»Natürlich, du hast recht. Ich meinte ...« Achim holte tief Luft. »Ich muss sehen, wie ich aus dem Vertrag rauskomme. Ich bin für die Teilnahme angemeldet. Da kann ich nicht einfach so wegbleiben.«

»Wenn die hören, dass dein Vater im Krankenhaus liegt, werden sie doch wohl Verständnis dafür aufbringen.«

»Ganz so einfach ist das nicht. Außerdem gibt es etliche Konkurrenten, die nur auf eine Gelegenheit warten nachzurücken. Ob ich je wieder in den Kreis der gesetzten Favoriten komme, wenn ich nicht antrete, weiß ich nicht. Da hängt eine Menge für mich dran. Ist es denn notwendig, dass ich sofort komme? Ich kann doch im Moment sowieso nichts für Papa tun. Und wenn ich sofort nach der Regatta ...«

»Natürlich ist das notwendig!«, unterbrach Janna ihn ungehalten. »Das war das Einzige, was dein Vater gestern noch irgendwie herausbekommen hat: dass du kommen sollst. Und ich hab ihm versprochen, dafür zu sorgen. Er hat sich lang genug allein um alles gekümmert, obwohl es ihm wahrscheinlich schon lange zu viel war. Onkel Enno hat dich deinen Kram machen lassen und dir immer den Rücken freigehalten. Jetzt bist du mal dran, dich um alles zu kümmern.«

Janna hatte sich so in Rage geredet, dass ihre Hände zitterten. Achim sagte nichts.

»Bis du nach Sylt kommst, werden wir einspringen, Oma, Claire und ich. Aber wir haben mit der *Friesenrose* selbst genug um die Ohren. Dazu kommt, dass meine Oma auch nicht mehr die Fitteste ist. Meinst du nicht, dass es ziemlich unfair ist, ihre Gutmütigkeit auszunutzen, nur damit du noch an einer Regatta teilnehmen kannst?«

»Aber es sind doch nur zwei Tage, die ich später auf Sylt wäre«, sagte Achim leise.

»Klar, nur zwei Tage!«, fuhr Janna ihn an. »Und was ist, wenn sich Onkel Ennos Zustand in diesen zwei Tagen verschlechtert?

Wenn er dann vielleicht nicht mehr lebt? Du würdest zu spät kommen, weil du an dieser blöden Regatta teilnehmen musstest, und das würdest du dir nie verzeihen.«

Ihre Stimme versagte ihr auf einmal den Dienst, und sie wischte sich die Tränen, die ihr plötzlich in die Augen gestiegen waren, aus dem Gesicht. Waltraut kam zu ihr herübergetrottet und stieß mit der Schnauze gegen ihre Hand. Mechanisch streichelte sie der alten Hündin über den Kopf.

Achim schwieg.

»Entschuldige bitte!«, sagte Janna schließlich leise. »Ich musste an meine Mutter denken und was ich dafür gegeben hätte, sie noch einmal sehen zu können. Ich habe kein Recht ...«

»Doch, natürlich hast du das. Jedes Recht«, sagte Achim. »Und es stimmt ja, was du sagst. Vielleicht war es ganz gut, dass du so deutlich geworden bist.« Janna hörte, wie er tief Luft holte. »Ich sag die Regatta ab und nehme den nächsten Flug nach Hause. Sobald ich weiß, wann ich da bin, ruf ich dich an.«

»Das ist gut, Achim. Und bitte, sei mir nicht böse!«

»Bin ich nicht, Janna. Ich mach jetzt mal Schluss und versuche einen Flug zu buchen. Bis dann!«

Noch ehe sie antworten konnte, hatte er aufgelegt. Während Janna ihr Handy wieder in die Tasche steckte, musste sie daran denken, dass Mo geahnt hatte, wie Achim auf die schlechten Nachrichten reagieren würde.

Mo kam wie versprochen am Nachmittag vorbei, um ihr das Treckerfahren zu zeigen, das sich als viel einfacher herausstellte, als Janna befürchtet hatte. Nachdem sie das Heu noch einmal gewendet hatten, brachten sie den Trecker zum Hof zurück, wo sie den Schwader montierten, mit dem Janna am nächsten Morgen das ausgebreitete Heu zu Reihen zusammenrechen sollte. Wieder einmal fragte sie sich, wie Onkel Enno das alles allein bewerkstelligt hatte. Sie wischte sich die ölverschmierten Hände an der Jeans ab und betrachtete ihr Werk.

»Meinst du, du kannst das Heu morgen allein zusammenrechen?«, fragte Mo.

»Glaub schon. Sonst ruf ich dich an und jammere dir die Ohren voll. Dann musst du dich unter einem Vorwand aus der Bank schleichen und herkommen.«

»Immer optimistisch bleiben. Fürs erste Mal auf dem Trecker bist du doch eben prima zurechtgekommen. Ein richtiges Naturtalent!«, sagte Mo.

»Ich würde eher sagen, ein guter Lehrer.« Janna lachte.

»Danke für die Blumen!« Er grinste sie an. »Und was machen wir jetzt mit dem angefangenen Tag?«

»Ich muss rüber in die *Friesenrose*. Oma und Claire machen schon Kartoffel- und Nudelsalat für das Grillfest morgen, und danach müssen wir das Abendessen für die Pensionsgäste vorbereiten.«

»Dann kannst du dich wohl nicht ausklinken und zum Feuerwehrabend kommen, oder?«, fragte Mo.

Janna legte ihm eine Hand auf den Arm. »Sei mir nicht böse, Mo! Aber ich glaube, wenn ich heute mit meinem Pensum durch bin, fall ich wie eine Leiche ins Bett.«

»Ich bin dir nicht böse. Im Gegenteil. Ich finde es prima, wie du alles managst.« Er legte seine Hand auf ihre und drückte sie. »Du musst eben im Moment Prioritäten setzen. Für heute Abend bist du ganz offiziell entschuldigt.«

»Herzlichen Dank! Es hat doch Vorteile, wenn man mit dem Brandmeister befreundet ist«, sagte Janna und strahlte ihn an.

Einen endlosen Augenblick lang sah Mo ihr nur in die Augen, ehe er ihr Lächeln erwiderte. Von seiner Hand, die noch immer auf ihrer lag, ging eine Wärme aus, die sich bis in ihre Brust ausbreitete.

»Mo, ich …«, begann sie stockend, obwohl sie nicht einmal genau wusste, was sie sagen wollte.

In diesem Augenblick klingelte ihr Handy, und der kurze Moment war vorbei. Mo räusperte sich, ließ Jannas Hand los und trat einen Schritt zurück, während sie ihr Handy aus der Tasche holte.

»Achim«, erklärte sie mit einem Blick auf das Display und sah, wie Mo nickte, während sie das Gespräch annahm.

»Hallo, Achim«, sagte sie. »Wie sieht's aus? Weißt du schon, wann du kommst?«

»Ja, ich habe unglaubliches Glück gehabt und noch einen Flug für heute Abend bekommen. Allerdings muss ich über Lissabon fliegen und bin erst morgen Abend in Frankfurt. Das war die einzige Verbindung, die ich auf die Schnelle gefunden habe.«

»Und wann bist du dann hier auf Sylt?«, fragte Janna.

»Ich nehme mir Samstag früh einen Leihwagen und fahre noch zu Papa in die Klinik. Ich glaube nicht, dass ich vor acht in Morsum bin.«

»Hat es noch Ärger gegeben, weil du die Regatta abgesagt hast?«

»Begeistert war der Veranstalter nicht gerade, das kannst du mir glauben. Aber als ich erzählt habe, dass mein Vater auf der Intensivstation liegt, hat er mich zähneknirschend aus dem Vertrag gelassen. Aber natürlich kam als Nächstes die Frage, wann ich wieder zur Verfügung stehe.«

»Und was hast du gesagt?«

Achim lachte bitter. »Was werde ich wohl gesagt haben? Dass ich noch keine Ahnung habe, wie lange ich weg bin, aber mit zwei bis drei Wochen rechne.«

»Wenn das mal reicht«, entfuhr es Janna.

»Darüber mach ich mir später Gedanken, wenn ich weiß, wie es mit Papa weitergeht«, sagte Achim aufgebracht. Mit jedem Wort wurde er lauter. »Wie gesagt, da hängt für mich eine Menge dran. Im Juli und August sind etliche Regatten, an denen ich teilnehmen müsste. Ich surfe ja nicht aus Spaß an der Freude, sondern weil das verdammt noch mal mein Beruf ist!« Janna hörte, dass er tief Luft holte, ehe er weitersprach. »Tut mir leid, Janna, ich wollte dich nicht anschnauzen. Aber im Moment hacken alle immer nur auf mir rum.«

Und am schlimmsten du, Janna, setzte sie in Gedanken seinen Satz fort und kaute einen Moment auf ihrer Lippe herum. »Hast du schon in der Klinik angerufen und dich erkundigt, wie es deinem Vater geht?«, fragte sie dann vorsichtig.

»Ja, heute Morgen gleich als Erstes. Der Stationsarzt sagt, Papa ist im Moment stabil und bekommt Medikamente, aber noch hat sich die Lähmung nicht gebessert. Es kann wohl eine Weile dauern, bis die Medikamente wirken. Ich hoffe, dass ich den Oberarzt sprechen kann, wenn ich in Kiel bin.«

»Das sind doch schon mal ganz gute Neuigkeiten.«

»Schon, aber Papa bleibt fürs Erste auf der Intensivstation. Über den Berg ist er noch nicht, sagt der Arzt.«

Janna wusste zunächst nicht, was sie darauf antworten sollte. Dann begegneten ihre Augen Mos fragendem Blick. »Immer optimistisch bleiben, würde Mo jetzt sagen. Du bist bald bei deinem Vater, Achim, das ist bestimmt die beste Medizin. Und wenn es dich beruhigt, wir haben hier auf dem Hof alles im Griff. Morgen werden wir Heu fahren, und die Feuerwehr hilft dabei.

Mo kümmert sich darum. Ich wüsste gar nicht, wo mir ohne seine Hilfe der Kopf stünde.«

Achim lachte leise. »Mo, der große Menschenfreund«, sagte er, aber da war ein Unterton in seiner Stimme, der Janna sauer aufstieß. Er klang überheblich, beinahe gönnerhaft. »Grüß den Dicken mal schön!«

Janna runzelte die Stirn, gab sich jedoch alle Mühe, wie immer zu klingen. »Ja, richte ich ihm aus.«

Im Hintergrund war eine männliche Stimme zu hören, die mit Achim sprach.

»Ich werde jetzt mal Schluss machen, ich muss noch Koffer packen«, sagte Achim. »Wir sehen uns am Samstag auf Sylt.«

»Ja, alles klar, Achim. Bis Samstag dann!« Janna beendete das Gespräch und steckte das Handy wieder ein.

»Und?«, fragte Mo. »Was hat er gesagt?«

»Ich soll dich schön grüßen«, erwiderte Janna ausweichend. »Was meinst du, wollen wir noch schnell nach den Rindern sehen?«

Keiner von beiden sprach ein Wort, während sie die schmale Betonstraße zur Weide der Galloways entlanggingen, aber Janna konnte Mos neugierige Blicke förmlich spüren. Die Tiere, die es sich in der Nähe des Grabens bequem gemacht hatten, hoben die Köpfe, als Mo auf den Fingern pfiff, dann setzten sie ihr Wiederkäuen unbeirrt fort.

»Die sehen doch sehr zufrieden aus«, sagte Mo. »Wenn denen was fehlen würde, würden sie längst am Gatter stehen und sich lautstark über den Zimmerservice beschweren.«

Janna, die in Gedanken noch immer bei dem Telefonat mit Achim war, lächelte schief. »Vermutlich«, sagte sie.

Sie wollte sich schon wieder zum Gehen wenden, als Mo sie

am Arm zurückhielt. »Was ist denn los?«, fragte er. »Du bist so furchtbar zugeknöpft, seit Achim angerufen hat. War was?«

»Nein, eigentlich nicht. Er kommt Samstagabend her.«

»Ja, so viel habe ich mitbekommen. Aber das war doch nicht alles, oder?«

Janna antwortete nicht, sondern zuckte nur hilflos mit den Schultern.

»Nun aber mal Butter bei die Fische!«, sagte Mo. »Was ist los?«

Janna sah ihn an, und ihre Blicke trafen sich. »Ich dachte immer, ihr wärt Freunde, Achim und du«, platzte es plötzlich aus ihr heraus. »Aber zuerst machst du so merkwürdige Andeutungen, dass Achim sich vorm Herkommen drücken könnte. Und dann spricht er am Telefon richtig herablassend über dich. Ich versteh das nicht.«

»Oh, das ist es«, sagte Mo leise, und ein dünnes Lächeln umspielte seine Lippen. »Doch, wir sind Freunde. Oder besser gesagt, früher waren wir es mal, aber die Freundschaft ist über die Jahre wohl ein bisschen eingerostet.«

»Habt ihr euch gestritten?«

»Gestritten nicht direkt. Obwohl ich ihm einmal ziemlich deutlich meine Meinung gesagt habe, was ich von seinem Verhalten halte. Ist schon ewig her.«

»Worum ging es denn?«

»Ums Surfen ... unter anderem. Und darum, dass er permanent durch die Weltgeschichte tingelt. Ich hab ihm gesagt, er soll endlich erwachsen werden. Das hat er mir übel genommen.« Mo zuckte mit den Schultern. »Wenn er hier ist, gehen wir gelegentlich ein Bier trinken, meistens mit Jonas und Neele zusammen. Dabei vermeiden wir es beide peinlich, bestimmte Themen anzusprechen. Ist wohl auch besser so. Er hat seine Meinung, und ich hab meine.«

»Jetzt wird er wohl für eine Weile hier auf Sylt bleiben müssen«, meinte Janna. »Vielleicht habt ihr dann ja die Gelegenheit, den alten Streit aus dem Weg zu räumen.«

»Ja, möglich«, sagte Mo ausweichend und sah an ihr vorbei zu den Galloways hinüber. »Vielleicht sollte ich mal nachsehen, ob die Weidepumpen genug Wasser fördern, was meinst du? Sonst müssen wir ihnen mit Ennos Tankanhänger Wasser bringen.«

Er kletterte über das Gatter, ging zu den beiden Weidetränken und betätigte den Hebel, den die Rinder mit der Schnauze zurückschieben mussten, um Wasser in den kleinen Trog zu pumpen. Dann richtete er sich auf und reckte den Daumen nach oben.

Für Mo war das Thema Achim offenbar erledigt. Janna hatte jedoch zum ersten Mal das Gefühl, dass er ihr etwas verheimlichte. Sie nickte ihm zu und beschloss, Achim auf den Streit anzusprechen, wenn er wieder hier war.

»So kann er erst mal bleiben, denke ich.«

Johanne rührte den Kartoffelsalat noch einmal um, dann hielt sie Janna einen Teelöffel voll vor die Nase. »Probier du mal. Fehlt noch was?«

Janna schüttelte den Kopf. »Perfekt wie immer, Oma!«

Johanne winkte ab. »Ist doch nur gewöhnlicher Kartoffelsalat«, sagte sie sichtlich geschmeichelt. Sie verschloss die riesige Plastikschüssel mit einem Deckel und verfrachtete sie in den Kühlschrank neben die beinahe ebenso große Schüssel mit Nudelsalat, den Claire zubereitet hatte. »Dann müssen wir morgen nur noch die Bratwürste kaufen«, fügte sie hinzu.

»Die stehen schon auf der Einkaufsliste«, sagte Claire und tippte mit dem Kugelschreiber auf die Liste, die sie gerade schrieb. »Ich hab mal vierzig Stück aufgeschrieben. Blöd, dass wir nicht genau wissen, wie viele Helfer kommen.«

»Das reicht bestimmt«, sagte Janna zuversichtlich. »Selbst eine ganze Fußballmannschaft würde von der Menge Kartoffel- und Nudelsalat satt werden.« Sie warf einen Blick auf die alt- modische Küchenuhr an der Wand und seufzte. »Schon fast neun. Ich sollte allmählich losgehen, wenn ich Tarzan und Püppi noch im Hellen in den Stall bringen will.«

Claire legte den Stift neben die Einkaufsliste und erhob sich. »Ich komme mit und helfe dir. Und wir nehmen die Hunde mit, dann ist alles mit einem Abwasch erledigt.« Sie warf Johanne einen fragenden Blick zu. »Wie ist es mit dir? Lust auf einen kleinen Spaziergang?«

Johanne schüttelte den Kopf. »Nee, lass mal«, sagte sie. »Ich war heute schon den ganzen Tag auf den Beinen. Ich geh lieber in die Falle und ruh meine alten Knochen aus, damit ich morgen nicht herumhumpeln muss. Und Waltraut scheint auch zu müde für einen Spaziergang zu sein.« Sie deutete auf die alte Hündin, die sich zufrieden auf einer Decke neben den Futternäpfen zusammengerollt hatte und leise schnarchte.

»Aber du hast noch Lust, was? Na komm, Dottie, Gassi- gehen!«, sagte Claire.

Die kleine Hündin spitzte die Ohren, sprang aus ihrem Körb- chen und lief erwartungsvoll zu Claire und Janna.

»Wir sind in spätestens einer Stunde wieder da«, sagte Janna und hielt Claire und Dottie die Tür auf.

»Dann schlaf ich bestimmt schon tief und fest«, antwortete Johanne lachend.

Es war ein wunderschöner Frühsommerabend mit wolken- losem, tiefblauem Himmel. Janna vergrub die Hände in den Jackentaschen und sog tief die klare Luft ein.

Claire zwinkerte ihr zu. »Schön hier, oder?«

»Der schönste Ort der Welt«, antwortete Janna lachend. »Na komm, Dottie. Bei Fuß!« Sie klopfte mit der Hand auf ihren Oberschenkel, und die Hündin lief gehorsam neben ihr her die Straße entlang.

Sie waren noch nicht weit gekommen, als Claire Janna mit dem Ellenbogen anstieß. »Guck mal, da ist wieder das Taxi«, sagte sie und deutete nach vorn. »Und diesmal ist jemand ausgestiegen.«

Janna folgte ihrer Hand mit dem Blick. Es stimmte. Ein älterer Mann stand am Gatter der Pferdeweide und betrachtete die beiden Rappen, die in einiger Entfernung grasten. Er hatte dichtes weißes Haar, trug eine Wetterjacke und stützte sich auf eine Krücke.

»Was zur . . .«

Weiter kam Janna nicht, denn plötzlich begann Dottie neben ihr laut zu bellen und raste dann, wie von allen guten Geistern verlassen, auf den Fremden am Gatter zu.

»Dottie!«, rief Janna ihr nach. »Kommst du her! Bei Fuß! Hörst du nicht?«

Doch Dottie, die sonst aufs Wort folgte, schien Janna diesmal gar nicht wahrzunehmen. Wie ein geölter Blitz schoss sie auf den Mann zu, sprang um ihn herum, jaulte, kläffte und wedelte dabei mit dem ganzen Hinterteil. Nach kurzem Zögern bückte der Fremde sich langsam und streichelte die Hündin, die sich winselnd vor seinen Füßen auf den Boden geworfen hatte.

»Dottie! Willst du wohl hören! Bei Fuß!«, rief Janna, während sie auf den Mann zulief. Er hob den Kopf und sah ihr entgegen, während er Dottie weiter kraulte.

»Sie muss mich wohl erkannt haben«, sagte er und richtete sich auf.

»Erkannt?«, stieß Janna, atemlos von ihrem Sprint, hervor.

»Ja. Dottie gehört meiner Tochter«, sagte der Mann. Plötzlich waren seine Augen voller Schmerz. »Sie *gehörte* meiner Tochter«, korrigierte er sich. »Sie und Taya.« Er deutete in Richtung der Pferde, die die Menschen am Gatter inzwischen bemerkt zu haben schienen.

Püppi hob den Kopf, wieherte laut und trabte zu ihnen herüber. Ihre Ohren waren gespitzt, sie stupste den Mann mit der Schnauze an und schnaubte. Tarzan trottete langsam hinter ihr her.

»Ach, dann sind Sie der Besitzer?«, rief Claire, die gerade dazukam und seine Worte wohl gehört hatte. »Wie schön, Sie kennenzulernen, Herr ...«

»Nissen, Hans Nissen«, sagte der Mann und ergriff nach kurzem Zögern Claires ausgestreckte Hand. »Ich sagte eben schon zu der jungen Dame hier, dass Dottie und Taya meiner Tochter gehört haben. Sie ist ...« Er räusperte sich. »Sie ist bei dem Unfall auf dem Hindenburgdamm ums Leben gekommen«, sagte er dann mit fester Stimme, der man deutlich die Überwindung anhörte, die es ihn kostete, das auszusprechen.

»Ich ... Ich meine, wir haben davon gehört«, sagte Janna. »Herzliches Beileid.«

»Danke«, erwiderte Hans Nissen steif. Er tätschelte Püppi den Hals, fuhr ihr durch die blauschwarze Mähne und strich ihr über die Nase. Die Stute stupste ihn wieder an und versuchte, mit der Schnauze in die Nähe seiner Jackentaschen zu gelangen – vermutlich auf der Suche nach Möhren.

Hans Nissen war gar nicht so alt, wie Janna im ersten Moment gedacht hatte. Ende fünfzig, Anfang sechzig vielleicht. Sein dichtes Haar war zwar an den Schläfen weiß, aber sonst von etlichen schwarzen Strähnen durchzogen. Seine Figur war sportlich, aber er schien in letzter Zeit Gewicht verloren zu haben. Seine Jacke war ihm viel zu weit. Er stützte sich schwer auf der Krücke ab und verlagerte vorsichtig das Gewicht.

»Und Sie beide gehören zu Herrn Büsing, nehme ich an?«, fragte er. »Ich meine, weil sie mit Dottie spazieren gehen.«

»Wir sind Nachbarn«, sagte Janna. »Meiner Großmutter gehört die Pension ein kleines Stück die Straße hinunter. Herr Büsing liegt im Krankenhaus, darum kümmern wir uns im Moment um die Tiere.«

Hans Nissen nickte und verzog das Gesicht. Offenbar hatte er Schmerzen.

»Sagen Sie, waren das immer Sie in dem Taxi am Straßenrand?«, fragte Claire in ihrer unnachahmlich direkten Art. »Ich wollte Sie schon einmal ansprechen, aber da sind Sie gerade weggefahren.«

»Ja, das war ich. Ich bin schon seit zwei Wochen auf der Insel und war jeden Tag hier, aber heute bin ich zum ersten Mal ausgestiegen.« Wieder streichelte er der Stute über den Kopf. »Ich bin nicht sicher, ob das eine so gute Idee war. Es macht alles nur noch schwerer, sie so direkt vor mir zu haben, sie zu streicheln und zu wissen, dass Ria nie wieder . . .« Er schluckte und räusperte sich. »Meine Tochter und ich waren uns sehr nahe, müssen Sie wissen. Ihre Mutter starb, als Ria siebzehn war, und danach gab es nur noch uns beide – ein tolles Vater-Tochter-Team, das hat jeder gesagt.«

Gedankenverloren zupfte er ein paar Grashalme aus Püppis Mähne. Dann ließ er den Blick über die Pferdeweide schweifen. »Von einem Tag auf den anderen ist sie erwachsen geworden und hat Verantwortung übernommen. Ich konnte mich immer hundertprozentig auf sie verlassen. Wenn ich im Büro war, war sie in der Schule oder im Reitstall, aber jede freie Minute haben wir beide zusammen verbracht. Ria war Dressurreiterin, und sie war richtig gut darin. Ich habe sie all die Jahre zu jedem ihrer Turniere gefahren. Im letzten Herbst hat sie ihr Architekturstudium abgeschlossen und ist in meine Firma eingestiegen. Als Belohnung habe ich ihr Taya gekauft, damals eine hoffnungsvolle Jungstute mit hervorragendem Stammbaum.« Er seufzte, und Janna war sich sicher, dass er Claire und sie längst vergessen hatte. »Gott, wie Ria sich gefreut hat!«, fuhr er leise fort. »Ich sehe sie noch vor mir, wie sie mir um den Hals gefallen ist. Diesen Sommer wollte sie mit der Stute richtig durchstarten – national und zum ersten Mal auch international. Sie hat immer davon geträumt, in den Olympiakader aufgenommen zu werden. Ich bin sicher, sie hätte es geschafft. Wenn Ria sich etwas in den Kopf gesetzt hatte, dann gab es nichts, was sie hätte aufhalten können.« Hans Nissens Blick wanderte wieder zu Janna und Claire. Sein Versuch zu lächeln misslang. »Wenn es nicht so melodramatisch klänge, würde ich sagen, nur der Tod konnte sie aufhalten.«

Janna fühlte sich angesichts seiner Trauer völlig hilflos. »Sie muss Ihnen sehr fehlen«, sagte sie leise.

»Ja, das tut sie. Der Gedanke, Ria nie wiederzusehen, ist immer noch so fremd, und ich ertappe mich von Zeit zu Zeit dabei, in Gedanken mit ihr zu reden. Verrückt, nicht wahr?«

»Nein, gar nicht. Als meine Mutter gestorben ist, ging es mir genauso«, sagte Janna.

»Ich glaube, das geht wohl jedem so, der einen lieben Menschen verloren hat«, sagte Claire. »Das gehört zum Trauern dazu.«

Hans Nissen lächelte. »Nett, dass Sie das sagen.« Wieder verzog er schmerzerfüllt das Gesicht und verlagerte das Gewicht auf das rechte Bein. »Aber ich denke, es ist eher ein Zeichen, dass ich zu tief in der Trauer versinke. Es ist für mich an der Zeit, endlich einen Schlussstrich zu ziehen. Darum bin ich hier auf Sylt.«

»Einen Schlussstrich?«, fragte Claire stirnrunzelnd.

»Ja. Nächsten Monat werde ich meine Arbeit als Architekt wieder aufnehmen. Ein neuer Abschnitt meines Lebens fängt an – ohne meine Tochter. Darum kann ich mich nicht mit etwas belasten, was mich immerzu an Ria bindet. Ich habe beschlossen, Dottie an eine nette Familie abzugeben und Taya zu verkaufen.«

Dreizehn

Jedes Mal, wenn Janna den Trecker wendete, der den Ackerwagen im Schritttempo über die Wiese zog, und ihr Blick auf die Weide fiel, auf der Tarzan und Püppi friedlich grasten, wanderten ihre Gedanken zu der Begegnung mit Hans Nissen zurück. Vielleicht war es nur noch eine Frage von Tagen, bis Dottie und Püppi den Büsing-Hof verlassen würden. Dann würde ein Pferdeanhänger kommen, und man würde Püppi aufladen, ganz egal, wie viel Panik sie davor hatte, in einen Anhänger zu steigen.

Arme Püppi, dachte Janna. *Und armer alter Tarzan. Für ihn wird es bestimmt schlimm, wieder ganz allein zu sein. Der ist doch noch mal richtig aufgeblüht, seit Püppi ihm Gesellschaft leistet.*

Auf der anderen Seite konnte sie Hans Nissen durchaus verstehen. Etwas zu behalten, was einen immerzu an den Verlust eines geliebten Menschen erinnerte, war so, als würde man eine alte Wunde immer und immer wieder aufreißen. In Jannas Fall waren es nur Dinge gewesen, die ihrer Mutter gehört hatten – alte Möbel, Bücher, Geschirr. Dinge, die man in eine Ecke stellen und geflissentlich übersehen konnte. Aber ein Tier war etwas ganz anderes. Es war eine ständige Verbindung zu dem Verstorbenen, der es geliebt hatte.

Im Moment glaubt er vielleicht, dass es ihm die Trauer leichter macht, wenn er Püppi und Dottie aus seinem Leben verbannt, dachte Janna. *Aber das wird nicht klappen. Trauer ist schmerzhaft*

und braucht ihre Zeit. Wenn man versucht, sich von ihr abzu-
schotten, kommt sie durch die Hintertür wieder herein.

Mos Stimme riss sie aus ihren Gedanken. »Fertig!«, rief er.
»Das war der letzte.«

Janna bremste behutsam ab und schaute nach hinten. Mo
stand neben dem Anhänger, stützte sich auf dem Griff der Heu-
gabel ab und grinste breit. Es stimmte: Jonas, der oben auf dem
Anhänger stand, hatte gerade den letzten Heuballen entgegen-
genommen und auf die anderen gelegt. Jens und Uwe, zwei weitere Feuerwehrmänner, die zum Helfen gekommen waren,
gaben sich *High Five*. Beide hatten die T-Shirts ausgezogen, und
besonders auf Uwes Schultern zeigte sich schon jetzt ein leuchtend roter Sonnenbrand.

»Das ging schneller, als ich erwartet hatte«, rief Janna nach
hinten. »Es ist noch nicht einmal halb sieben.«

»Wenn Männer Hunger haben, arbeiten sie schneller«, sagte
Mo lachend. »Vor allem, wenn es sich um Profis handelt.«

»Dann lass uns das Heu schnell auf dem Hof abladen, damit
die Profis sich stärken können«, gab Janna lachend zurück.

Sie wartete, bis Jonas vom Hänger geklettert war, dann gab sie
vorsichtig Gas und lenkte das Gespann im Schritttempo zum
Hof, wo die restlichen Helfer die Heuballen abluden und alle
zusammen sie in der Scheune aufstapelten.

Als sie fertig waren, betrachtete Annalena, die Tochter der
Feriengäste, den Stapel Ballen, der beinahe bis zum Dach hoch-
reichte, und nickte zufrieden. »Das reicht den Pferden bestimmt
über den Winter«, meinte sie altklug.

Vor allem, wenn Püppi nicht mehr hier ist, dachte Janna traurig, aber sie hütete sich, das laut auszusprechen.

Wasserflaschen wurden herumgereicht, und schließlich sagte
Janna, sie sollten jetzt mal langsam zur *Friesenrose* hinüber-

gehen, weil ihre Großmutter bestimmt schon den Grill angeworfen habe.

»Ohne auf die Fachleute zu warten?«, fragte Mo entsetzt. »Wenn das mal gut geht!«

Alle lachten, und die ganze Truppe machte sich gut gelaunt auf den Weg. Nur Janna blieb zurück, weil sie noch die beiden Pferde in den Stall bringen wollte. Eigentlich war es noch ein bisschen früh, aber sie wollte das Grillfest nicht mittendrin verlassen müssen. Mo bot an, ihr zu helfen, aber sie winkte ab.

»Das geht schon«, sagte sie. »Die beiden sind ja brav wie Lämmer und lassen sich gut am Halfter führen.«

Als sie kurz darauf bei der *Friesenrose* eintraf, hörte Janna schon vor dem Haus das laute Gelächter aus dem Garten. Die erste Runde Bier schien bereits in Arbeit zu sein. In der Küche traf sie Claire, die die fertigen Salate in Glasschüsseln füllte.

»Weißt du, wen ich vorhin getroffen habe, als ich mit den Hunden spazieren war?«, fragte sie.

Janna verneinte.

»Diesen Herrn Nissen, dem Dottie und Püppi gehören. Nein, Taya . . .« Sie schüttelte den Kopf. »Ob ich mich je an *den* Namen gewöhnen werde?« Sie holte ein paar Esslöffel aus der Schublade und steckte sie in die Schüsseln, während sie fortfuhr. »Wir sind ein paar Schritte zusammen gegangen und haben uns unterhalten. Ein wirklich netter Mann. Wusstest du, dass er bei dem Unfall einen Unterschenkel verloren hat? Darum die Krücke.«

»Nein, das wusste ich nicht.«

»Er sagt, das ist der Grund, weshalb er Dottie nicht behalten kann. Er hat die Prothese erst seit ein paar Wochen und kommt noch nicht so gut damit zurecht. Ich hab ihm zwar gesagt, dass sich das bestimmt bessern wird und dass Dottie aufs Wort hört und ganz wunderbar bei Fuß geht, aber . . .«

219

»Ich denke eher, er fürchtet, dass sie ihn immer an seine Tochter erinnert.«

»Mag sein, aber der arme Hund kann doch nichts dafür. Na ja, wie dem auch sei. Ich hab Herrn Nissen gesagt, dass wir heute den Garten voller Gäste haben, und ihn eingeladen, doch auch zu kommen. Ich glaube, der Mann muss einfach mal unter Leute.«

»Glaubst du, dass das eine gute Idee ist, Claire?«, fragte Janna skeptisch.

»Das ist sogar eine ganz hervorragende Idee. Er hat gesagt, dass er es sich überlegen wird. Mal sehen, ob er sich überwinden kann. Nimmst du das mal mit nach draußen?«, bat Claire und drückte ihr zwei Schüsseln mit Kartoffelsalat in die Hand.

Im Garten herrschte bereits Partystimmung. Janna und Claire hatten unter Johannes Regie Lampionketten in die Obstbäume gehängt und die Gartentische eingedeckt, an denen sich jetzt die Feuerwehrleute, Ennos Feriengäste und ein paar der Pensionsgäste versammelt hatten. Johanne und Mo standen nebeneinander am Grill in der hintersten Ecke des Gartens und fachsimpelten über die richtige Art und Weise, die Holzkohle zu entzünden. Waltraut trottete von Gast zu Gast, ließ sich bereitwillig streicheln und hoffte auf eine milde Würstchengabe, während Dottie sich direkt an der Quelle – sprich neben dem Grill – niedergelassen hatte und Mo, der von Johanne die Schürze und die Würstchenzange erobert hatte, erwartungsvoll anhimmelte.

Ein warmes Gefühl breitete sich in Janna aus, und ihre Brust wurde so eng, dass sie tief Luft holen musste. All diese Leute waren ihretwegen hier, weil sie um Hilfe gebeten hatte. Weil sie eine von ihnen war und dazugehörte.

Ich sollte ein Foto davon machen, dachte sie. *Dann kann ich es immer wieder hervorholen, egal, wo ich bin. Und wenn ich es*

*ansehe, werde ich mich daran erinnern, wie es sich anfühlt, zu
Hause zu sein.*

Sie stellte die Salatschüsseln auf einen der Tische und zog ihr
Handy aus der Tasche. Einen Moment lang betrachtete sie es
unschlüssig, dann steckte sie es wieder ein. Nein, um dieses
Gefühl festzuhalten, würde sie kein Foto brauchen.

Es wurde ein schöner Abend. Die Sonne tauchte den Garten in
goldenes Licht, bis sie hinter den Obstbäumen verschwand, und
eine warme Brise vom Festland ließ die Blätter tanzen, zwischen
denen die Lampions schimmerten. Über ihnen blinkten im dunkler
werdenden Blau des Himmels die ersten Sterne. Es wurde viel
gegessen, getrunken und vor allem gelacht. Alle lobten Johannes
Kartoffelsalat in den höchsten Tönen. Sie wurde nicht müde,
immer wieder zu erklären, dass es ja eigentlich nur ein ganz
gewöhnlicher Kartoffelsalat sei, aber eben mit einer Geheimzutat.
Das Familienrezept, das schon seit Generationen immer weiter-
gegeben wurde, schrieb sie trotzdem für etliche der Besucher auf
und legte einen Zeigefinger an die Lippen, wenn sie die Zettel
weitergab.

Zu Jannas Überraschung tauchte gegen neun Uhr tatsächlich
Hans Nissen auf. Er winkte ab, als sie ihn fragte, ob er etwas essen
wolle, und setzte sich zu Claire und Johanne an den Tisch, mit
denen er sich angeregt zu unterhalten schien. Janna sah es vom
Tisch der Feuerwehrleute aus. Sie saß zwischen Mo und Neele
und hatte bald Seitenstechen vor Lachen, weil die beiden sich darin zu übertreffen versuchten, Witze zu erzählen.

Gegen zehn Uhr drohten die Biervorräte zur Neige zu gehen,
also erbot sich Mo, noch einmal loszufahren, um Nachschub zu
holen. Als er die Sechserträger von der Tankstelle auf den Tisch

stellte, an dem sich die Feuerwehrleute zusammengefunden hatten, warf er einen strengen Blick in die Runde.

»Übertreibt es nicht, Leute!«, sagte er und setzte sich wieder auf den Gartenstuhl neben Janna. »Denkt dran, wir haben am Wochenende volles Programm.«

»Nanu? Eine außerplanmäßige Übung, von der ich nichts mitbekommen habe?«, fragte Janna.

»Nein, keine Übung«, sagte Mo. »Eigentlich sollte es ja eine Überraschung für dich werden, aber es ist vermutlich besser, wir weihen dich doch heute schon ein, sonst bist du morgen früh möglicherweise noch nicht aus den Federn, wenn's losgeht.«

»Keine Sorge, Omas Wecker holt Tote aus dem Schlaf. Morgen ist Bettenwechsel bei Onkel Enno, darum muss ich spätestens um sechs aufstehen.«

Mos Lächeln wurde breiter. »Das trifft sich ja prima. Wir ...«, er deutete in die Runde, »... wollen uns morgen die Werkstatt deines Opas vornehmen und dir ein Atelier einrichten. Ist alles schon geplant und vorbereitet. Pünktlich um acht geht's los. Um reichlich Kaffee wird gebeten.«

»Ich ... aber ...«, stammelte Janna.

»Nanu? Einwände?«, fragte Mo und zog erstaunt eine Augenbraue hoch.

»Nein, das heißt, ja. Ich hab nichts für das versprochene Grillfest eingekauft, und wegen des Bettenwechsels werde ich kaum helfen können.«

Mo winkte ab. »Wir brauchen nicht jeden Tag eine Grillparty. Ich sag doch, alles schon geplant und vorbereitet. Schließlich sind wir ein gut eingespieltes Team. Und für das leibliche Wohl der Helfer ist bestens gesorgt, wie man so schön sagt. Neele macht das schon. Du brauchst dich um nichts zu kümmern.«

Janna zuckte hilflos mit den Schultern. »Ich weiß gar nicht, was ich sagen soll.«

»Wie wäre es mit: Danke, lieber Mo?«

»Danke, lieber Mo!«, sagte Janna gehorsam. Dann schlang sie die Arme um seinen Hals und zog ihn kurz an sich. »Du bist der Beste«, fügte sie leise hinzu und gab ihm einen Kuss auf die Wange.

Egal, was Janna am folgenden Tag auch tat, immer wieder kehrten ihre Gedanken zu dem Moment zurück, als sie Mo umarmt hatte, aber nie fand sie die Zeit oder die Ruhe, sich darüber klar zu werden, was das merkwürdige Gefühl zu bedeuten hatte, das sie dabei empfunden hatte. Wie versprochen waren die Feuerwehrleute pünktlich um acht Uhr zur Stelle und begannen damit, die Werkstatt auszuräumen. Janna winkte ihnen nur kurz zu, als sie sich auf den Weg hinüber zum Büsing-Hof machte. Sie brachte die Pferde auf die Weide, ehe sie sich daranmachte, die Ferienwohnung zu putzen, die heute neu bezogen werden sollte. Johanne kam wenig später herüber, um ihr zu helfen. Claire war im *Haus Friesenrose* geblieben, wo ebenfalls neue Gäste erwartet wurden.

»Das Atelier wird wirklich schön. Es wird dir bestimmt gefallen«, sagte Johanne, während Janna und sie die Betten abzogen. »Du solltest nachher mal rübergehen und es dir ansehen, Deern. Dieser Jonas hat alte Bodendielen mitgebracht, die die Jungs gerade verlegen. Er hat erzählt, die stammen aus einem alten Haus und sollten weggeworfen werden.« Johanne knüllte das Bettlaken zusammen und warf es in den bereitstehenden Wäschekorb. »Unglaublich, was die Leute so alles wegschmeißen. Die Dielen sind noch so gut wie neu.«

Janna schüttelte das Kissen auf, das sie in der Hand hielt. »Später«, sagte sie. »Jetzt müssen wir erst mal sehen, dass wir fertig werden. Die Gäste kommen gegen Mittag.«

Erst als die neuen Feriengäste, ein Ehepaar aus Berlin, eingetroffen waren, ging Janna nach Hause. Inzwischen war es schon nach eins, und Janna, die seit dem Frühstück nichts mehr gegessen hatte, war schon ganz flau im Magen. Doch statt in die Küche zu gehen und sich schnell ein Brot zu schmieren, lief sie zur Werkstatt hinüber.

Nein, in mein Atelier, korrigierte sie sich, und bei diesem Gedanken machte ihr leerer Magen einen kleinen Hüpfer. *Wirklich nur vor Freude über das Atelier?,* fragte sie sich. *Oder doch aus einem anderen Grund?* Ohne dass sie es wollte, sah sie wieder Mos Gesicht vor sich, wie er sie anlächelte, wie seine blauen Augen blitzten, und sie konnte spüren, wie er sie fest in seine Arme zog.

Sie betrachtete Mo als Freund – als sehr guten Freund sogar. Aber das Gefühl von Wärme und Geborgenheit, das sie in seinen Armen empfunden hatte, war ihr unbegreiflich. War es vielleicht doch mehr als Freundschaft? Dabei war Mo so gar nicht ihr Typ. Oder war es doch nur Dankbarkeit für alles, was er für sie getan hatte?

Janna holte tief Luft, setzte ihr fröhlichstes Lächeln auf und öffnete die Tür zu ihrem Atelier. Was die vier Männer und Neele in den wenigen Stunden zustande bekommen hatten, war unglaublich. Die vorher roh verputzten Wände waren frisch gestrichen und erstrahlten in Weiß und Hellgrau. Die hässlichen rostbraunen Bodenfliesen waren unter einem hellen Dielenboden aus Nadelholz verschwunden. Uwe stand am Fenster und war dabei, den Rahmen neu zu streichen, während Mo, Jonas und Jens auf dem Boden hockten und Fußleisten anbrachten.

»Wow!«, stieß Janna hervor. »Das ist ja der Wahnsinn!«

Alle drehten sich um. Mo sprang auf und strahlte sie an. »Schön, dass es dir gefällt. Hab ich dir nicht gesagt, dass wir ein gutes Team sind?«

»Das hast du«, sagte sie. »Aber dass ihr so gut seid, hätte ich nicht gedacht.«

»Echte Profis eben. Obwohl ich die Lorbeeren nicht verdient habe. Den Löwenanteil der Arbeit hat Jonas gemacht. Er ist unser Heimwerkerkönig.« Mo klopfte seinem Freund auf die Schulter, der daraufhin die Augen verdrehte.

»Red nicht so viel, lass uns lieber weitermachen, sonst werden wir nie fertig, Mo«, sagte er.

Hinter Janna räusperte sich jemand. Sie drehte sich um und sah Neele, die mit einem Backblech in den Händen in der Tür stand und grinste. »Für Apfelkuchen haben mir gescheite Äpfel gefehlt, aber der Kirschstrudel ist auch lecker«, sagte sie.

»Kaffeepause!«, rief Mo begeistert. »Das wurde aber auch langsam Zeit.«

Kurz darauf saßen sie alle am Gartentisch im Schatten der Obstbäume, in denen noch immer die Lampions vom Vorabend hingen, und ließen sich Kaffee und den hervorragenden Kirschstrudel schmecken, den Neele mitgebracht hatte.

»Hättet ihr was gesagt, ich hätte doch auch Kuchen backen können«, sagte Johanne, die mit einer Kanne Kaffee aus der Küche kam, kopfschüttelnd.

»Nee, war alles unter uns so abgesprochen«, meinte Neele kauend. »Mo sagte, Sie haben im Moment so viel mit der Pension und dem Hof nebenan zu tun. Er hat gefragt, ob ich vielleicht Kuchen mitbringen könnte, da hab ich den gestern schnell im Café mitgebacken. Meine Chefin hatte nichts dagegen. Ich soll einen schönen Gruß ausrichten.«

Johanne nickte. »Grüß die Gesa mal lieb zurück!« Sie deutete mit der Kuchengabel auf ihren Teller. »Wir sollten ein Stück Kirschstrudel für Claire aufheben. Den muss sie unbedingt probieren.«

»Wo steckt sie eigentlich?«, fragte Janna.

»Ist zum Einkaufen nach Westerland gefahren. Und sie wollte sich noch mit Herrn Nissen treffen. Die beiden haben sich scheinbar ein bisschen angefreundet.«

»Nanu? Claire hat ein Date?« Janna musste ein Grinsen unterdrücken. »Das sieht ihr aber gar nicht ähnlich.«

»Ach was, ein Date!« Johanne warf ihr einen missbilligenden Blick zu. »Sie hat gesagt, sie will noch mal mit ihm über die Tiere reden, darum hat sie Dottie mitgenommen. Wenigstens die Hündin sollte er behalten, das würde ihm vielleicht ein bisschen helfen, über den Tod seiner Tochter hinwegzukommen, auch wenn er das selbst nicht so sieht.«

Janna nickte und fühlte sich beschämt. Dottie war ihr in den letzten Wochen so ans Herz gewachsen, dass sie sie am liebsten behalten würde. Aber das war Kleinmädchendenken. Ein Sternschnuppenwunsch. Mehr nicht.

»Hoffentlich hat Claire Erfolg«, sagte sie leise.

Einen Moment lang war es still am Tisch. Schließlich räusperte sich Mo, trank seinen Kaffee aus und erhob sich. »Wollen wir dann mal weitermachen?«, fragte er. »Wenn wir heute ein bisschen ranklotzen, sind wir morgen Mittag fertig.«

Auch Janna stand auf. »Kann ich euch helfen?«

»Klar kannst du.« Mo zwinkerte ihr zu. »Willige Handlanger können wir immer brauchen.«

»Typisch Mo!«, sagte eine dunkle Stimme. »Immer alle Leute für die Arbeit einspannen.«

Janna wandte sich um. Dort in der Tür, die zum Frühstücksraum führte, lehnte Achim mit dem für ihn so typischen Kleine-

Jungs-Lächeln auf dem Gesicht. Er war so braun gebrannt, dass seine ausgeblichenen Haare nahezu weiß wirkten.

Waltraut, die unter einem Apfelbaum im Schatten gelegen und gedöst hatte, kämpfte sich auf die Füße und trottete schwanzwedelnd auf ihn zu.

Achim bückte sich und streichelte sie. »Na, mein Mädchen? Hast du mich vermisst?«

Waltraut schmiegte sich an seine Knie und ließ sich ausgiebig die Seite klopfen.

»Du bist aber früh hier«, sagte Janna lächelnd, lief zu Achim und umarmte ihn herzlich. »Wir haben dich erst heute Abend erwartet.«

Achim zuckte mit den Schultern. »Ich bin früh losgefahren. Wegen des Jetlags konnte ich sowieso nicht mehr schlafen. Da hab ich mir gedacht, was soll's, und bin um vier Uhr aufgebrochen.«

»Bist du schon bei deinem Vater in der Klinik gewesen?«, fragte Johanne.

Er nickte. »Aber nur kurz.«

»Und wie geht es ihm?«

»Schwer zu sagen. Leider war kein Arzt zu sprechen.« Damit schien das Thema für Achim erledigt. Mit einem strahlenden Lächeln ging er auf Mo und die anderen Feuerwehrleute zu und umarmte sie nacheinander. »Was macht ihr denn alle hier?«, fragte er.

»Wir bauen die Werkstatt um«, sagte Mo, und Jonas nickte. »Janna bekommt ein Atelier. Willst du mal sehen? Wir haben schon Dielen verlegt und die Wände gestrichen und ...« Er zählte an den Fingern ab, was schon alles fertig und was noch zu tun war, während er mit Achim in der ehemaligen Werkstatt verschwand.

Die anderen Feuerwehrleute folgten den beiden. Nur Janna und ihre Großmutter blieben im Garten zurück. Nachdenklich sah Johanne zur Terrassentür hinüber und spitzte die Lippen, wie sie es immer tat, wenn sie einer Sache nicht traute.

»Achim ist aber sehr zugeknöpft, was Ennos Zustand angeht«, sagte sie. »Wenn das mal alles seine Richtigkeit hat, was er erzählt.«

Vierzehn

Dank der vielen Helfer schritt die Arbeit in der ehemaligen Werkstatt rasch voran. Jonas und Mo schoben abwechselnd die geliehene Schleifmaschine über den Dielenboden, während Janna zusammen mit Neele und Uwe die Umzugskartons, die noch auf dem Hof aufgestapelt waren, in die Garage brachte. Dort würden sie vor dem Regen geschützt sein, der für den nächsten Tag angekündigt war. Jens hatte sich am frühen Abend verabschiedet, weil er noch eine Verabredung hatte, und auch Achim ging früher als die anderen. Der Flug sitze ihm noch in den Knochen und er sei so müde, dass er kaum noch die Augen aufhalten könne, sagte er.

»Wir hören auch bald auf«, sagte Mo. »Nur noch den Boden einölen, dann ist Schluss für heute. Passt ganz gut, wir sollten danach sowieso eine Weile nicht darauf herumlaufen. Kommst du morgen früh zum Einräumen?«

»Klar«, sagte Achim. »Das heißt, falls ich aus dem Bett komme.«

Mo grinste. »Dafür kann ich im Notfall sorgen. Ich glaube, ich habe noch ein paar Silvesterböller, die ich unter deinem Schlafzimmerfenster abfeuern kann.«

Janna begleitete Achim noch vor die Tür. »Ich wollte dich die ganze Zeit schon fragen, wie es deinem Vater geht, aber bis jetzt haben wir noch gar nicht miteinander reden können«, sagte sie. »Hat die Lähmung inzwischen etwas nachgelassen? Konnte er schon wieder was sagen?«

»Nein. Oder vielmehr, ich weiß nicht. Als ich bei ihm war, hat er tief und fest geschlafen, und ich hab es nicht übers Herz gebracht, ihn zu wecken.«

»Hast du denn wenigstens mit den Schwestern geredet, wenn schon kein Arzt greifbar war?«

Achim seufzte und wich Jannas Blick aus. Ganz offensichtlich war ihm das Thema unangenehm. »Die waren gerade beschäftigt, und ich wollte nicht stören.«

Janna öffnete den Mund, aber noch ehe sie etwas erwidern konnte, kam Achim ihr zuvor. »Sei mir nicht böse, Janna, aber ich muss jetzt wirklich ins Bett. Wir können ja morgen weiterreden. Schönen Abend noch! Komm, Waltraut, wir gehen nach Hause.«

Damit zog er an der Leine der alten Hündin, die neben ihm gesessen hatte, und machte sich auf den Heimweg. Nachdenklich sah Janna ihm hinterher, ehe sie wieder zu den anderen hineinging.

Nachdem Mo und Jonas die Dielen eingeölt und den glänzenden Boden gebührend bewundert hatten, machten auch die übrigen Helfer Feierabend. Mo fragte Janna, ob sie noch zum Italiener mitkommen wolle, aber sie schüttelte den Kopf.

»Lieb gemeint, aber lass mal«, sagte sie. »Ich bin ziemlich kaputt und werde früh schlafen gehen.« Sie verabschiedete sich von allen mit einer freundschaftlichen Umarmung, die in Mos Fall ein wenig länger ausfiel, und blieb auf der Auffahrt stehen, bis die Autos davongefahren waren.

Aus Johannes winzigem Wohnzimmer hörte sie die gedämpften Stimmen ihrer Großmutter und Claires und beschloss, sich noch einen Moment zu ihnen zu setzen. Wie jeden Abend saß Johanne auf dem Sofa und strickte, während Claire auf dem Sessel Platz genommen und die Füße auf den Hocker gelegt hatte. Die beiden unterhielten sich angeregt und hatten den Fernseher, in dem eine Musikshow lief, stumm gestellt. Als Janna eintrat, sprang Dottie, die auf einer Decke neben dem Sessel gelegen hatte, auf und kam ihr schwanzwedelnd entgegen, um sich streicheln zu lassen.

»Na, min Deern, seid ihr fertig?«, fragte Johanne.

»Für heute ja«, erwiderte Janna und ließ sich neben ihr auf das Sofa fallen. Dottie folgte ihr, sprang ebenfalls auf das Sofa und legte sich zwischen Großmutter und Enkelin. »Morgen noch ein paar Kleinigkeiten, dann kann eingeräumt werden.«

»Prima, dann hast du ja endlich einen festen Platz zum Malen und kannst die Tür hinter dir zumachen. Das ist Gold wert«, sagte Claire und lächelte ihr zu.

Janna nickte, während sie Dottie nachdenklich zwischen den Ohren streichelte. »Wie war denn dein Treffen mit Herrn Nissen?«, fragte sie. »Hast du was erreichen können?«

»Leider nicht.« Claire seufzte. »Von der Idee, Dottie zu behalten, wollte er nichts wissen. Er ist immer noch fest entschlossen, sie in Hamburg ins Tierheim zu geben, weil er meint, sich nicht ordentlich um sie kümmern zu können. Bald sei er wieder den ganzen Tag im Büro, und außerdem könne er mit der Prothese nicht gut genug laufen, um mit ihr spazieren zu gehen.«

»Mo nimmt Betty immer mit in die Bank«, meinte Janna. »Vielleicht . . .«

»Das hab ich ihm auch erzählt«, unterbrach Claire sie, »aber er hat gesagt, dass einer seiner Angestellten eine Allergie hat und das deshalb nicht geht.«

»Arme kleine Maus!«, sagte Janna und kraulte Dottie, die sich auf den Rücken geworfen hatte, den Hals.

»Aber wirklich! Ich hab sogar schon darüber nachgedacht,

Dottie selbst zu behalten«, sagte Claire. »Aber meine Wohnung ist im dritten Stock, und es gibt keinen Aufzug. Mit ihren kurzen Beinchen wäre das Treppensteigen für Dottie eine Quälerei, und sie zum Gassigehen immer rauf- und runterzutragen ist auf Dauer nichts für meinen Rücken. Apropos Gassigehen ...« Claire erhob sich. »Wie sieht es aus, drehen wir noch eine kleine Runde mit ihr?«

»Würdest du heute allein gehen?«, fragte Janna. »Ich bin völlig erledigt und würde gern gleich ins Bett.«

»Diese jungen Leute heutzutage können nichts mehr vertragen, was, Johanne?«, sagte Claire lachend zu Jannas Großmutter. »Also gut, wenn du von dem bisschen Renovieren schon erschöpft bist, dann geh ich eben allein.« Sie grinste und zwinkerte Janna zu. »Na komm, Dottie! Wir gehen spazieren.«

Die kleine Hündin sprang vom Sofa und war wie ein geölter Blitz an der Tür, die Claire für sie öffnete.

»Bis später, ihr zwei«, sagte Claire im Hinausgehen.

Einen Moment lang sah Janna nachdenklich auf ihre Hände hinunter, dann fasste sie sich ein Herz. »Sag mal, Oma, könnte Dottie nicht hier bei dir in der *Friesenrose* bleiben? Selbst wenn es nur für ein paar Tage wäre, ich finde es furchtbar, dass sie ins Tierheim kommen soll.«

Johanne sah sie über den Rand ihrer Lesebrille hinweg fragend an und ließ ihr Strickzeug in den Schoß sinken »Warum bei mir? Du hängst doch viel mehr an ihr.«

Janna seufzte. »Wer weiß denn, wo es mich hin verschlägt, wenn ich einen neuen Job suche. Ich bin doch nur noch ein paar Monate hier und dann ...«

Johanne legte den Kopf schräg und warf Janna einen durchdringenden Blick zu. »Willst du denn wirklich weg von hier, Deern?«

»Darum geht es doch gar nicht, Oma.«

»Sicher geht es darum, worum denn sonst?«

»Noch bin ich bei *Sander & Sohn* angestellt, aber wenn der Vertrag ausläuft, muss ich ...«

»Gar nichts musst du«, unterbrach Johanne sie. »Hier ist dein Zuhause. Hier, auf Sylt.«

»Ach, Oma!« Janna holte tief Luft. »Als Buchhalterin finde ich hier doch keine Stelle.«

»Vielleicht nicht als Buchhalterin. Aber was ist mit der Malerei?«

»Das sind doch Hirngespinste, Oma. Ich muss Geld verdienen. Und die Malerei ist nichts als ein Hobby.«

»Wirklich?« Johanne legte den angefangenen Ärmel vor sich auf den Tisch, griff nach Jannas Händen und hielt sie fest. »Hand aufs Herz, wie viel Geld hast du mit den verkauften Bildern verdient?«

»Bislang ungefähr zweitausendfünfhundert Euro. Aber du kannst nicht davon ausgehen, dass es immer so läuft.«

»Vielleicht nicht, aber ich gehe davon aus, dass es noch wesentlich mehr werden wird. Warte nur ab, bis deine Bilder in der Galerie in Keitum ausgestellt werden. Viele Unkosten hast du ja nicht, und wohnen kannst du hier.«

»Aber ich kann dir doch nicht auf der Tasche liegen!«, wandte Janna ein.

»Was heißt denn auf der Tasche liegen? Du hilfst doch in der Pension mit. Außerdem wird das Haus eines Tages sowieso dir gehören. Ob du die Pension dann weiterführst oder verkaufst, musst du selbst entscheiden. In jedem Fall hast du hier ein Auskommen. Es gibt also gar keinen Grund, von der Insel wegzugehen.« Johanne lächelte, und ihre Augen strahlten. »Du hast schon als Kind gerne zu mir gesagt, dass du am liebsten für immer hierbleiben würdest. Warum machst du es dann nicht einfach?«

Janna zog hilflos die Schultern hoch. »Ich weiß gar nicht, was ich sagen soll.«

»Dann sag am besten gar nichts. Lass es dir in Ruhe durch den Kopf gehen, Deern. Das ist eine Entscheidung, die gut durchdacht sein will. Am besten, du schläfst erst einmal darüber.« Sie hob die Hand und streichelte Jannas Wange, wie sie es früher so oft getan hatte. »Ich würde mich jedenfalls sehr freuen, wenn du hier bei mir bleiben würdest. Und für Dottie wäre auch Platz.«

Obwohl sie hundemüde war, fiel es Janna schwer, in den Schlaf zu finden. Für immer auf Sylt bleiben ... Sicher, das war einer der Wünsche auf ihrer Sternschnuppenliste, aber die hatte sie geschrieben, als sie ein verträumter Teenager gewesen war. Jetzt aber war sie erwachsen, und wie Johanne richtig festgestellt hatte, wollte so eine Entscheidung gut durchdacht sein. Auch wenn es keinen Ort gab, an dem Janna sich so zu Hause fühlte wie hier, je länger sie darüber nachdachte, desto mehr Fragen schossen ihr durch den Kopf, die allesamt mit *Was, wenn ...* begannen.

Schließlich seufzte sie und schüttelte den Kopf. »Du bist Buchhalterin«, sagte sie leise zu sich selbst. »Mach einfach eine Aufstellung wie bei einer Bilanz, dann siehst du genau, wo die Vor- und Nachteile liegen.«

Sie stand auf, holte einen Block und einen Stift und listete die Pros und Contras auf. Als ihr keine Argumente mehr einfielen, betrachtete sie die Liste mit zusammengekniffenen Augen und strich die unwichtigen Punkte durch. Schließlich blieb auf jeder Seite nur ein Punkt stehen.

Pro: Nirgendwo fühle ich mich so zu Hause wie auf Sylt!
Contra: Bin ich gut genug, um vom Malen leben zu können?

Janna holte tief Luft und lächelte. »Wenn ich es nicht ausprobiere, werde ich es nie wissen«, sagte sie zu dem Contra-Argument. »Außerdem zählt ein Ausrufezeichen mehr als ein Fragezeichen.«

Sie legte die Liste auf ihren Nachttisch, löschte das Licht und war Sekunden später eingeschlafen.

Johanne umarmte ihre Enkelin stürmisch, als Janna ihr am nächsten Morgen von ihrem Entschluss erzählte.

»Aber erst mal nur probeweise für ein halbes Jahr«, sagte Janna. »Dann sehen wir, wie sich alles entwickelt: Ob sich meine Bilder auch so gut verkaufen, wenn die Insel nicht mehr voller Touristen ist, ob wir zwei uns auf Dauer vertragen und ob ich als Pensionswirtin was tauge.«

Johanne winkte ab. »Da mach dir mal keine Gedanken. Das hast du im Blut.«

»Na, mal abwarten«, sagte Janna lächelnd. Als ihr Blick auf Dottie fiel, die neben dem Küchentisch saß und auf ein Stückchen Fleischwurst lauerte, verging ihr das Lächeln. »Nur für Dottie tut es mir leid. Solange nicht klar ist, wie lange ich hierbleibe, fände ich es unfair, Herrn Nissen zu fragen, ob ich sie behalten kann. Aber ich werde ihm vorschlagen, sie bei uns in Pflege zu lassen, bis er eine neue Familie für sie gefunden hat.«

Johanne warf Claire, die gerade die Küche betrat, einen kurzen Blick zu, ehe sie ihrer Enkelin antwortete. »Das ist eine gute Idee, Deern. Ich kann mir nicht vorstellen, dass Herr Nissen was dagegen hat.«

Als Mo und die anderen Feuerwehrleute gegen halb neun vor

der Tür standen, wollte Janna ihnen wie am Vortag auch in die ehemalige Werkstatt folgen, aber Mo versperrte ihr den Weg.

»Nichts da!«, sagte er. »Du hast Zutrittsverbot, bis wir fertig sind. Wir holen dich, wenn du das Werk in seiner vollendeten Pracht bewundern kannst.«

»Und was soll ich in der Zwischenzeit machen?«

»Keine Ahnung. Mach einen erholsamen Spaziergang oder fahr nach Westerland und kauf dir was Schönes zum Anziehen.« Mo grinste sie an.

»Oder geh zu Achim rüber und wirf ihn aus dem Bett!«, rief Jonas aus dem Hintergrund.

»Eine hervorragende Idee!«, sagte Mo. »Er hat doch gestern gesagt, dass er uns helfen will. Und jetzt verkrümle dich und wage es ja nicht, vor Mittag wieder hier aufzutauchen.« Er wedelte mit der Hand, als wollte er eine lästige Fliege davonjagen. »Kschscht! Ab mit dir!«

Seufzend gab Janna nach, zog sich ihre Regenjacke über und machte sich mit Dottie auf den Weg zum Büsing-Hof. Sie blieb am Gatter der Pferdeweide stehen und sah Püppi und Tarzan eine Weile nachdenklich beim Grasen zu.

»Euch zwei sollte ich malen, damit ich euch immer in Erinnerung behalte«, murmelte sie. Dottie, die das Warten langweilte, sprang an ihrem Bein hoch und bellte. »Und dich natürlich auch, meine Süße.«

Entgegen Mos und Jonas' Befürchtungen musste Janna Achim nicht wecken. Er trat gerade aus dem Haus, als sie den Hof erreichte.

»Moin!«, rief sie und winkte ihm zu.

Dottie schoss wie der Blitz auf Achim zu, sprang um ihn herum und warf sich schließlich vor seine Füße.

Achim bückte sich, um den Hund zu streicheln, dann sah er

Janna an und lächelte. »Nanu?«, fragte er verwundert. »Was machst du denn hier?«

»Mo hat mir Baustellenverbot erteilt und mich hergeschickt, um dich aus dem Bett zu werfen.«

»Er soll sich nicht so haben. Ich wollte mich gerade auf den Weg machen.«

»Das wird ihn freuen. Aber ich kann ihm auch sagen, dass du was anderes vorhast. Wenn du zu deinem Vater fahren willst . . .«

»Nein, heute nicht. Ich hab morgen einen Termin mit Papas Arzt, dann muss ich eh nach Kiel. Und jeden Tag hinzufahren . . . Mal abgesehen von den Kosten, ist es immer eine halbe Weltreise mit dem Autozug.«

»Stimmt natürlich. Andererseits wartet er doch sicherlich auf dich, und weil er gestern deinen Besuch verschlafen hat . . .« Janna warf Achim einen fragenden Blick zu, aber er wich ihrem Blick aus.

»Willst du noch weiter, oder kommst du mit zur *Friesenrose?*«, fragte er.

»Ich komm mit und fahr dann nach Westerland, um Ölfarben und ein paar Leinwände zu kaufen«, sagte sie. »Ich hab beschlossen, mir ein Andenken an Püppi und Dottie zu malen.«

Achim lächelte. »Mach zwei draus. Papa würde sich bestimmt auch über ein Bild freuen. Immerhin hat er sich eine ganze Weile um die beiden gekümmert.«

»Gute Idee. Das werde ich tun.«

Eine Weile gingen die beiden schweigend nebeneinanderher. Janna warf Achim immer wieder prüfende Blicke zu. Sie hatte das Gefühl, dass er ihr nicht die ganze Wahrheit über Enno erzählt hatte. Doch es hatte keinen Zweck, weiter nachzufragen.

Achim schien ihr Unbehagen zu spüren. Kurz bevor sie das *Haus Friesenrose* erreichten, blieb er stehen und räusperte sich.

»Ich glaube, es ist besser, wenn ich dir die Wahrheit beichte. Ich war gestern gar nicht bei Papa im Krankenhaus«, sagte er zögernd. »Mit dem Arzt hab ich telefoniert und den Termin für morgen vereinbart. Er hat mir Papas Zustand kurz geschildert und versucht, mich schonend auf den Anblick vorzubereiten, der mich erwartet. Als ich dann auf der Autobahn in Höhe von Kiel war, hat mich der Mut verlassen, und ich bin einfach durchgefahren. Nenn mich ruhig feige, aber ich konnte sowas noch nie. Krankenhäuser sind einfach nicht mein Ding, ich hab immer das Gefühl, keine Luft zu kriegen.«

Janna warf ihm einen weiteren Blick von der Seite zu. Er hielt den Blick starr geradeaus, und seine Lippen waren zu einem schmalen Strich zusammengepresst.

»Ich hab mir sowas schon gedacht«, sagte sie leise. »Du warst gestern erstaunlich früh hier, und dann deine ausweichenden Antworten, als wir nach Onkel Enno gefragt haben.« Sie seufzte. »Ich weiß, dass das nicht einfach ist, aber manchmal muss man sich einfach zusammenreißen. Er ist doch dein Vater.«

»Das ist ja gerade das Problem. Ich fühl mich so furchtbar hilflos und mit der Situation überfordert.« Achim schaute Janna an wie ein geprügeltes Kind. »Könntest du morgen vielleicht mitkommen? Das würde es viel leichter machen.«

Verblüfft sah Janna ihn an. Ihr erster Impuls war, Ja zu sagen, aber irgendetwas hielt sie zurück. »Wann ist denn der Termin mit dem Arzt?«, fragte sie zögernd.

Die Erleichterung in seinen Augen war unverkennbar. »Um elf«, antwortete er. »Wenn wir den Zug um acht nehmen, schaffen wir das leicht. Papa freut sich bestimmt, dich zu sehen. Und danach können wir in Kiel noch einen Kaffee trinken, ich kenne da ein hübsches kleines Café am Hafen.«

Jannas Unbehagen wuchs weiter. Sie fühlte sich von Achim in eine Rolle gedrängt, die ihr nicht zustand und die sie auch nicht einnehmen wollte. Sie war weder Achims Mutter, die ihn an die Hand nahm, wenn ihm eine Situation unheimlich wurde, noch seine Freundin. So gern Janna Onkel Enno auch hatte, sie wäre bei dem Gespräch, das Achim mit seinem Arzt führen musste, völlig fehl am Platz. Einen Moment lang war sie versucht, Achim genau das zu sagen und hinzuzufügen, er sei erwachsen und brauche doch wohl kein Kindermädchen, um seinen kranken Vater zu besuchen. Doch dann fiel ihr ein, dass sie ihn tatsächlich nicht begleiten konnte.

»Tut mir leid, aber morgen habe ich einen Termin mit Volker Piepers, einem Galeristen in Keitum. Da kann ich nicht.«

»Kannst du den Termin nicht verschieben?«, fragte Achim fast flehend.

»Nein, der steht schon seit Ewigkeiten fest. Und er ist sehr wichtig für mich. Stell dir vor, Herr Piepers will meine Bilder in seiner Galerie ausstellen«, erklärte Janna. Dass der Termin erst am Nachmittag war, verschwieg sie wohlweislich. »Aber ich bin sicher, du kommst in Kiel auch alleine klar. Vergiss nicht, deinen Vater schön zu grüßen. Oma und ich kommen ihn besuchen, wenn er von der Intensivstation runter ist und es ihm etwas besser geht.«

Achim seufzte vernehmlich und zog missmutig die Stirn in Falten. »Ja gut, richte ich aus«, brummte er. Dann vergrub er die Hände in den Jackentaschen und ging schweigend weiter.

»Ich fahr jetzt nach Westerland«, sagte Janna, als sie vor ihrem zukünftigen Atelier angekommen waren. »Kannst du mal bitte Dottie festhalten? Sonst sitzt sie sofort auf dem Rücksitz.«

Sie zog den Autoschlüssel aus der Tasche. »Falls ich für den Bautrupp noch irgendwas besorgen soll, schickt mir einfach eine Nachricht. Ich bin gegen Mittag zurück.«

Damit stieg sie ein und startete den Motor. Im Rückspiegel sah sie, dass Achim, der Dottie auf den Arm genommen hatte, ihr hinterhersah.

Alles hat seine Vor- und Nachteile, dachte Janna, als sie die große Glastür des Kaufhauses Jensen aufschob. *Vorteil der Saison auf Sylt: Die Geschäfte haben auch sonntags geöffnet. Nachteil: Die Parkplatzsuche dauert eine Ewigkeit.*

Natürlich hätte Janna alles, was sie brauchte, auch im Internet bestellen können, aber sie wollte noch am selben Nachmittag mit den Bildern von Püppi und Dottie loslegen. Die Auswahl an Malutensilien in dem kleinen Kaufhaus war nicht groß, aber für den Anfang würde es reichen. Zusätzlich zu vier Leinwänden unterschiedlicher Größe kaufte sie eine Grundausstattung an Ölfarben, einige Bögen Aquarellpapier, ein paar Pinsel und Spachtel und einen neuen Skizzenblock. Danach schlenderte sie durch die volle Fußgängerzone und holte sich ein Matjesbrötchen mit vielen Zwiebeln, das sie genüsslich verspeiste, ehe ihr ein Blick auf die Uhr verriet, dass es an der Zeit war, nach Morsum zurückzufahren.

Sie ließ ihre Einkäufe im Wagen und klopfte zaghaft an die Tür der ehemaligen Werkstatt. Sie wurde einen Spalt aufgezogen, und eines von Mos blauen Augen musterte sie finster.

»Wer da? Freund oder Feind?«, brummte er.

Janna musste grinsen. »Freund, würde ich sagen.«

»Das kann ja jeder behaupten. Wie lautet das Passwort?«

»Passwort? Keine Ahnung.«

»*Keine Ahnung* ist korrekt! Du musst ein Freund sein.« Mo lachte dröhnend und wandte sich um. »Es ist Janna. Können wir sie reinlassen, Jonas?«

»Denk schon. Ich bin jedenfalls fertig«, rief Jonas aus dem Hintergrund.

»Also dann: Immer rein in die gute Stube! Wir sind alle schon sehr gespannt, was du sagst.« Mo öffnete die Tür, griff nach Jannas Hand und zog sie in den kleinen, hell erleuchteten Raum, in dem sich alle Helfer, Johanne und Claire versammelt hatten. »Und? Hab ich zu viel versprochen? Würde sich Michelangelo alle Finger nach so einem Atelier lecken?«, fragte er und sah Janna erwartungsvoll an.

Im ersten Moment war sie viel zu überwältigt, um etwas zu sagen. Sie stand mitten in ihrem neuen Atelier, drehte sich langsam um die eigene Achse und schaute sich um, während Mo alles kommentierte, was sie sah.

Neben der Tür zum Hof stand ein alter Schreibtisch aus hellem Holz (». . . aus der Inventarauflösung der Polizei. Ich hatte zwei davon, aber der eine stand nur rum«) mit einer altmodischen schwarzen Schreibtischleuchte darauf (». . . auch von dort«). Daneben befand sich eine kleine Sitzecke, bestehend aus zwei altmodischen Cocktailsesseln und einem winzigen Tischchen, auf dem ein paar Kunstzeitschriften lagen (». . . falls du Kunden zu Besuch hast oder ein bisschen Inspiration brauchst«). Die Möbel hatte Johanne beigesteuert. Janna hatte gestern gesehen, wie Mo und sie die Köpfe zusammengesteckt und getuschelt hatten. Der alte Schrank aus Flörsheim, in dem künftig die Materialien gelagert werden sollten, stand an der Stirnseite des Ateliers. Bis auf ein paar Zeichenblöcke und Jannas altes Skizzenbuch war er noch leer. Opas alte Werkbank hatten Mo und seine Helfer unter das Fenster geschoben und eine große Holzplatte darauf befestigt (»...du hast doch gesagt, dass du zum Malen von Aquarellen einen großen Tisch brauchst«). Daneben stand Jannas Staffelei mit dem halb fertigen Porträt von Mo, der sie nachdenklich anschaute (»...solltest du möglichst schnell zu Ende bringen«).

Janna drehte sich zu ihren Freunden um, sah in lauter gespannte Gesichter und strahlte sie an. »Michelangelo würde vor Neid ganz einfach platzen! Ich weiß gar nicht, wie ich euch danken soll.«

Sie ging zu den Helfern hinüber und umarmte sie nacheinander. Zuletzt zog sie Mo ganz fest an sich und hielt ihn ein wenig länger in den Armen als alle anderen. »Danke, Mo!«, flüsterte sie. »Das ist so toll geworden.«

Ein warmer Glanz lag in seinen Augen, als sie sich von ihm löste, und er zwinkerte ihr lächelnd zu. »Wenn's dir gefällt, hat sich der ganze Aufstand gelohnt.«

Achim, der im Türrahmen lehnte, sah von Mo zu Janna und zog erstaunt die Augenbrauen hoch. »Nanu? Ich bin wohl zu lange außer Landes gewesen«, sagte er. »Bahnt sich da was an zwischen euch?«

Da war er wieder, dieser süffisante Unterton in seiner Stimme. Janna lag schon eine aufbrausende Antwort auf der Zunge, aber Mo kam ihr zuvor.

»Janna und ich sind nur Freunde. Ich würde es nie wagen, in fremden Gewässern zu fischen.« Mos Lächeln reichte nicht bis zu seinen Augen hinauf, die Achim herausfordernd anfunkelten.

Janna entging nicht, dass Achim Mühe hatte, seinen Ärger im Zaum zu halten. »Immer noch diese uralte Geschichte, Mo?«, fragte er. »Ich dachte, das hättest du inzwischen vergessen.«

»Dummerweise habe ich nicht nur die Statur, sondern auch das Gedächtnis eines Elefanten. Ich hab gar nichts vergessen«, sagte Mo. Das schmale Lächeln auf seinen Lippen wurde breiter. »Aber ich nehme dir die Sache inzwischen nicht mehr übel. Vor allem, weil sich herausgestellt hat, dass Gabi eine intrigante Kuh war. Im Grunde bin ich dir sogar was schuldig.« Mo grinste und rieb sich zufrieden die Hände. »Also, wie sieht's aus? Packen wir zusammen? Ich muss mal langsam nach Hause und mit der armen Betty eine Runde drehen, sonst platzt sie noch.«

Damit griff er nach seiner Werkzeugtasche und schob sich fröhlich pfeifend an Achim vorbei durch die Tür.

Am Nachmittag regnete es Bindfäden, sodass Janna ihren Plan, Püppi zu skizzieren, vorerst verschob. Stattdessen schaffte sie ihre Malsachen ins Atelier und räumte den Materialschrank ein. Das Gespräch zwischen Achim und Mo ging ihr nicht aus dem Kopf, und sie war kurz davor, Mo anzurufen und ihn zu fragen, was zwischen ihnen vorgefallen war. Doch dann hatte sie wieder seine Worte im Ohr.

Janna und ich sind nur Freunde, hatte er gesagt. Nur Freunde. Nicht mehr. Alles, was sie wahrzunehmen geglaubt hatte, war nur ihrer Fantasie entsprungen. Oder es war ein weiterer unerfüllbarer Wunsch.

Sie horchte in sich hinein und versuchte zu ergründen, was sie für Mo empfand, wurde jedoch selbst nicht schlau aus ihren Gefühlen. Es hatte wenig von himmelhochjauchzend oder zu Tode betrübt. Ihr wurde nicht heiß und kalt, wenn sie an ihn dachte, und sie hatte auch keine Schmetterlinge im Bauch. Sie war einfach nur gern mit ihm zusammen. Mo war herzlich, hilfsbereit und witzig. Jemand, auf den man sich hundertprozentig verlassen konnte. Ein guter Kumpel eben.

Janna stellte die letzten Leinwände in den Materialschrank, setzte sich in einen der Cocktailsessel und starrte aus dem Fenster in den Regen hinaus.

»Nur ein guter Freund, mehr nicht ...«, murmelte sie. Und plötzlich wurde die Enttäuschung darüber so groß, dass ihr die Tränen kamen.

Fünfzehn

Am nächsten Morgen hatte der Regen aufgehört, und die Sonne blinzelte gelegentlich zwischen den hoch aufgetürmten Wolken hervor. Nachdem Janna mit Johanne und Claire das Frühstücksgeschirr abgewaschen und die tägliche Putzrunde hinter sich gebracht hatte, machte sie sich mit Dottie auf den Weg zur Pferdeweide, um mit den Skizzen für die geplanten Bilder zu beginnen. Sie hatte extra so lange herumgetrödelt, bis sie sicher sein konnte, dass Achim nach Kiel aufgebrochen war. Der Gedanke, ihm zu begegnen, widerstrebte ihr zutiefst.

Die beiden Friesenpferde schienen sie schon aus einiger Entfernung zu bemerken und liefen zum Gatter hinüber, um sich ihre morgendlichen Leckerbissen abzuholen.

»Na, ihr zwei?«, rief Janna lächelnd und zog die Tüte mit den Möhren aus der Tasche, die sie aus Johannes Kühlschrank stibitzt hatte. »Habt ihr schon auf mich gewartet?«

Nachdem er seinen Anteil verdrückt hatte, trottete Tarzan gemächlich auf die Wiese zurück und ließ sich im Gras nieder. Püppi hingegen blieb am Gatter stehen, um sich ausgiebig streicheln zu lassen.

»Das hast du gern, nicht wahr, du alte Schmusebacke?«, fragte Janna, während sie die Stute am Hals kraulte. »So, jetzt ist es aber mal genug, ich will dich schließlich malen, meine Schöne.«

Janna holte ihr Skizzenbuch und die Kohle aus der Tasche, stützte das Buch auf dem obersten Holm des Gatters ab und

245

begann zu zeichnen. Als Püppi feststellte, dass es keine Streichel-
einheiten oder Möhren mehr gab, schnaubte sie entrüstet und
stupste Janna mit der Schnauze an.

»Hey, wie soll ich dich denn so zeichnen?«, rief Janna und trat
ein paar Schritte zurück.

Püppi schnaubte erneut und stieß ein leises Wiehern aus,
blieb aber am Gatter stehen.

Schnell nahm die Zeichnung erste Formen an. Wenn erst einmal die Augen stimmten, war der Rest ein Klacks, aber den Blick
musste Janna erst einmal einfangen. Sie war so vertieft in ihre
Arbeit, dass sie alles um sich herum vergaß.

Als hinter ihr eine Autotür zugeschlagen wurde, zuckte sie
zusammen und drehte sich um. Erst jetzt bemerkte sie, dass an
der Straße wieder ein Taxi stand, aus dem gerade Hans Nissen
ausgestiegen war. Er zögerte kurz, doch dann kam er langsam auf
sie zu.

»Guten Morgen!«, rief sie und lächelte ihn an. Als sie sah, wie
blass er war, runzelte sie besorgt die Stirn. »Alles in Ordnung?«,
fragte sie.

»Ja, alles in Ordnung. Es ist nur ... Einen Moment lang
dachte ich ...« Hans Nissen räusperte sich, um seine belegte
Stimme wieder freizubekommen. »Sie werden mich wahrscheinlich für verrückt halten, aber im ersten Augenblick habe ich Sie
für Ria gehalten, wie Sie da bei Taya standen«, sagte er. »Sie sehen
ihr ein bisschen ähnlich, wissen Sie? Ria hatte auch blondes,
kurz geschnittenes Haar, allerdings war sie ein Stück größer.«
Er versuchte sich an einem Lächeln, und langsam kehrte die
Farbe in sein Gesicht zurück. »Dabei sehen Sie ihr eigentlich
nicht wirklich ähnlich. Keine Ahnung, wie ich auf den Gedanken
kam.«

»Nein, ich halte Sie nicht für verrückt«, sagte Janna. »Als

246

meine Mutter vor ein paar Monaten gestorben ist, ging es mir genauso. Ich habe sie auch überall gesehen. Angeblich ist das ganz normal, wenn man trauert.«

»Wenn Sie das sagen ... Ich dachte schon, jetzt fange ich wirklich an, Gespenster zu sehen.« Er ging zum Gatter hinüber und streckte die Hand nach Püppi aus. »Na, mein Mädchen? Vermisst du sie auch so wie ich?«, fragte er weich. »Tiere haben es leichter«, sagte er dann zu Janna. »Sie leben im Hier und Jetzt und verlieren sich nicht in der Vergangenheit.«

Er streichelte der Stute den Hals, bis diese sich umdrehte, zu Tarzan hinübertrottete und zu grasen begann.

Janna erinnerte sich nur zu gut an das Gefühl, dass das Leben um einen herum weiterging, während man selbst in seinen Erinnerungen feststeckte und unfähig war, daran teilzuhaben. Wie gern hätte sie Herrn Nissen etwas Tröstliches gesagt, aber ihr fiel nichts ein, was nicht wie ein billiger Spruch auf einer Trauerkarte geklungen hätte. Also schwieg sie und nickte nur hilflos. Schließlich sah sie auf die halb fertige Skizze des Pferdes hinunter und griff wieder nach der Kohle.

»Ein Bild von Taya?«, fragte Herr Nissen.

»Erst mal nur ein paar Skizzen«, antwortete Janna. »Ich möchte sie gern malen, um eine Erinnerung an sie zu haben, wenn sie nicht mehr hier ist.«

»Eine Weile wird sie wohl noch bleiben. Ich habe mit dem Sohn von Herrn Büsing telefoniert und mit ihm verabredet, dass sie hier auf dem Hof bleibt, bis sich ein passender Käufer gefunden hat. Ich möchte sicherstellen, dass sie und Dottie ein gutes neues Zuhause bekommen, bei jemandem, der sie so liebt, wie Ria es getan hat.«

»Das wird bestimmt nicht einfach.«

»Nein, aber das bin ich Ria schuldig.« Hans Nissen seufzte,

lehnte seine Krücke an das Gatter und stützte sich mit beiden Armen auf dem obersten Holm ab. Nachdenklich sah er zu Dottie hinüber, die unter dem Zaun hindurchgeschlüpft war und auf der Wiese hingebungsvoll ein Mauseloch aufbuddelte.

»Sie sind beide glücklich hier«, sagte er nach einer Weile. »Wissen Sie, Janna, als ich nach Sylt kam, hatte ich gar nicht vor, Dottie und Taya wiederzusehen. Ich dachte, das würde ich einfach nicht aushalten, weil die Sehnsucht nach Ria zu groß werden und die Erinnerung zu sehr wehtun würde. Aber dann kam ich mir feige vor, und ich habe mich überwunden hierherzukommen, um wenigstens Lebwohl zu sagen.«

Janna klappte das Skizzenbuch zu und stellte sich neben ihn. »Bereuen Sie es?«, fragte sie leise.

»Nein«, sagte er, ohne den Blick von Dottie und den Pferden abzuwenden. »Es war richtig, herzukommen, auch wenn es wehtut, die beiden zu sehen und an Ria zu denken.« Hans Nissen holte tief Luft. »Es klingt so banal, aber es stimmt, was man sagt: Das Leben geht weiter. Ich wollte Lebwohl sagen, aber inzwischen überlege ich, ob ich nicht lieber Auf Wiedersehen sagen möchte.«

»Auf Wiedersehen?«, fragte Janna.

Er antwortete nicht darauf, sondern deutete auf ihr Skizzenbuch. »Darf ich mal sehen?«, fragte er.

Wortlos reichte sie ihm das Buch. Er öffnete es und blätterte akribisch Seite für Seite um. Es war inzwischen fast voll und enthielt alles, was Janna in den letzten Wochen Auf Sylt gezeichnet hatte.

»Ist das Ihr Freund?«, fragte Herr Nissen und deutete auf die Skizze von Mo.

»*Ein* Freund. Ein sehr guter Freund«, erwiderte Janna.

Er lächelte und blätterte weiter. Schließlich schloss er das

Skizzenbuch und reichte es ihr zurück. »Claire sagte mir, dass Sie Talent haben. Sie hofft, dass Sie etwas daraus machen, statt in einem Büro zu versauern. Ich bin kein Kunstexperte, aber ich denke, sie hat recht.«

»Ich würde gern versuchen, das Malen zum Beruf zu machen. Heute Nachmittag habe ich einen Termin in einer Galerie in Keitum«, sagte Janna und wunderte sich über sich selbst, weil sie Hans Nissen, der für sie ein völlig Fremder war, so freimütig davon erzählte.

»Dann bleiben Sie auf Sylt?«

»Ich habe mir bis zum nächsten Frühling eine Frist gesetzt. Wenn ich bis dahin als Malerin Fuß gefasst habe, ja, dann bleibe ich hier in Morsum.«

»Ich drücke Ihnen jedenfalls beide Daumen, dass es klappt.« Hans Nissen nickte ihr zu.

Dottie hatte ihre Grabungstätigkeit aufgegeben und kam mit hochzufriedenem Gesichtsausdruck und schmutziger Schnauze schwanzwedelnd auf sie zu, um sich streicheln zu lassen.

»Ich hätte eine Bitte an Sie, Janna«, sagte Herr Nissen. »Würden Sie sich um Dottie und Taya kümmern, solange Sie auf Sylt sind? Ich sehe doch, wie gern Sie die beiden haben, und ich kann mir niemanden vorstellen, bei dem sie besser aufgehoben wären. Und ich könnte sie von Zeit zu Zeit besuchen kommen«, setzte er leise hinzu.

Janna hatte auf einmal einen dicken Kloß im Hals und musste ein paarmal schlucken, ehe sie antworten konnte. »Das mache ich sehr gern«, sagte sie heiser.

»Dann ist es abgemacht. Vielen Dank, Janna!« Seine Augen strahlten dankbar. »Ich muss jetzt ins Hotel zurück und meine Sachen packen. Heute Nachmittag fahre ich wieder nach Hamburg«, sagte er und streckte ihr die Hand entgegen. »Bis bald!«

Statt die Hand zu ergreifen, schlug Janna ihr Skizzenbuch auf, riss die Zeichnung, die sie gerade angefertigt hatte, heraus und gab sie ihm. »Damit Sie Taya immer vor Augen haben, wenn Sie nicht hier auf Sylt sind«, sagte sie.

Als Janna mit Dottie nach einem langen Wattspaziergang zurück nach Hause kam, fand sie auf dem Küchentisch einen Zettel ihrer Großmutter vor. *Bin mit Claire zum Einkaufen nach Westerland gefahren. Wir sind gegen sechs zurück.*

»Also kein gemeinsames Mittagessen«, sagte Janna mit einem Seufzen und sah zu Dottie hinunter, die gerade ihre Futterschüssel geleert hatte und sie erwartungsvoll anschaute. »Was machen wir jetzt mit dem angefangenen Tag, hm? Bis zu meinem Termin in Keitum sind es noch drei Stunden.«

Dottie legte den Kopf schief und bellte einmal.

Janna lachte. »Genau, wir werden das Atelier einweihen. Du bist ein kluges Mädchen.«

Sie machte sich ein Wurstbrot, holte sich einen Krug Wasser und ein Glas und trug alles in ihr neues Atelier hinüber. Die Sonne schien durchs Fenster und hatte den kleinen Raum ziemlich aufgeheizt. Janna öffnete das Fenster, um die Sommerluft hereinzulassen, setzte sich auf den Schreibtischstuhl und ging auf der Suche nach Inspiration die Skizzen in ihrer Kladde durch. Schließlich klappte sie das Skizzenbuch wieder zu und holte das neu erworbene Aquarellpapier aus dem Materialschrank.

Dottie, die sich ihren Anteil am Wurstbrot erbettelt hatte, rollte sich auf einem der Cocktailsessel zusammen und hechelte zufrieden, ehe sie einschlief. Es dauerte nicht lange, und sie begann, im Schlaf Traumkaninchen zu jagen. Ihre kurzen Beinchen zuckten, und ihre Lefzen zitterten. Janna musste grinsen.

Dass Dottie hier bei ihr bleiben würde, erfüllte sie mit einem warmen Glücksgefühl, und die warnende Stimme, die ihr sagte, dass sie sich in ein paar Monaten doch von der Hündin würde trennen müssen, wurde immer leiser. Immerhin bestand die Chance, dass die Ausstellung in der Galerie ein Erfolg werden und sich der Verkauf ihrer Bilder weiter gut entwickeln würde. Den Gedanken, die Insel zu verlassen und wieder in einem stickigen Büro vor einem Computer oder mit lauter Schlipsträgern an einem Konferenztisch zu sitzen, wollte sie gar nicht erst zulassen.

Johanne hatte recht: Solange es das *Haus Friesenrose* gab, hatte Janna keinen Grund, von hier wegzugehen.

»Weißt du was, Dottie? Ich werde endgültig hier auf Sylt bleiben, und du bleibst bei mir«, sagte sie leise zu dem schlafenden Hund. Dann griff sie nach ihrem größten Pinsel, tauchte ihn ins Wasserglas und begann, den ersten Bogen Aquarellpapier auf dem Tisch zu wässern.

Sie kam gut voran. Zwei Stunden später lagen bereits vier halb fertige Bogen zum Trocken auf der alten Werkbank. Janna war gerade dabei, einen Sturmhimmel in Blaugrau und Gelb aufs Papier zu bringen, als ihr Handy klingelte. Sie war so vertieft in ihre Arbeit gewesen, dass sie heftig zusammenzuckte und ein dicker Tropfen dunkelblauer Farbe aufs Papier fiel, wo er sofort zerfaserte.

Janna fluchte leise, griff nach einem Stück Küchenpapier und tupfte rasch den Farbklecks weg, ehe sie ihr Handy aus der Tasche zog und den Anruf annahm. Es war Achim, und schon bei den ersten Worten hörte sie, wie durcheinander er war.

»Hallo, Janna, tut mir echt leid, wenn ich dich störe«, sagte er zittrig. »Aber ... Ist dein Termin mit dem Galeristen schon vorbei?«

Janna warf einen Blick auf die Uhr. »Äh, nein, der ist erst in einer Stunde.«

»Dann bist du noch zu Hause?« Janna hörte, wie Achim sich räusperte, aber seine Stimme blieb heiser. Es klang beinahe, als würde er weinen. »Ich bin völlig fertig und brauche jemanden, mit dem ich reden kann. Weißt du, die ganze Fahrt über hab ich mich zusammengerissen, aber jetzt, wo ich zu Hause bin ...« Jetzt war sein Schluchzen deutlich zu hören.

»Achim, was ist denn los? Ist dein Vater etwa ...« Sie brachte die Worte nicht über die Lippen.

»Nein ... Nein, das ist es nicht. Papa liegt noch auf der Intensivstation. Sein Zustand ist unverändert. Aber wenn du ihn so sehen würdest, Janna! Es ist einfach furchtbar! Ich hab ihn im ersten Moment gar nicht erkannt, so verändert sah er aus. All die vielen Apparate um ihn rum, und er wirkt so klein und verloren, wie er da auf seinem Bett liegt. Er kann die linke Seite nicht bewegen. Sein Mund, sein Auge, alles hängt herunter, und er kann kaum reden. Der Arzt hat gesagt ...« Wieder versagte Achim die Stimme, und einen Moment lang war nur ein keuchendes Schluchzen zu hören. »Kannst du bitte herkommen, Janna? Ich kann das nicht am Telefon ... echt nicht«, sagte er dann leise.

»Ja, klar. Ich komm sofort. Bin gleich da!« Janna beendete das Gespräch und legte auf. »Na komm, Dottie, wir gehen Waltraut besuchen«, sagte sie.

Auch wenn die Hündin bis eben im Tiefschlaf gewesen war, schien sie jetzt hellwach, sprang vom Sessel und lief auf die Tür zu, die Janna ihr aufhielt.

Sie fand Achim in der Küche des Büsing-Hofs, wo er allein am Tisch saß. Er sprang auf, als sie hereinkam, lief auf sie zu und umklammerte sie wie ein Ertrinkender.

»Danke, dass du gekommen bist!«, flüsterte er.

»Das ist doch wohl selbstverständlich unter Freunden«, erwiderte sie ebenso leise und hielt ihn einfach fest.

Erst nach einer halben Ewigkeit, als Janna das Gefühl hatte, dass Achim sich ein wenig beruhigt hatte, löste sie sich aus seiner Umarmung, um ihm ins Gesicht schauen zu können.

»Geht's etwas besser?«, fragte sie.

Achim nickte nur. Was auch immer in Kiel vorgefallen war, es musste ihn sehr mitgenommen haben. Trotz der Sonnenbräune erschien sein Gesicht regelrecht grau, und seine Augen waren rot gerändert.

»Na komm, Achim. Wir setzen uns, und dann erzählst du mir in Ruhe, was der Arzt gesagt hat, ja?«, sagte Janna. »Soll ich uns Tee machen? Oma sagt immer, Tee beruhigt die Nerven und löst die Zunge.«

»Musst du nicht. Mein Hals ist wie zugeschnürt, ich krieg eh nichts runter.«

»Macht keine Mühe. Ich weiß ja, wo alles ist.« Sie bugsierte Achim zu einem der Küchenstühle, bevor sie den Wasserkocher füllte und ein paar Teebeutel in die Porzellankanne hängte, die auf der Spüle stand.

Während sie wartete, bis das Teewasser kochte, beobachtete sie verstohlen, wie Achim einen Zettel vom Tisch nahm und ihn in kleine Stücke riss, ohne zu registrieren, was er da tat. Janna hatte keine Ahnung, wie lange sie schon hier in Onkel Ennos Küche war. Sie tastete nach ihrem Handy, um auf die Uhr zu sehen und den Galeristen zu informieren, dass sie sich möglicherweise verspäten würde. Doch offenbar hatte sie das Handy in der Eile im Atelier liegen lassen. Achim in seinem Zustand allein zu lassen kam nicht infrage. Dann musste Volker Piepers sich eben ein wenig gedulden.

Janna goss den Tee auf, holte zwei Becher aus dem Schrank, stellte alles auf den Tisch und setzte sich neben Achim. »So, jetzt erzähl mal, was los war. Was hat der Arzt gesagt?«

Achim holte tief Luft, ließ die Papierschnipsel aus seiner Hand auf den Tisch fallen und sah Janna an. »Er hat gesagt, dass Papa aller Wahrscheinlichkeit nach ein Pflegefall bleibt. Dass er je wieder laufen oder den Arm richtig bewegen kann, ist unwahrscheinlich. Und wenn, dann wird es lange dauern. Monate, vielleicht auch Jahre. Erst mal muss er eine ganze Weile in die Reha und alles neu lernen. Mit seiner Arbeit auf dem Hof ist es definitiv vorbei. Und dann sagt dieser Arzt doch glatt, dass Papa Riesenglück hat, überhaupt noch am Leben zu sein.« Achim zog hilflos die Schultern hoch. »Riesenglück? Ich meine, was ist denn das für ein Leben? So hilflos zu sein, so abhängig von anderen. Nichts mehr zu können, nicht mal laufen oder reden und den anderen mitteilen, was man möchte!« Tränen schimmerten in Achims Augen, als er Janna ansah wie ein geprügelter kleiner Junge. »Weißt du, als ich vorhin vor dem Autozug stand und gewartet habe, hatte ich plötzlich einen ganz furchtbaren Gedanken: Vielleicht wäre es besser gewesen, ihr hättet Papa nicht mehr rechtzeitig gefunden, du und Mo. Dann wäre ihm das alles erspart geblieben. Und dann hab ich mich so unglaublich geschämt!« Er verbarg das Gesicht in den Händen und weinte.

Jannas Herz zog sich vor Mitgefühl schmerzhaft zusammen. Sie legte ihm eine Hand auf den Arm und tätschelte ihn sanft, während sie vergeblich nach Worten suchte.

Achim nahm die Hände herunter und sah sie an. »Entschuldige, Janna! Normalerweise bin ich nicht so eine Heulsuse, aber ...«

»Ist schon in Ordnung, Achim. Das ist ja auch harter Tobak, mit dem du erst einmal fertigwerden musst«, sagte Janna mitfühlend. Achim griff nach ihrer Hand, die noch immer auf seinem Unterarm lag, und hielt sie fest. »Aber statt dass du dir Vorwürfe machst, sollten wir besser überlegen, wie es jetzt weitergeht, meinst du nicht?«

Achim nickte gehorsam wie ein kleiner Junge. »Ja, stimmt. Sollten wir«, sagte er. »Aber ich hab keine Ahnung.«

Janna seufzte und sah einen Moment an ihm vorbei aus dem Küchenfenster. Irgendwo in der Ferne erklang ein Martinshorn, und sie musste an Mo und die Feuerwehrleute denken. Sie war so dankbar dafür, dass sie beim Heufahren geholfen und ihr Atelier umgebaut hatten. Sie würden sicher auch Achim unterstützen, wenn er nur ...

»Ein paar Monate wirst du auf jeden Fall hierbleiben müssen, um dich um alles zu kümmern«, sagte Janna bestimmt. »Ich fürchte allerdings, dass du dich an den Gedanken gewöhnen musst, dein Weltenbummler-Dasein endgültig an den Nagel zu hängen.« Sie sah, dass Achim die Stirn runzelte, ließ ihn aber nicht zu Wort kommen. »Dein Vater hat dir jahrelang den Rücken frei gehalten und dafür gesorgt, dass du von Regatta zu Regatta touren konntest. Jetzt bist du mal dran, für ihn zu sorgen.«

»Das ist viel verlangt. Immerhin ist das Surfen mein Beruf.«

»Das weiß ich. Und es spricht ja nichts dagegen, dass du weiterhin surfst und dein Geld damit verdienst. Nur eben nicht bei den großen Regatten in Rio, Hawaii oder Miami, sondern eher in einer Surfschule in List, Keitum oder Westerland.«

»Du meinst, ich soll Lehrer werden? Ich glaube, dafür bin ich ungeeignet.«

»Einen Versuch ist es wert. Mir hast du das Surfen auch mal gezeigt, erinnerst du dich? Du kannst gut erklären, und du hast Geduld.«

»Aber ...«, setzte Achim an.

»Entschuldige, wenn ich so offen bin«, unterbrach Janna ihn. »Aber du möchtest doch nicht, dass dein Vater in ein Pflegeheim muss, oder? Nur weil er nicht allein zurechtkommt und sein Sohn um die Welt reisen muss? Das hat er nicht verdient.«

Achim schwieg betroffen.

»Sicher wird es ein paar Monate dauern, bis er aus der Reha entlassen wird. Bis dahin werden wir hier einiges umbauen müssen, damit er zurechtkommt. Vielleicht solltest du dich mal in Ruhe mit Mo zusammensetzen und das besprechen. Der kennt Gott und die Welt hier auf Sylt, und außerdem ist er ein Organisationsgenie.« Sie legte den Kopf ein wenig schräg und sah Achim fragend an. »Worüber habt ihr euch eigentlich so zerstritten? Mo hat mal was angedeutet, wollte aber nichts Genaues sagen.«

»Eine blöde Sache«, erwiderte Achim zögernd. Seine Hand lag noch immer auf Jannas, und sein Daumen strich über ihr Handgelenk. »Eigentlich eine Banalität. Das Ganze ist ungefähr zehn Jahre her, ein paar Tage bevor ich an der ersten Regatta teilgenommen habe. Mo und ich waren beste Freunde, haben alles zusammen gemacht und waren jedes Wochenende feiern. Aber es gab dieses Mädchen – Gabi –, auf das Mo ein Auge geworfen hatte. Und Gabi wollte wohl eher was von mir.«

»Du hast ihm die Freundin ausgespannt«, stellte Janna fest.

»Na ja, ausgespannt ist zu viel gesagt. Mo war ja nie der Typ, auf den die Mädels abgefahren sind. Wir waren alle auf einer Party, hatten was getrunken, und Gabi und ich landeten am Ende zusammen im Bett. Nur ein Mal, das war alles. Keine Ahnung, warum Mo so ausgerastet ist. Er hat mir ein paar Sachen an den Kopf geworfen ... Ist ja auch egal.«

»Nein, egal ist das nicht. Ihr zwei solltet zusehen, dass ihr das aus der Welt schafft. Wie gesagt, Mo könnte dir weiterhelfen. Er ist unglaublich hilfsbereit.«

»Zu dir vielleicht.« Da war es wieder, dieses spöttische Lächeln in Achims Gesicht.

Janna spürte Ärger in sich aufsteigen. »Ja, weil wir Freunde sind.«

»Nur Freunde?«

»Nur Freunde.« Ihre Stimme klang schärfer, als sie beabsichtigt hatte.

Achims Lächeln wurde breiter. »Dann wird Mo ja auch nichts dagegen haben, wenn ich ...« Er ließ ihre Hand los, beugte sich ein Stück vor und küsste sie auf den Mund.

Im ersten Moment war Janna wie vom Donner gerührt und ließ es geschehen. Seine Lippen legten sich weich auf ihre, seine Hände umfassten ihr Gesicht, und für eine Sekunde schloss sie die Augen. Es war so völlig surreal, dass Achim sie küsste. Eben noch hatte er verzweifelt geschluchzt, jetzt strichen seine Hände sanft über ihren Hals, und er zog sie in seine Arme, während sein Kuss leidenschaftlicher wurde.

Das alles fühlte sich völlig falsch an, und in Jannas Hirn begannen die Alarmglocken zu schrillen. Sie drückte ihre Hände gegen seine Schultern und schob ihn von sich weg.

»Ich glaube nicht, dass das eine gute Idee ist«, sagte sie leise.

Achim sah sie einen Augenblick lang fragend an. »Ist es wegen Mo?«

Janna seufzte und sah zu Boden. »Nein. Das hat mit Mo nichts zu tun«, sagte sie dann und versuchte, überzeugend zu klingen. »Ich bin gerade im Begriff, mein Leben komplett auf den Kopf zu stellen, das ist schwierig genug. Da wäre eine neue Beziehung zu viel des Guten. Außerdem ...« Sie stockte und überlegte, wie sie ihm am besten beibringen sollte, was ihr gerade klar geworden war: Was sie früher einmal für ihn empfunden hatte, war nur eine Teenie-Schwärmerei gewesen, von der nichts mehr übrig war.

»Wer hat denn was von einer Beziehung gesagt?«, fragte Achim mit einem gewinnenden Lächeln. »Schließlich sind wir erwachsen.« Erneut beugte er sich vor, griff nach ihrer Hand und wollte sie zu sich heranziehen.

Einen Moment lang starrte Janna ihn nur an, dann zog sie entschieden ihre Hand aus seinem Griff und schüttelte den Kopf. »Sag mal, spinnst du? Du bist un...«

Sie verstummte, als sie von der Straße her erneut ein Martinshorn hörte, das offenbar rasch näher kam. Ein zweites fiel mit ein, dann ein drittes.

Janna sprang auf, lief zum Fenster und öffnete es. Der Wind trug einen starken Brandgeruch mit sich, aber sie konnte nicht erkennen, woher der Rauch kam. Achim war neben sie getreten und beugte sich vor, um besser sehen zu können.

»Da drüben!«, rief er und deutete auf das Nachbarhaus, über dem eine Rauchfahne aufstieg. »Ich glaube, die *Friesenrose* brennt!«

Sechzehn

Drei Feuerwehrautos mit eingeschaltetem Blaulicht standen auf dem Hof der Pension, als Janna und Achim die Straße hinunterrannten. Über dem Dach des ehemaligen Schweinestalls stieg eine schwarze Rauchwolke auf, die vom Wind davongetragen wurde. Jannas Atelier brannte lichterloh.

Feuerwehrleute in Einsatzjacke und Helm waren dabei, Schläuche auszurollen und anzuschließen, Kommandos wurden gerufen, und neben einem der Fahrzeuge legte gerade jemand seinen Atemschutz an. Janna konnte nicht erkennen, wer es war, aber es schien keiner von den Morsumern zu sein.

Schwer atmend blieb sie zwischen den zahlreichen Schaulustigen auf der Straße stehen und presste ihre Hand in die rechte Seite, bis das Seitenstechen etwas nachließ. Dann drängelte sie sich trotz der Proteste der Umstehenden bis zum Hof durch.

»Nun lassen Sie mich doch mal durch, ich wohne hier!«, rief sie.

»Sie da! Bleiben Sie gefälligst zurück!«, schnauzte einer der Feuerwehrmänner sie an. Er stammte eindeutig nicht aus Morsum, Janna hatte ihn noch nie gesehen. »Sie stören uns nur bei der Arbeit.«

»Aber ich ...«

»Hören Sie schlecht? Bleiben Sie auf der Straße!« Kopfschüttelnd wandte der Feuerwehrmann sich wieder seinem Schlauch zu.

Verzweifelt hielt Janna nach den Morsumern Ausschau, aber sie konnte keinen von ihnen entdecken. Dabei war Mos massige Gestalt normalerweise nicht zu übersehen.

»Mo?«, schrie sie, so laut sie konnte, und wieder: »Mo!«

Die Tür des Ateliers stand einen Spalt offen, und dicker schwarzer Qualm quoll heraus. Davor stand eine ganze Gruppe von Einsatzkräften, von denen sich einer zu Janna umdrehte und hektisch winkte. Jetzt erst erkannte sie, dass es Jonas war. Ohne auf die Proteste der umstehenden Feuerwehrleute zu achten, rannte sie auf ihn und die anderen Morsumer zu.

Jonas deutete mit dem Arm in ihre Richtung und rief den anderen etwas zu, ehe er zur Ateliertür lief. »Sie ist hier draußen! Hörst du, Mo? Mo!«, schrie er. »MO!«

Janna sah aus den Augenwinkeln, dass Achim ihr gefolgt war. Er warf den Feuerwehrleuten, die immer noch dabei waren, einem von ihnen ein Atemschutzgerät anzulegen, einen schnellen Blick zu.

»Scheiße, wie lang brauchen die denn?«, rief er und zeigte auf die Tür. »Mo ist da drin, oder?«

Neele, die ihn mit schreckgeweiteten Augen anstarrte, nickte. »Er dachte, Janna ist noch im Atelier. Wollte nicht auf den Atemschutz warten.«

»So ein Vollidiot!« Achim holte tief Luft, riss die Tür zum Atelier auf und verschwand in den Qualmwolken.

»Achim!«, schrie Janna.

»So viel zum Thema Vollidiot!«, sagte Jonas trocken.

Dass Sekunden sich so ins Unendliche ziehen können! Jannas Herzschlag dröhnte in ihren Ohren, während ihr Blick auf die offene Tür gerichtet war. *Badumm, badumm, badumm.* Die ganze Welt schien stillzustehen, während sie in die wabernden Rauchwolken starrte, die aus dem Atelier hervorquollen und zum Himmel aufstiegen. Noch nie in ihrem Leben hatte sie so viel Angst gehabt.

Dann hörte Janna ein Husten und Keuchen, und in dem dichten Qualm zeichnete sich vage eine undeutliche Gestalt ab. Ein Schritt, und noch ein Schritt, ein Windstoß lichtete den Qualm, und Achim tauchte auf. Er hatte einen Arm um Mos Taille gelegt und stützte ihn. Mos Kopf hing auf die Brust hinunter, und er schien an der Grenze zur Bewusstlosigkeit zu sein.

Jonas und Neele sprangen auf die beiden zu und zogen sie ein paar Schritte vom Gebäude weg zum Rasen, wo Achim Mo zu Boden gleiten ließ und dann selbst auf die Knie sank und um Luft rang.

Er hustete und keuchte. »Ich hab nur ein einziges Mal geatmet, aber das war schon zu viel«, japste er. »Krankenwagen?«, fragte er dann in Neeles Richtung.

»Ist unterwegs«, erwiderte sie. »Mo dachte, dass Janna da drin ist, und hat den RTW angefordert. Aber dann wollte er nicht warten, bis die Westerländer mit dem Atemschutz kommen, und ist selber reingegangen, um sie rauszuholen.«

»Und uns immer Vorträge halten, dass wir um Gottes willen immer auf unsere eigene Sicherheit achten sollen«, sagte Jonas kopfschüttelnd. Er beugte sich zu Mo hinunter, dessen Nasenlöcher und Barthaare voller Ruß waren. »Hey, du Held! Alles in Ordnung?«

Mo schnappte nach Luft und hustete. »Ja«, keuchte er. »Verdammter Qualm! Als ob du blind bist.« Wieder wurde er von einem Hustenanfall geschüttelt. »Wenn Achim nicht gewesen wäre . . .«

Achim richtete sich auf und grinste. »Passt schon. Du hättest es genauso gemacht.«

»Wasser marsch!«, rief jemand aus dem Hintergrund.

Die anderen Feuerwehrleute begannen mit den Löscharbeiten, von der Straße her ertönte erneut ein Martinshorn, aber Janna war das alles völlig gleichgültig. Sie beugte sich über Mo, der auf dem Rücken im Gras lag, schlang die Arme um seinen Hals, legte ihren Kopf auf seinen Brustkorb und schluchzte vor Erleichterung.

»Verrückter Kerl!«, stieß sie hervor. »Was machst du denn nur für einen Blödsinn? Du hättest sterben können, du Idiot!«

Sie spürte, wie sich sein Brustkorb hob und senkte, und fühlte die Wärme, die von seiner Hand ausging, die er zwischen ihre Schulterblätter gelegt hatte.

»Dasselbe hab ich auch gedacht«, sagte er heiser. »Du hast auf den Pager nicht reagiert, und dein Handy hat im Atelier geklingelt. Da musste ich doch glauben, dass du noch da drin bist. Was hätte ich denn tun sollen? Zuschauen, wie du erstickst?« Wieder rang er nach Atem und hustete bellend.

»Vielleicht erst mal den Verstand benutzen, bevor du in so ein verqualmtes Zimmer rennst. So wie du es uns bei den Schulungen immer einbläust«, sagte Janna, als sein Hustenanfall vorbei war.

»Tut mir leid, aber wenn es um dich geht, ist es mit meinem Verstand nicht sehr weit her.« Mos Hand strich sanft über ihren Rücken. »Ich bin vor Angst um dich fast verrückt geworden. Ich hätte es nicht ertragen, wenn dir was zugestoßen wäre.«

»Wie war das? Was hast du gesagt?« Sie hob den Kopf, und ihre Blicke trafen sich.

Kleine Fältchen erschienen in seinen Augenwinkeln, als er lächelte. »Vermutlich bin ich vom Qualm noch wie besoffen, sonst würde ich sowas bestimmt nicht über die Lippen kriegen«, sagte er. »Im Grunde meines Herzen bin ich nämlich furchtbar schüchtern.« Wieder holte er tief Luft und hustete. »Ich fürchte, den Rest der Unterhaltung müssen wir verschieben. Da kommen die Jungs mit der Sauerstoffflasche, und, so gern ich dich hab, die habe ich im Moment noch lieber.«

Der Brand war gelöscht, und die Feuerwehren rückten ab. Zum Glück war der Schaden am Gebäude nicht so schlimm, wie es zunächst den Anschein gehabt hatte. Jemand hatte einen Brandsatz durch das offene Fenster ins Atelier geworfen, der auf dem Aquarelltisch liegen geblieben war. Nur der Tisch und die Staffelei daneben hatten Feuer gefangen, aber der ganze Raum war rußgeschwärzt und triefte vor Löschwasser. Jonas hatte Janna jedoch versichert, dass man den Schaden in einer zweiten Wochenendaktion wieder beheben könne.

»Wird höchste Zeit, dass wir endlich den Feuerteufel zu fassen bekommen«, hatte er hinzugefügt. »So langsam wird es echt lästig mit dem Kerl!«

Mo fand den Aufstand, den man wegen seiner Rauchvergiftung veranstaltete, völlig übertrieben. Immer wieder versicherte er, es gehe ihm gut und er müsse auch nicht ins Krankenhaus, aber der Notarzt bestand darauf, ihn über Nacht zur Beobachtung mitzunehmen. Erst als Janna ankündigte, ihn zu begleiten, gab Mo nach und ließ sich in den Rettungswagen verfrachten.

Er lag bequem auf der Trage, die Füße übereinandergeschlagen, die Sauerstoffmaske auf dem rußverschmierten Gesicht, und lächelte Janna an, die neben ihm saß, als der Rettungswagen in Richtung Westerland fuhr.

»Also, wie war das vorhin? Was wolltest du mir eigentlich nicht sagen, weil du zu schüchtern bist?«, fragte Janna. »Jetzt mal Butter bei die Fische, wie du immer sagst.«

Mos Lächeln verschwand, und langsam zog er die Sauerstoffmaske nach unten. »Weißt du das nicht?«

»Ich möchte es von dir hören«, sagte sie. »Manchmal muss man etwas hören, um es glauben zu können.«

»Was soll ich dir sagen?«, fragte er leise. »Dass du die beste Freundin bist, die ich je hatte? Dass ich mit dir reden und lachen kann, aber mir auch vorstellen könnte, mit dir zu weinen? Dass ich nie jemanden so nah an mich herangelassen habe wie dich? Dass ich bei dir nie Angst hatte, dass du über mich ulkigen Vogel lachen könntest? Dass du mir wichtig bist? Viel, viel wichtiger als alles andere?«

»Das ist schon mal ein guter Anfang.«

»Was noch? Dass ich eifersüchtig auf Achim war und fast verrückt geworden bin bei dem Gedanken, dass du ihn immer noch küssen willst, so wie es auf deiner Wunschliste steht?«

»Keine Sorge, diesen Wunsch hab ich inzwischen längst gestrichen«, sagte Janna lächelnd. »Aber eine Sache fehlt noch, glaube ich. Die allerwichtigste . . .« Sie beugte sich vor und sah ihm forschend in die Augen. »Also?«

»Dass ich dich liebe?«, flüsterte er.

»Siehst du? Das war es, was ich hören wollte«, sagte Janna. »Und es trifft sich sehr gut. Es hat zwar eine Ewigkeit gedauert, bis es mir klar geworden ist, aber ich liebe dich auch.« Sie nahm sein Gesicht in beide Hände und küsste ihn. »Immerhin bist du für mich durchs Feuer gegangen.«

Seine Augen strahlten sie an. Er hob die Hand und strich mit den Fingern über ihre Wange. »Ich färbe ab. Jetzt bist du auch ganz rußverschmiert.«

»Das bleibt unter Feuerwehrleuten nun mal nicht aus.«

Mo lachte leise, doch dann wurde er wieder ernst. »Zu schade, dass mein Porträt verbrannt ist. Das war wirklich gut.«

»Ich werde dir ein neues malen. Und noch eines von dir als Piratenfürst mit Dreispitz auf dem Kopf. Und als krönenden Abschluss ein Bild, auf dem du nackt auf einem Eisbärenfell liegst.« Sie lachte glücklich und küsste ihn erneut. »Wir haben alle Zeit der Welt dafür, ich bleibe nämlich auf Sylt.«

Epilog

»Da haben wir aber Glück mit dem Wetter, was, Deern?«

Janna drehte sich um und sah in das strahlende Gesicht ihrer Großmutter, die mit zwei Sektgläsern in der Hand auf sie zukam.

»Hier, trink erst mal einen Schluck, das beruhigt die Nerven.« Johanne reichte eines der Gläser an Janna weiter und stieß mit ihr an. »Prost, Deern! Auf deine erste Galerieausstellung. Ich bin so stolz auf dich. Mögen noch viele weitere folgen!«

Janna nickte und lächelte. Sie nippte nur einmal kurz, dann stellte sie die Sektflöte auf einem der Stehtische ab, die vor der Galerie aufgestellt worden waren, reckte den Hals und sah sich suchend um.

»So nervös?«, fragte Johanne. »Es ist doch alles perfekt geworden. Der Raum ist voller Leute, und die Bilder sind fertig, obwohl du vor ein paar Tagen noch gemeint hast, dass du es nie rechtzeitig schaffen würdest.«

Janna nickte. »Ich hab es dir nicht erzählt, aber ich war kurz davor, Herrn Piepers anzurufen und die Ausstellung abzusagen«, gab sie zu. »Mo hat mir gehörig den Kopf gewaschen. Er meinte, ich soll nicht immer gleich aufgeben. Mit ein paar Nachtschichten würde ich die fehlenden Aquarelle noch fertig bekommen. Und damit ich nicht kneife, hat er sich neben mich gesetzt, mich bei Laune gehalten und mich mit Kaffee und Schokolade versorgt.«

Johanne grinste breit. »Dich bei Laune gehalten? Nennt man das jetzt so?«

»Oma!«, rief Janna entrüstet und spürte, wie sie errötete.

»Was denn? Meinst du, Opa und ich waren nie verliebt?«, fragte Johanne unschuldig. Sie leerte ihr Glas und zwinkerte ihrer Enkeltochter zu. »Apropos Mo. Wo steckt der Junge eigentlich?«

»Wenn ich das nur wüsste! Er hat versprochen, mit Neele und Jonas pünktlich hier zu sein. Eigentlich hätten Herr Piepers und ich schon vor fünf Minuten die Gäste begrüßen sollen.«

Johanne zuckte mit den Schultern. »Er sucht bestimmt nur einen Parkplatz, die sind bei so herrlichem Badewetter doch Mangelware. Sollst sehen, er kommt sicher gleich.«

»Wehe, wenn nicht«, sagte Janna finster. »Dann kriegt er was zu hören!«

»Immer diese leeren Drohungen«, sagte Johanne lachend. »Sobald er dich zerknirscht anguckt, ist doch sowieso alles vergeben und vergessen. Und so soll es ja auch sein, Deern. So glücklich hab ich dich schon ewig nicht mehr gesehen.« Sie zwinkerte Janna zu. »Ich werde jetzt mal reingehen und mich unter die Gäste mischen. Bin doch zu gespannt, was so über deine Bilder gesagt wird.« Damit zog sie Janna an sich und gab ihr einen Kuss auf die Wange, ehe sie einer Bekannten zuwinkte und in der Galerie verschwand.

Janna sah ihr hinterher. Einen Moment lang betrachtete sie ihr Spiegelbild in der Fensterscheibe und nickte sich zufrieden zu.

Gut siehst du aus, dachte sie. *Glücklich und zufrieden mit dir selbst. Und du hast auch allen Grund dazu.*

So viel war in den letzten zwei Monaten seit dem Brand passiert. Mo und sie verbrachten jede freie Minute zusammen, und manchmal, wie bei den Aquarell-Nachtschichten in ihrem inzwischen wiederhergerichteten Atelier, sogar die Arbeitszeit.

Das zwischen ihnen war keine heiß lodernde Leidenschaft, es war viel mehr als das. Es war eine auf tiefer Freundschaft beruhende, innige Liebe. Noch nie hatte sich Janna einem anderen Menschen so nahe gefühlt. Manchmal, wenn sie neben Mo im Bett lag und ihm beim Schlafen zusah, musste sie ganz tief Luft holen, damit ihre Brust weit genug wurde, um all das Glück fassen zu können, das sie empfand.

Jannas Blick wanderte weiter ins Innere der Galerie. Sie sah Achim, der sich mit den Ellenbogen auf einen Tisch stützte und sich angeregt mit Claire und Hans Nissen unterhielt, der extra für die Ausstellungseröffnung nach Keitum gekommen war. Direkt hinter ihnen hing ein rasch hingeworfenes Gouache-Bild von Dottie und Püppi – nein, Taya, korrigierte Janna sich selbst. Obwohl sie es aus der Entfernung nicht erkennen konnte, wusste sie, dass auf dem kleinen Schild am Rahmen das Wort *unverkäuflich* stand. Sie malte sich aus, was Herr Nissen wohl sagen würde, wenn sie ihm das Bild nach der Ausstellung übergab. Das war das Mindeste, was sie tun konnte, als Dank dafür, dass er ihr die beiden Tiere geschenkt hatte.

Taya würde ihren Stellplatz dauerhaft auf dem Büsing-Hof haben, das war mit Achim so abgesprochen. Und Dottie hatte im *Haus Friesenrose* längst eine neue Heimat gefunden.

Schade, dass Onkel Enno heute nicht dabei sein kann, dachte Janna.

Ganz allmählich ging es Achims Vater ein wenig besser. Johanne und sie hatten ihn zuletzt vor zwei Wochen im Krankenhaus besucht, da hatte er schon wieder kurze Strecken gehen und einigermaßen sprechen können, aber sein Arm war nach wie vor gelähmt. Im Moment befand er sich in einer Reha-Einrichtung im Harz, wo er noch mindestens vier Wochen bleiben musste.

»Tut mir wirklich leid, dass wir jetzt erst hier sind, Schatz, aber wir kommen gerade erst vom Einsatz«, ertönte eine tiefe, dröhnende Stimme hinter Janna.

Sie drehte sich um. Mo, Neele und Jonas, alle drei noch in der Einsatzkleidung der Feuerwehr, standen hinter ihr. Mo umarmte Janna und gab ihr einen schnellen Kuss.

»In Wenningstedt hat eine Garage gebrannt. Jonas wollte zuerst noch nach Morsum fahren und sich umziehen. Er ist furchtbar eitel, weißt du? Aber ich hab gesagt, nichts da! Wenn wir die Rede verpassen, reißt Janna mir den Kopf ab. Und wo soll ich dann meinen Helm draufsetzen?«

Janna lachte, wurde aber sofort wieder ernst und runzelte die Stirn. »In Wenningstedt? Wieder der Feuerteufel?«

»Ja, unser alter Freund war wieder mal unterwegs. Aber er wird unvorsichtig. Er war noch auf dem Gelände, als wir eingetroffen sind. Ich hab ihn selbst weglaufen sehen. Ein schmächtiger Bursche mit Kapuzenshirt. Was er wohl nicht weiß, ist, dass es sogar Aufnahmen einer Überwachungskamera gibt. Ich denke, diesmal schnappen sie ihn.«

»Zu wünschen wäre es ja«, sagte Janna seufzend. »Der Kerl hat uns genug Zeit und Nerven gekostet.«

Mo machte ein nachdenkliches Gesicht. »Er kam mir irgendwie bekannt vor. Ich werde in den nächsten Tagen mal zur Polizei fahren und mir das Video ansehen.« Er zwinkerte ihr zu. »Ich kenn da jemanden bei der Polizei, weißt du?«

Die Tür zur Galerie öffnete sich, und der Inhaber, Volker Piepers, ein schmales Männchen mit Hornbrille und dunklem Rollkragenpullover unter dem Jackett, trat heraus. Er sah sich suchend um und steuerte dann auf Janna zu.

»Tut mir leid, Frau Neumann, aber wir müssen jetzt wirklich die Gäste begrüßen. Es ist Viertel nach sieben«, sagte er vorwurfsvoll.

»Ich werde ganz still sein und aufmerksam zuhören«, versprach Mo. »Und wenn ich ein paar Schnittchen bekomme, hört auch mein Magen auf, so laut zu knurren.«

Während die anderen hineingingen, blieb Janna an der Tür einen Moment stehen. Ihr Blick fiel auf das Plakat, mit dem die Ausstellungseröffnung angekündigt worden war.

Janna Neumann, Sylter Impressionen, stand dort unter einem der Aquarelle, die sie vom *Haus Friesenrose* gemalt hatte.

»Siehst du, Mama, ich hab es tatsächlich geschafft«, murmelte Janna. »Meine Bilder hängen in einer Galerie, wie ich es mir immer erträumt habe. Ich wünschte so sehr, du könntest jetzt hier sein! Wenn du damals meine Malsachen nicht aufgehoben hättest … Ohne dich und Mo hätte ich nie den Mut gefunden, diesen Weg zu gehen! Ihr zwei hättet euch bestimmt gut verstanden.«

Sie straffte die Schultern, holte tief Luft und betrat mit einem strahlenden Lächeln auf dem Gesicht die Galerie.

Jannas
Sternschnuppenwünsche

1. Ein eigenes Surfbrett
2. Ein Pferd ✓
3. Eine Katze oder ein Hund ✓
4. Berühmt sein
5. Hübsch sein
6. Größer als einen Meter siebzig sein ✓
7. Viggo Mortensen kennenlernen
8. Eine Ausstellung in einer Galerie ✓
9. Mein erstes Bild verkaufen ✓
10. Eine Spiegelreflexkamera
11. Mit Delfinen schwimmen
12. Auf einem Drachen fliegen ✓
13. Von Achim geküsst werden ✓
14. Für immer auf Sylt bleiben ✓
15. Malen, malen, malen . . . ✓